（普及版）

世说新语选译

〔南朝·宋〕刘义庆 著
柳士镇 译注

凤凰出版社

图书在版编目（CIP）数据

世说新语选译 ：普及版 / （南朝宋）刘义庆著 ；柳士镇译注. -- 南京 ：凤凰出版社，2024.1
ISBN 978-7-5506-3999-7

Ⅰ. ①世… Ⅱ. ①刘… ②柳… Ⅲ. ①《世说新语》—译文 Ⅳ. ①I242.1

中国国家版本馆CIP数据核字(2023)第184074号

书　　名	世说新语选译(普及版)
著　　者	(南朝宋)刘义庆 著　柳士镇 译注
责任编辑	尤丹丹
书籍设计	陈贵子
责任监制	程明娇
出版发行	凤凰出版社(原江苏古籍出版社) 发行部电话025-83223462
出版社地址	江苏省南京市中央路165号,邮编:210009
照　　排	南京凯建文化发展有限公司
印　　刷	苏州市越洋印刷有限公司 江苏省苏州市吴中区南官渡路20号,邮编:215104
开　　本	880毫米×1230毫米　1/32
印　　张	9.75
字　　数	251千字
版　　次	2024年1月第1版
印　　次	2024年1月第1次印刷
标准书号	ISBN 978-7-5506-3999-7
定　　价	36.80元

(本书凡印装错误可向承印厂调换,电话:0512-68180638)

中学生同学应该如何阅读《世说新语》？

《世说新语》是南朝宋临川王刘义庆编撰的一部志人笔记小说集，主要记载了东汉末年至魏晋期间士族阶层的逸闻轶事与闲谈琐语，其中魏晋，特别是东晋时期的内容占据很大篇幅。该书所记又不限于士族阶层，上至帝王将相，下至士庶僧侣，凡其言行值得称道者都有相应记述。从内容、价值以及对后世的影响来看，《世说新语》无疑是我国古代笔记小说的代表作。该书问世不久，南朝梁刘孝标即为之作注，增补史料、纠正讹误，尤其是征引的古籍多数已经亡佚，吉光片羽，唯赖刘注得以留存。后世以二刘著作合璧刊行，彼此交相辉映，历来受到高度重视与赞赏。鲁迅先生在《中国小说史略》中概括其成就说："记言则玄远冷隽，记行则高简瑰奇，下至缪惑，亦资一笑。孝标作注，又征引浩博。或驳或申，映带本文，增其隽永，所用书四百余种，今又多不存，故世人尤珍重之。"

《世说新语》具有广泛而深刻的内容，后人从中可以感受其时的社会状况、历史政局、思想品德、才能技艺、人际关系、生活格调、风尚习俗等不同方面的种种面貌。该书带给后人的启迪也是多方面的，各类人群都可以从不同角度进行阅读，从不同层面获得教益。而对于中学生来说，由于该书片段早早入选义务教育初中语文课本，所选材料自具的生动内容、简约语言、清新风格，想来也会引发学生观其全豹的冲动与兴趣。那么，这一正值青春成长期的群体，他们又应该如何阅读这本书呢？

中学生阅读《世说新语》，首先要有助于养成优良操守，尊崇高尚品德，唾弃低劣言行。《世说新语》全书一千一百余则，分列德行、言语以至惑溺、仇隙等三十六门。每一门表现群体人物的为人处事、思想生活的某个方面，各门综合起来，反映出其时人物的精神风貌以及社会的诸多特征。全书大抵按照品行、才艺、处事、品鉴、性格、容貌、行止、技艺、待人、奢俭、权谋、冤报等多个方面，以作者心目中的判定标准，评价人物言行及与之相关的事件，自敬重喜好从而由衷赞颂，直至厌烦憎恶从而刻意贬斥，依次排列以形成一个整体。而最能体现人物品格的就有德行、政事、方正、雅量、贤媛、简傲、假谲、汰侈诸门。

高尚品格在任何时代都应该受到世人的尊崇。例如《德行》门“庾公乘马有的卢”中，庾亮、孙叔敖在自身或将遭遇不幸的情况下，推己及人，为他人消除隐患，意在提倡“己所不欲，勿施于人”。同门“陈遗焦饭遗母”中，陈遗为母收集焦饭并随身携带，从而在战乱绝境中得以保命，意在褒奖顺应母意，遵行孝道。《政事》门“共看何骠骑”中，何充只顾低头观看文书，而不愿摆拨常务以畅谈玄言，意在表彰心无旁骛，忠于职守。《方正》门“陈元方责父友”中，来客未能守约却苛责太丘，元方予以反驳并批评对方无礼，意在追求言必有信，行必合礼。《雅量》门“嵇中散临刑东市”中，嵇康临刑神气不变而索琴弹之，又遗憾《广陵散》从此绝响，意在颂扬临危不惧，视死如归。《规箴》门“陆迈止苏峻放火”中，苏峻密令左右放火示威，陆迈忧虑吴地治安而严词制止，意在赞扬坚守正义，不畏权势。《贤媛》门“陶母封鲊责侃”中，陶侃以官物赠母，陶母拒收并回信责备，意在歌颂陶母教子有方，深明大义。这种种高尚品格，也是阅读该书时首先应该学习体悟的。

同时，也有一些低劣言行自然要受到后人唾弃。例如《汰侈》门“石崇要客燕集”中，石崇令美人行酒，客有饮酒未尽者，即让内侍斩杀美人，深刻揭露了统治者的凶恶残暴，蔑视女性。《简傲》门“王子敬游名园”中，王子敬至顾辟疆家游赏名园，无视主人存在，顾勃然大怒，王依旧不屑，说明了皇戚显贵的倚仗权势，傲视他人。《假谲》门“魏武常言心动”中，曹操为挫败谋逆者气焰，欺骗进而诱杀所亲小人，表现了他的秉性奸诈，草菅人命。这些恶劣的举止，也是阅读该书时理应鄙视指斥的。

其次，中学生阅读《世说新语》，还要有利于从中获得美的熏陶，感受文学艺术的魅力，但要注意抵制消极颓废的意识。《世说新语》全书对于文学艺术的反映可以分为两个层面：一是对于创作的某些具体作品的描述与评价，这在《文学》《巧艺》门中都有较为集中的表现；二是本书自身在记人记事的创作实践中的表达技巧，这在全书各门中都有反映。

书中提及的诸多作品脍炙人口，艺术手法也备受后人称赞。例如《文学》门“七步中作诗”中，东阿王曹植受文帝曹丕逼迫而应声为诗，以煮豆燃豆萁为喻，嘲讽兄弟“相煎何太急”，此诗历代传诵，堪称千古名作。同门“孙子荆作悼亡诗”中，孙楚创作的悼亡诗，从王武子的评价中可以感受到，诗作情文并茂，故而感人至深。《巧艺》门“谢幼舆在岩石里”中，顾长康将谢幼舆的画像设置成以岩石作为背景，正是结合了谢“一丘一壑”的向往，堪称因人作画，愈加引人注目。同门“画人或不点目精”中，顾长康画人“或数年不点目精”，正表明了在画像创作中，目精“传神写照”，作用非凡。除此之外，高超的文学表达技巧包括修辞手法，在《世说新语》中也处处可见。例如《德行》门“阮嗣宗至慎”中，仅仅是“每与之言，言皆玄远，未尝臧否人物”寥寥十数言的静态描写，就深刻反映了阮籍远离政治，以求全身远祸的复杂心理。《忿狷》门“王蓝田食鸡子”中，对于王述食鸡子的一连串动作描写，特别是“复于地取内口中，啮破即吐之”两句，形象地刻画了王急不可耐的焦躁性格。《任诞》门“王子猷夜访戴”中，记述王夜访戴逵，“乘小船就之，经宿方至，造门不前而返”，他的解释仅仅是“乘兴而行，兴尽而返”，这简单的八个字恰恰说明其时士人率性而为的癖好。《言语》门“寒雪日内集”中，谢胡儿与谢道韫对于“白雪纷纷”的两种不同设喻，喻体“撒盐空中”笨拙粗俗，喻体“柳絮因风起”生动高雅，二者的修辞水准高下立判。书中反映的这些成功的文学样例与文学实践，又是阅读写作时应该注意吸收借鉴的。

同时，其中一些消极颓废的意识又应受到后人抵制。例如《任诞》门“不如即时一杯酒”中，张翰“纵适一时”，又说“使我有身后名，不如即时一杯酒”，这显然就是一副颓废做派。《惑溺》门“荀奉倩取冷熨妇”中，妇病热，荀“乃出中庭自取冷，还以身熨之”，妇亡后，荀少时亦卒，故事听来颇感凄美，但终究意识消极，难说珍爱生命。另外，对于文学创作技巧的批评在《世说新语》中也有所反映，例如《文学》门“都下纸为之贵”中，庾亮评价《扬都赋》可与《二京赋》《三都赋》媲美，谢安却认为是“屋下架屋”，又上升为“事事拟学，而不免俭狭”以致无所创新。书中反映的这些不足，又是需要理性分析并批判对待的。

再次，中学生阅读《世说新语》，还要深入感受中华优秀传统文化，注意了解古人的非凡才艺，剔除掺杂其中的迷信成分。中华古代传统文化博大精深，是传世的宝贵财富，《世说新语》对此也有广泛而生动的描述，举凡口才、歌咏、鼓琴、书法、音乐、绘画、占卜、圆梦、射谜、医术等诸多类别都有所涉及，又散见于各门内容之中。

书中反映的多种才艺臻于极致，对才艺的描写也绘声绘色。例如《言语》门“新亭对泣”中，王丞相劝说大家“当共戮力王室，克复神州，何至作楚囚相对”，这番鼓舞人心的即席演说，激励了众人收复中原的志向。《术解》门“荀勖伏阮神识”中，强调“阮咸妙赏，时谓‘神解’”，以至连主持殿庭乐事的荀勖最终也无法不表示佩服。同门“殷中军妙解经脉”中，某仆役有老母“年垂百岁，抱疾来久”，殷浩诊治后“始服一剂汤便愈”，医术堪称神奇。《文学》门“卫玠问乐令梦”中，卫玠做梦而不明所以，乐广“故命驾为剖析之”，破解他心中的郁结，积病也有好转。《巧艺》门“荀济北惩治锺会”中，荀勖为惩罚锺会，在锺氏新宅画上锺亡父形象，“衣冠状貌如平生”，以致“二锺入门，便大感恸，宅遂空废”。《捷悟》门“魏武过曹娥碑下”中，蔡邕赞美碑文的八字隐语“黄绢幼妇，外孙齑臼”，暗射“绝妙好辞”四字，这一制谜技巧超越常人。《品藻》门“外人那得知”中，谢安以王羲之的书艺为参照，问子敬“君书何如君家尊”，子敬回答“固当不同”，反映了谢安对羲之书艺的推崇以及子敬对书艺的自负。对于这些值得后人引以为傲的优秀传统文化，当然应该好好继承。

同时，夹杂其中的一些封建迷信成分无疑应该尽数剔除。例如《术解》门“郗愔常患腹内恶”中，郗愔迷于道家信仰而服用符箓，以致“常患腹内恶”，若非名医于法开诊脉治疗，终将酿成大祸。同门“晋明帝微服问葬”中，对于郭璞占卜术的神化，准确预测出“不出三年，当致天子”，显然含有浓厚的迷信色彩。《德行》门“陈遗焦饭遗母”中，陈遗身处绝境而以焦饭得活，“时人以为纯孝之报也”，虽然表彰孝行具有积极意义，但归结为因果报应则染有佛教“善恶有报”的色彩。《方正》门“士衡妙语驳卢志”中，刘孝标注所引《孔氏志怪》更是一部在道教、佛教渐行流传的背景下，宣扬神灵鬼怪的作品。这些穿插于故事中的迷信因素，阅读时需要仔细甄别，消除影响。

再有，就是作为《世说新语》全书载体的语言文字形式，它们对于此前汉语的新生与发展，同样值得我们注意。魏晋南北朝期间，国家分并、人民迁徙、民族交往，促进了文化的融合与语言的接触，对汉语的走向产生了巨大影响。随着口语的逐渐潜入，此时的汉语，无论在语音、词汇还是语法方面，相对于先秦两汉，都有较为显著的变化。《世说新语》是一部较为接近口语的文人作品，明确反映出语言的发展变化，这又主要体现在词汇与语法两个方面。

词汇的发展在全书中历历可见。例如《言语》门“故是一凤”中“邓艾口吃”的“口吃”表示说话结巴的词义，同门“强欲滓秽太清”中“卿居心不净”的“居心”表示心地、存心的词义，《政事》门“共看何骠骑”中“望卿摆拨常务”的“摆拨”表示摆脱、撇开的词义，《豪爽》门“祖车骑传语阿黑”中“处分树置”的“处分”表示安排、处理的词义。这些都是《世说新语》中使用的新兴词语与新兴词义。而取自该书或源自该书的成语也十分丰富，例如《德行》门“陈仲举为豫章”中的“席不暇暖”、“难兄难弟”中的“难兄难弟”，《言语》门“山阴道上行”中的“应接不暇”，《黜免》门“唯作‘咄咄怪事’”中的“咄咄怪事”，《尤悔》门“欲闻华亭鹤唳”中的“华亭鹤唳”，《雅量》门“坦腹东床”中的“坦腹东床”，《排调》门“顾长康啖甘蔗”中的“渐入佳境”，《假谲》门“望梅止渴”中的“望梅止渴”。这些词语特别是成语的使用，该书可谓具有起源的意义。

新兴的语法现象也有较为典型的反映。例如《豪爽》门“祖车骑传语阿黑”中，“卿语阿黑”使用的名词前缀“阿”字；《品藻》门“温太真失色”中，“过江第二流之高者”使用的序数词前缀“第”字；《言语》门“覆巢无完卵”中，“冀罪止于身”使用的第一人称代词“身”字；《识鉴》门“伊必能克蜀”中，“伊必能克蜀”使用的第三人称代词“伊”字；《赏誉》门“故未易多有许”中，“未易多有许”使用的指示代词“许”字；《品藻》门“外人那得知”中，“那得知”使用的疑问代词“那”字；《雅量》门“如此，将无归”中，“将无归”使用的语气副词“将无”；《文学》“官本是臭腐”中，“所以将得而梦棺尸”使用的表示结果的连词“所以”；《品藻》门“往辄破的，胜我”中，“韶音令辞，不如我”不再说成“韶音令辞，不我如”的“否定词+动词+宾语”词序；《言语》门“小时了了”中，“我是李府君亲”的“是”字式判断句，《规箴》门“手不能堪芒也”中，“参佐无不被系束”的“被”字式被动句。这些都是秦汉时期难以见及的语法现象。

总的看来，《世说新语》的语言对于词汇、语法的发展较为敏感，它虽然保留了许多文言成分，但仍然比较接近口语。如果要对《世说新语》的语言面貌作出描绘的话，可以说它是一种用上了部分新词语与新词义，去掉了大部分传统的句末语气词，采用了某些新的语法结构的书面语言。

此外，由于《世说新语》是以汉末魏晋这一特定历史时代作为背景，又主要反映清谈这一士族阶层特定风气的一部志人笔记小说集，历史与清谈这两个方面的内容虽然逸出中学生语文素养的范围，却也应该上升到培育中学生人文综合素养的高度上予以重视。

爱好历史或者有志于日后研修中国古代史的学生，从《世说新语》中可以获取对于这些历史事件的文学性认识，全书涉及的人物、事件，虽不及正史那样严整规范，但作者去古未远，史料尚存，书中对于重大历史事件的生动形象的记述描绘，无疑能够对正史起到验证与辅助理解的作用。

例如《识鉴》门“石勒不知书”中提到的“劝立六国后”，《贤媛》门“王明君出汉宫”中的“昭君和亲”，《言语》门“覆巢无完卵”中反映的“曹操弄权”，《文学》门“七步中作诗”中曹植应声为诗涉及的“曹丕代汉”背景，《尤悔》门“晋明帝哀晋祚”中叙述的“曹魏衰落”与“司马氏崛起”，《雅量》门“嵇中散临刑东市”中嵇康被诛事件正当“西晋一统”之时，《排调》门“令汝万寿春”中的发问与作歌正是“平吴之役”的后续轶事，《规箴》门“卫瓘佯醉讽武帝”中的太子即位后的愚昧当与“八王之乱”有极为密切的关系，《言语》门“新亭对泣”中的相视流泪体现了“永嘉南渡”之后士人的悲痛，《宠礼》门“太阳与万物同晖”反映的正是“东晋偏安”的太平景象，《规箴》门“陆迈止苏峻放火”中的放火企图可以视为“苏峻叛乱”的生动预演，《雅量》门“淮上信至”中的“淮上”就是“淝水之战”的前线，《识鉴》门“伊必能克蜀”又是“桓温伐蜀”一事的酝酿与准备，《黜免》门“老槐扶疏无生意”中的殷仲文不啻于“桓玄篡晋”失败的殉葬品。这些对于历史事件的文学性描写，虽然难以具有与正史等同的史料价值，但说它们富有参照作用则是绝不为过的。

只是《世说新语》毕竟属于文学作品而不是信史，由于种种缘故而未能做到尽与史实吻合。例如《自新》门“周处除三害”中，讲述了周处入吴寻二陆一事，而历史上的周处年长于二陆，周年少时，二陆尚未出生；《识鉴》门“当以子孙相累”中，乔玄评价曹操“实是乱世之英雄，治世之奸贼”，刘孝标注却引孙盛《杂语》，认为应是许子将对于曹操的评价，《世说》所言荒谬；《捷悟》门“魏武过曹娥碑下”中，描写曹、杨二人共同射谜，十分有趣，但刘孝标却加按语说：“曹娥碑在会稽中，而魏武、杨修未尝过江也。”尽管如此，《世说新语》自有其不朽之文学功业传世，这些有悖于史实的瑕疵，并不会掩盖它的巨大成就。

清谈是《世说新语》中文人雅士的重要活动，爱好哲学或者有志于日后研修中国哲学史的学生，从该书中可以获取对于清谈的感性与理性上的体会与认识。魏晋时期，承袭东汉清议之风，兴起了这种谈论“三玄”(《老子》《庄子》《周易》)、辨析名理、品鉴人物而回避现实、不谈功利的清谈风习，特别是在统治者与士族阶层中，更是将这种清谈视为高雅风流之举。

《世说新语》对于其时清谈的盛况作了多个方面的描写。例如《文学》门“向、郭二《庄》”中，向秀注“妙析奇致，大畅玄风”；同门“世谓‘三语掾’”中，王夷甫与阮宣子讨论“老庄与圣教同异”的问题；同门“锺会撰《四本论》”中，讨论才性同、才性异、才性合、才性离；同门“善人少，恶人多”中，殷浩与刘惔讨论宇宙与意志的关系；同门“殷中军下都”中，王丞相与殷浩“共谈析理”，自认为可与著名的“正始之音”媲美；《赏誉》门“卫伯玉奇乐广”中，乐广因善于清谈，被称誉为“见之若拨云雾睹青天”；《品藻》门“往辄破的，胜我”中，又述及对清谈时主客双方在“韶音令辞”与“往辄破的”两个方面的比较；同门“会稽王语奇进”中，又称赞会稽王司马昱的清谈有了飞速的长进；《文学》门“麈尾脱落”中，还着力描写了清谈时客主往返论辩，“彼我奋掷麈尾”的激烈场面；《容止》门“与手都无分别”中，还赞颂了妙于谈玄者王衍仪表端庄美丽，“恒捉白玉柄麈尾，与手都无分别”。

不过，对于清谈这一特殊的历史文化现象，《世说新语》中也记述了不少崇尚实务的人物持有不同意见。例如《言语》门“王、谢共登冶城”中，王羲之针对谢安的“悠然远想，有高世之志”，指出“虚谈废务，浮文妨要，恐非当今所宜”；《政事》门“共看何骠骑”中，何充婉拒与王濛等人清谈，说道：“我不看此，卿等何以得存？”

纵观历史，清谈作为魏晋时期盛极一时的现象，是封建社会中士族阶层崇尚的一种风气，也必然会随着士族制度的衰落而渐趋消失。

以上我们向中学生同学介绍了阅读《世说新语》时应该重点关注的六个方面，以供大家参考。而从更广阔的层面来看，该书还具有其他多个方面的价值，例如为中华传统典章制度、老庄义理、佛教史、美学史的相关研究提供资料，为历史人物与其文学形象的比较研究提供参照，为本书与后世的仿作、译作的参合研究提供范本，这些都属于中学生学识范围以外的专门之学，同学们日后确定了专业研究方向，如有需要，当可从中继续挖掘，以进一步丰富自己的学业内容。

最后，简单说说该书版本流传情况。今传宋元以来的《世说新语》刻本较多，影响大者主要有：影印宋高宗绍兴八年（1138）董弅刻本（简称影宋本）；明嘉靖年间袁褧嘉趣堂翻刻陆游刻本（简称明本或袁本）；清道光周氏纷欣阁重刻袁本（略有更正，简称纷欣阁本），光绪年间王先谦又据纷欣阁本重刻，称思贤讲舍本（简称王本)。今人整理的校注本，则以余嘉锡《世说新语笺疏》(中华书局 1983 年版、1993 年修订版)、徐震堮《世说新语校笺》(中华书局 1984 年版)方便阅读，最为通行。余、徐二书出版后不久，为利于读者，又有张永言主编的《世说新语辞典》(四川人民出版社 1992 年版)与张万起编著的《世说新语词典》(商务印书馆 1998 年版)面世，对全书词语作了详尽解释，可以进一步帮助读者理解语意。除此之外，一个时期以来，还陆续出版了多套《世说新语》全译本，原文与译注相互对照，尽力将艰深化为浅显，对于全书阅读有很大裨益，这类译注，印制量大，获取方便，中学生同学自可择善参考。

目　录

一、德行

二、言语

三、政事

四、文学

五、方正

六、雅量

七、识鉴

八、赏誉

九、品藻

十、规箴

十一、捷悟

十二、夙惠

十三、豪爽

十四、容止

十五、自新

十六、企羡

十七、伤逝

十八、栖逸

十九、贤媛

二十、术解

二十一、巧艺

二十二、宠礼

二十三、任诞

二十四、简傲

二十五、排调

二十六、轻诋

二十七、假谲

二十八、黜免

二十九、俭啬

三十、汰侈

三十一、忿狷

三十二、谗险

三十三、尤悔

三十四、纰漏

三十五、惑溺

三十六、仇隙

一、德行

《世说新语》共计三十六门，而以“德行、言语、政事、文学”置于最前列，与“孔门四科”契合，显然是受到儒家思想的影响。但也有部分儒家思想之外的内容，反映了魏晋时期特有的道德观念。“德行”的意思是道德品行，古人认为“在心为德，施之为行”，“德”是内在的道德，“行”是外在的品行。德行优劣是评价人才的首要标准，现今时代如此，过去时代也是如此。

本门收录言行轶事四十七条，大多表现儒家传统的道德规范，例如为官清廉、为人忠厚、待人善良、与人诚信、生活节俭、严于修身，尤其是较多反映了对孝顺尊长的推崇，这正与当时统治者提倡“以孝治天下”有密切关系。此外，也有一些逾越传统礼教的内容，反映了魏晋士人对个性解放的追求。

本书选译十七则故事，其中值得认真借鉴之处很多，但旧礼教与现实多有不合，同学们应该学会细心体会。

陈仲举为豫章

陈仲举言为士则[1]，行为世范，登车揽辔[2]，有澄清天下之志。为豫章太守[3]，至，便问徐孺子所在[4]，欲先看之。主簿白[5]：“群情欲府君先入廨[6]。”陈曰：“武王式商容之闾[7]，席不暇暖。吾之礼贤，有何不可！”

注释

[1] 陈仲举：陈蕃。东汉汝南平舆（今属河南）人，名蕃，字仲举。为人刚正不阿，以气节名世。曾任太尉、太傅，封高阳侯。

[2] 揽辔（pèi）：拿起马缰绳。古代受任官员通常乘车赴职，登车揽辔表示初到职任。

[3] 豫章：郡名。治所在今江西南昌。太守：官名。郡的最高行政长官。

[4] 徐孺子：徐稺（zhì）。东汉豫章南昌（今属江西）人，名稺，字孺子。有声望，深受乡党推崇。陈蕃在豫章时，不接待宾客，只为徐稺特设一榻，徐坐过走后，就挂起不用。

[5] 主簿：官名。中央机构及地方官府的属官，负责文书簿籍，掌管印鉴，为掾史之首。魏晋期间，权势甚盛。白：禀告。

[6] 府君：汉魏以来对太守、牧尹尊称为府君或明府君，又可简称明府。廨（xiè）：官署。

[7] 式：同“轼”，车厢前部扶手的横木。用作动词，手扶着轼。古人乘车，俯身扶轼表示敬意。商容：殷代贤人，因直谏被纣王废黜。闾：里巷之门。周武王灭殷后，立即到商容里巷门前表示对贤人的敬意。

【译文】陈仲举的言谈是读书人的榜样，行为是世间的规范，刚登车就任，就有革新弊端、匡正天下的抱负。出任豫章太守，一到职，就打听徐孺子住处，想先拜访他。主簿禀告说：“众人的意思是希望您先去官署。”陈说：“周武王刚灭殷，就对商容里门扶轼以表敬意，可说是席不暇暖。我去礼拜贤人，有什么不可以的呢！”

李元礼高自标持

李元礼风格秀整[1]，高自标持[2]，欲以天下名教是非为己任[3]。后进之士有升其堂者，皆以为登龙门[4]。

注释

[1] 李元礼：李膺。东汉颍川襄城（今属河南）人，名膺，字元礼。曾任河南尹、司隶校尉。当时朝廷纲纪不振，他独持法度，以声名自高，广受赞誉。

[2] 高自标持：自高自负，自我标榜甚高。

[3] 名教：以正定名分为中心的儒家礼教。是非：正确与错误。

[4] 登龙门：据《太平广记》卷四百六十六引《三秦记》说，龙门之下，每年三月有黄鲤鱼汇集，能跃上龙门的不过七十二条，均化而为龙。后以“登龙门”比喻得到有名望者的接待、援引而增长声誉。龙门，黄河水道名。在今山西河津西北与陕西韩城东北之间。黄河至此，两岸峭壁对峙，形如阙门。

【译文】李元礼风度高雅，品格严整，为人自尊自负，要将弘扬礼教、品评天下是非作为自己使命。后辈士人进入他家受到接待的，都认为是登上龙门。

难兄难弟

陈元方子长文[1]，有英才，与季方子孝先[2]，各论其父功德，争之不能决，咨于太丘[3]。太丘曰：“元方难为兄，季方难为弟[4]。”

注释

[1] 陈元方：陈纪。东汉颍川许昌（今河南许昌东）人，名纪，字元方，陈寔之长子。与父寔、弟谌并有高名。曾任尚书令，拜大鸿胪。长文：陈群。名群，字长文，陈纪之子。品行忠贞，敢于直言劝谏。汉末任司空掾，入魏后迁镇东大将军，录尚书事，封颍阴侯。

[2] 季方：陈谌。名谌，字季方，陈纪之弟，早卒。孝先：陈忠。名忠，字孝先，陈谌之子。

[3] 咨：询问。太丘：县名。治所在今河南永城西北。这里指陈寔。陈寔，名寔，字仲弓，元方、季方之父。治理政务清平，百姓安适。曾任太丘长，世称“陈太丘”。

[4] 难为兄、难为弟：意思是兄弟二人功业德行相当，难以分出高下。

【译文】陈元方的儿子长文，有卓越的才能，与季方的儿子孝先，各人评说自己父亲的功业德行，争执不下，就去询问祖父太丘。太丘说：“元方难为兄长而居其上，季方难为弟弟而在其下。”

荀巨伯看友人疾

荀巨伯远看友人疾[1]，值胡贼攻郡[2]，友人语巨伯曰[3]：“吾今死矣[4]，子可去[5]！”巨伯曰：“远来相视[6]，子令吾去，败义以求生，岂荀巨伯所行邪？”贼既至，谓巨伯曰：“大军至，一郡尽空，汝何男子[7]，而敢独止？”巨伯曰：“友人有疾，不忍委之[8]，宁以我身代友人命。”贼相谓曰：“我辈无义之人，而入有义之国！”遂班军而还[9]，一郡并获全。

注释

[1] 荀巨伯：东汉桓帝时颍川（治所在今河南禹州）人。生平事迹不详。

[2] 值：遇上。胡：古代对北方与西方各民族的泛称，东汉时常指匈奴、乌桓、鲜卑等。贼：对敌人的蔑称。郡：指郡城。

[3] 语（yù）：对……说。

[4] 今：就，即将。

[5] 子：对人的尊称。可：应该。

[6] 相：指代性副词，偏指“你”。

[7] 汝：你。带有轻贱、不庄重的意味。男子：对无官爵男性的称呼。含蔑视、不尊重的意味。

[8] 委：抛弃。

[9] 班军：撤回军队。

【译文】 荀巨伯远道去探望友人病情，正好遇上胡人攻打郡城，友人对巨伯说：“我很快就要死了，您应该离开这里！”巨伯说：“我远道来看望您，您让我离开，败坏道义以求活命，难道是我荀巨伯的行为吗？”敌寇来到后，对巨伯说：“大军一到，全城的人都跑光了，你是什么人，竟敢独自留下？”巨伯说：“友人有病，不忍丢下他，宁愿用我自身来换取友人性命。”敌寇彼此议论说：“我们这些没有道义的人，却进入了有道义的国家！”于是撤军而回，整个郡城都得到保全。

割席分坐

管宁、华歆共园中锄菜[1]，见地有片金，管挥锄与瓦石不异，华捉而掷去之[2]。又尝同席读书，有乘轩冕过门者[3]，宁读如故，歆废书出看[4]。宁割席分坐，曰：“子非吾友也。”

注释

[1] 管宁：三国魏北海朱虚（今山东临朐东南）人，名宁，字幼安。自小孤苦贫困，不愿做官。曾避中原战乱，居辽东三十多年。华歆（xīn）：三国魏平原高唐（今山东禹城西南）人，名歆，字子鱼。为政清静，家无蓄积。汉末曾任豫章太守，入魏后任司徒，封博平侯。

[2] 捉：拾起。

[3] 轩：官员所乘的车子。冕：官员的礼帽。“轩冕”连用，是复词偏义，偏指“轩”，“冕”字无义。

[4] 废：放下。

【译文】管宁、华歆同在园中锄菜，见到地上有一片金子，管抡锄劳作，与见到瓦石没有不同，华则捡起金子而后扔掉。又曾同在一张座席上读书，有乘坐官车的显贵人物从门外经过，管宁读书依旧，华歆却丢开书本外出观看。管宁割断垫席，分开座位，说：“您不是我的朋友。”

华、王优劣

华歆、王朗俱乘船避难[1]，有一人欲依附[2]，歆辄难之[3]。朗曰：“幸尚宽，何为不可？”后贼追至，王欲舍所携人。歆曰：“本所以疑，正为此耳。既已纳其自托，宁可以急相弃邪[4]？”遂携拯如初[5]。世以此定华、王之优劣。

注释

[1] 华歆：本门已见。王朗：三国魏东海郯（今山东郯城北）人，名朗，字景兴。儒雅博学，为官宽政减刑。汉末任会稽太守，入魏后任司空，转司徒。

[2] 依附：依托。指搭乘船。

[3] 难：用作意动，对……感到为难。

[4] 相：指代性副词，偏指“他”。

[5] 携拯：携带救助。

【译文】华歆、王朗一起乘船逃难，有一个人想要搭船，华歆对此表示为难。王朗说："幸好还算宽敞，为什么不可以？"后来贼寇追来，王想要丢下搭船的人。华歆说："原本之所以犹豫，正是担心这事。既已接受他的托身，难道能因情况紧急抛弃他吗？"于是携助一如当初。世人根据这事来评定华、王的优劣。

阮嗣宗至慎

晋文王称阮嗣宗至慎[1]，每与之言，言皆玄远[2]，未尝臧否人物[3]。

注释

[1] 晋文王：司马昭。三国魏河内温县（今河南温县西南）人，名昭，字子上，司马懿次子。继其兄司马师之后任魏大将军，专揽国政，死后谥为文王。其子司马炎称帝，追尊他为文帝。阮嗣宗：阮籍。三国魏陈留尉氏（今属河南）人，名籍，字嗣宗。率意任情，蔑视礼教。曾任步兵校尉，世称"阮步兵"，与嵇康友善，为"竹林七贤"之一。与当权的司马氏集团有矛盾，常以谨慎避祸的方式保全自己。

[2] 玄远：玄妙高远。

[3] 臧否（zāng pǐ）：褒贬。

【译文】晋文王称赞阮嗣宗为人至为谨慎，每次与他交谈，言辞都玄妙高远，从未评议他人的短长。

有欲炙之色

顾荣在洛阳[1]，尝应人请，觉行炙人有欲炙之色[2]，因辍己施焉[3]。同坐嗤之[4]，荣曰：“岂有终日执之[5]，而不知其味者乎？”后遭乱渡江[6]，每经危急，常有一人左右己[7]，问其所以，乃受炙人也。

注释

[1] 顾荣：西晋吴郡吴（今江苏苏州）人，名荣，字彦先。天资聪慧，为人机敏。仕吴任黄门侍郎，入晋后拜郎中，迁廷尉正，后又出任琅邪王军司，加散骑常侍。洛阳：西晋京都。故城在今河南洛阳东洛水北岸。

[2] 行炙人：递送烤肉的人。炙，烤肉。

[3] 辍（chuò）己：舍下自己的。

[4] 坐：同“座”。嗤：嘲笑。

[5] 执：操作。

[6] 遭乱渡江：遭遇战乱渡江南下。乱，指永嘉之乱。晋怀帝永嘉年间（307—313），匈奴贵族刘渊建汉赵，攻破洛阳，俘怀帝，杀王公士民三万余人，史称“永嘉之乱”。

[7] 左右：救助。

【译文】顾荣在洛阳时，曾经应邀赴宴，席间觉得上菜的人有想吃烤肉的神情，于是留下自己的一份送给那人。同席的人都嘲笑他，顾荣说：“哪有整天摆弄烤肉，却不知它滋味的人呢？”后来遇上战乱渡江避难，每次经历危急，常有一人救助自己，问他这样做的原因，原来就是接受烤肉的人。

邓攸不复畜妾

邓攸始避难[1]，于道中弃己子，全弟子。既过江，取一妾[2]，甚宠爱。历年后，讯其所由[3]，妾具说是北人遭乱，忆父母姓名，乃攸之甥也。攸素有德业[4]，言行无玷[5]，闻之哀恨终身，遂不复畜妾[6]。

注释

[1] 邓攸：晋平阳襄陵（今山西临汾东南）人，名攸，字伯道。为官清廉，自守节操。曾任吏部尚书，迁尚书右仆射。难：指永嘉之乱。参看本门《有欲炙之色》P008 注 [6]“乱”注。邓攸在乱中曾被石勒俘获，后得救助逃归。

[2] 取：同“娶”。

[3] 讯：询问。

[4] 德业：道德操守方面的业绩。

[5] 玷（diàn）：污点。

[6] 畜：畜养。

【译文】邓攸当初避难时，在半道上丢弃自己儿子，保全了弟弟的儿子。过江之后，娶了一个妾，很是宠爱。一年过后，询问她的来历，妾详细说到自己是北方人，遭遇世乱，回忆起父母姓名，竟然是邓攸的外甥女。邓攸一向有德行操守，言谈举止没有污点，听了这些话，悲哀悔恨终身，于是不再纳妾。

庾公乘马有的卢

庾公乘马有的卢[1]，或语令卖去[2]，庾云：“卖之必有买者，即当害其主，宁可不安己而移于他人哉[3]？昔孙叔敖杀两头蛇以为后人[4]，古之美谈。效之，不亦达乎？”

注释

[1] 庾公：庾亮。晋颍川鄢陵（今河南鄢陵西北）人，名亮，字元规，晋明帝庾皇后兄、成帝之舅。姿容美好，善于谈论，爱好《老》《庄》。明帝时曾代王导为中书监，成帝初为中书令，执掌朝政。死后追赠太尉，谥为文康。公，古代对人的尊称。的卢：一种额部有白色斑点的马。传说骑乘它的人会遭遇不幸。

[2] 语（yù）：对……说。

[3] 安：用作使动，使……平安。

[4] 孙叔敖：春秋楚国期思（今河南淮滨东南）人，芈姓，名敖，字孙叔。这是沿用古已有之的“先字后名”的称谓方式。曾任楚国令尹，辅佐楚庄王称霸诸侯。两头蛇：孙叔敖年少时，见到一条两头蛇。据说看见此蛇的人就会丧命，他很害怕，告诉母亲；又说到为了不让别人看见，已将蛇杀死埋了。母亲对他说：“积有阴德，必有阳报，你不会死的。”

【译文】庾公骑乘的马中有一匹的卢马，有人劝他让他卖掉，庾说：“卖了它，必然有买的人，就还会危害它的主人，怎能不利于自己就嫁祸给他人呢？以往孙叔敖杀死两头蛇，以保护后面走来的人，这在古代传为美谈。我仿效他，不是很旷达吗？”

阮光禄焚车

阮光禄在剡[1]，曾有好车，借者无不皆给[2]。有人葬母，意欲借而不敢言，阮后闻之，叹曰：“吾有车而使人不敢借，何以车为[3]？”遂焚之。

注释

[1] 阮光禄：指阮裕。晋陈留尉氏（今属河南）人，名裕，字思旷。以德

行知名，无心仕宦。曾任临海、东阳太守，不久去职；被征召为侍中、散骑常侍、金紫光禄大夫，均未就职。光禄，指金紫光禄大夫。掌管顾问应对，加金印紫绶。剡（shàn）：县名。治所在今浙江嵊（shèng）州。

[2] 给（jǐ）：供应。

[3] 为：句末语气词，表示反问。

【译文】阮光禄在剡县时，曾有一辆好车，凡来借车的没有不出借的。有个人要安葬母亲，想借车却不敢说，阮后来听说这事，感叹说："我有车却让人不敢来借，还要车做什么？"于是将车烧了。

莫得淫祀

刘尹在郡[1]，临终绵惙[2]，闻阁下祠神鼓舞[3]，正色曰："莫得淫祀[4]！"外请杀车中牛祭神[5]，真长答曰："丘之祷久矣[6]，勿复为烦！"

注释

[1] 刘尹：指刘惔（dàn）。东晋沛国相（今安徽濉溪西北）人，名惔，字真长。为人清高，卓尔不群。明帝时召为庐陵长公主驸马，官至丹阳尹。尹，晋代郡长官一般称"太守"，但京都所在地的郡长官称为"尹"。西晋有河南尹，东晋有丹阳尹。郡：指丹阳郡。治所在今江苏南京。

[2] 绵惙（chuò）：临终时气息若断若续。古人弥留之际，在鼻子前放置丝绵以察验是否气绝。惙，气息短促微弱。

[3] 祠神：祭祀神灵。

[4] 淫祀：不合礼制滥行祭祀。

[5] 外：吏役。

[6] 丘之祷久矣：语出《论语·述而》："子疾病，子路请祷。……子曰：'丘之祷久矣。'"刘惔引用这句话，表示自己言行遵照神灵意旨，像孔子一样，祈祷很久了。

【译文】刘尹在丹阳尹任上，临终弥留时，听到阁楼下击鼓跳舞以祭神的声音，神色严肃地说："不得滥行祭祀！"吏役请求杀掉驾车的牛来祭神，真长回答说："我向神祈祷很久了，不要再劳烦了！"

我常自教儿

谢公夫人教儿[1]，问太傅[2]："那得初不见君教儿[3]？"答曰："我常自教儿[4]。"

注释

[1] 谢公：指谢安。东晋陈郡阳夏（jiǎ）（今河南太康）人，名安，字安石。神采清秀明达，甚有重名。位至宰相，力主抗拒外族南侵，取得淝水之战胜利，并收复北方部分失地。死后追赠太傅。

[2] 太傅：官名。本为辅佐国君治理朝政的官员，汉代以后常常作为高官的加衔，不甚有实权。这里指谢安。

[3] 初不：从未。

[4] 常自教儿：常常用身教教育孩子。常自，经常。

【译文】谢公夫人教育子女，问太傅："怎么从来未见您教育孩子？"回答说："我常用身教教育孩子。"

王子敬首过

王子敬病笃[1]，道家上章[2]，应首过[3]，问子敬由来有何异同得失[4]。子敬云："不觉有余事，唯忆与郗家离婚[5]。"

注释

[1] 王子敬：王献之。东晋琅邪临沂（今属山东）人，名献之，字子敬，王羲之第七子。善丹青，尤工书法，信奉五斗米教。曾任建威将军、吴兴太守、尚书令。病笃：病重。

[2] 道家：指五斗米道。上章：道士呈上章表以求解除厄难。

[3] 首过：道家用语。自首其过，忏悔过失。

[4] 由来：历来。异同得失：过失。“异同得失”连用，是复词偏义，偏指“得失”，“异同”无义；在“得失”中，又偏指“失”，“得”字无义。

[5] 与郗家离婚：王献之曾娶郗昙之女郗道茂为妻，后来离婚。

【译文】王子敬病重，请道家来上表祈祷，本人则应该坦白过错，问子敬历来有什么过失。子敬说：“没觉着有其他的事，只想到与郗家离过婚。”

贫者士之常

殷仲堪既为荆州[1]，值水俭[2]，食常五碗盘[3]，外无余肴。饭粒脱落盘席间，辄拾以啖之。虽欲率物[4]，亦缘其性真素。每语子弟云[5]：“勿以我受任方州[6]，云我豁平昔时意[7]，今吾处之不易。贫者士之常，焉得登枝而捐其本！尔曹其存之[8]。”

注释

[1] 殷仲堪：东晋陈郡长平（今河南西华东北）人，名仲堪。善于属文，长于清言。曾任都督荆益宁三州军事、振威将军、荆州刺史。荆州：州名。治所在今湖北江陵。

[2] 水俭：因洪涝而庄稼歉收。

[3] 五碗盘：由一个托盘及盛放其中的五只小碗组成的小套食器。吃饭时，碗置于盘中，盘放在座席上。

[4] 率物：为人表率。物，别人、众人。

[5] 语（yù）：对……说。

[6] 方州：指一方一州之长。

[7] 豁：舍弃。

[8] 尔曹：你们。尔，第二人称代词，你。常用于长辈称呼晚辈以表示亲密。曹，等、辈。用在人称代词或名词后面表示复数。存：记住。

【译文】殷仲堪担任荆州刺史后，正遇上水灾歉收，吃饭时常常只用五碗盘，此外别无菜肴。饭粒掉落盘外席上，总是拾起来吃掉。这虽然是想为人表率，却也缘于他生性率真纯朴。他经常对子侄们说："不要因为我担任了一州长官，就认为我会抛弃平素志向，如今我坚守此志不会改变。清贫是读书人的本分，哪能登上高枝就丢弃根本呢！你们要记住这些话！"

身无长物

王恭从会稽还[1]，王大看之[2]。见其坐六尺簟[3]，因语恭[4]："卿东来[5]，故应有此物[6]，可以一领及我。"恭无言。大去后，即举所坐者送之。既无余席，便坐荐上[7]。后大闻之，甚惊，曰："吾本谓卿多，故求耳。"对曰："丈人不悉恭[8]，恭作人无长物[9]。"

注释

[1] 王恭：东晋太原晋阳（今山西太原）人，名恭，字孝伯，小字阿宁。简率正直，甚有声望。曾任吏部郎、中书令、兖青二州刺史。会（kuài）稽：郡名。治所在今浙江绍兴。还：指回到东晋都城建康（今江苏南京）。

[2] 王大：王忱。名忱，字元达，小字佛大，王恭之族叔。放任旷达，性好嗜酒，有时连月长醉。曾任荆州刺史、建武将军。

[3] 簟（diàn）：竹席。古人席地而坐，荐铺在下，席铺在荐上。

[4] 语（yù）：对……说。

[5] 卿：相当于“你”。常用来称呼辈分低于自己或平辈之间较为亲昵的人。东：东晋时将会稽、吴郡（治所在今江苏苏州）称为“东”。

[6] 故：当然。

[7] 荐：草垫。

[8] 丈人：对长者的尊称。

[9] 长（zhàng）物：多余的物品。

【译文】王恭从会稽回来，王大去看望他。见到他坐着六尺长的竹席，就对王恭说：“你从东边回来，本当有这种东西，可以拿一张给我。”王恭没有说话。王大走后，王恭就将自己坐的竹席送给他。已经没有多余的竹席，就坐在草垫上。后来王大听说这事，很是吃惊，说：“我本来以为你有很多，所以才要的啊。”王恭回答说：“您老人家不了解我，我为人没有多余的物品。”

陈遗焦饭遗母

吴郡陈遗[1]，家至孝。母好食铛底焦饭[2]，遗作郡主簿[3]，恒装一囊，每煮食，辄贮录焦饭[4]，归以遗母[5]。后值孙恩贼出吴郡[6]，袁府君即日便征[7]。遗已聚敛得数斗焦饭，未展归家[8]，遂带以从军。战于沪渎[9]，败。军人溃散，逃走山泽，皆多饥死，遗独以焦饭得活。时人以为纯孝之报也。

注释

[1] 吴郡：郡名。治所在吴县（今江苏苏州）。陈遗：南朝宋初吴郡人，名遗。任郡吏，事母至孝。生平事迹不详。

[2] 铛（chēng）：铁锅。焦饭：锅巴。

[3] 主簿：官名。中央机构及地方官府的属官，负责文书簿籍，掌管印鉴，为掾史之首。

[4] 贮录：储存收藏。

[5] 遗（wèi）：送给。

[6] 孙恩：东晋琅邪（治所在今山东临沂北）人，名恩，字灵秀。信奉五斗米教，曾率军起义攻破郡县，兵败后投海自杀。

[7] 袁府君：指袁山松，东晋陈郡阳夏（今河南太康）人。博学能文，擅长音乐。曾任吴国内史、吴郡太守。孙恩起事，他固守沪渎，城陷被害。府君，汉魏时对太守的尊称。

[8] 未展：未及。

[9] 沪渎：古称吴淞江下游近海处一段为沪渎，相当于今上海市西旧青浦镇一带古吴淞江。

【译文】 吴郡人陈遗，在家极为孝顺。母亲喜欢吃锅巴，陈遗任郡主簿时，总是携带一只口袋，每次煮饭，就将锅巴收存起来，回家时送给母亲。后来遇上孙恩叛军流窜吴郡，袁太守当天就率军出征。陈遗已经积攒了数斗锅巴，来不及回家，于是带着它随军出发。在沪渎交战，官军大败。军队溃败离散，逃往山林水泽，大多数人都饿死了，唯独陈遗靠着锅巴得以活命。当时的人认为这是对他纯笃孝行的回报。

二、言语

言语，是在学识基础上的思维能力与表达能力的综合体现。魏晋时期，烦琐的经典章句之学不再广受尊崇，而谈玄析理、探求微言大义之风盛行。其时士大夫在饱读诗书的同时，特别注重言辞风度修养，提高语言表达技巧，以求发言寓意深刻，用语简明生动，举止潇洒自如。因为擅长言谈，也是其时士大夫具有上层社会身份的一种象征。

本门收录言行轶事一百零八条，记载了不同语境中的各种机辩言语。有的义理深邃，有的意境高远，有的机警多锋，有的气势磅礴，有的含蓄婉转，而都具有简洁得体、发人深省的特征。当然，在家国要务的宏大话题之外，也涉及一些日常琐事，同样是娓娓道来，意味深长，全无令人生厌的感觉。

本书选译二十二则故事，涉及的说话技巧，可资模仿之处不少，但内中也有少数涉嫌无理狡辩或借机吹嘘的内容，同学们应该注意分辨。

人眼中有瞳子

徐孺子年九岁[1]，尝月下戏。人语之曰[2]：“若令月中无物[3]，当极明邪?”徐曰：“不然。譬如人眼中有瞳子[4]，无此必不明。”

注释

[1] 徐孺子：徐稺。见P002《德行·陈仲举为豫章》注[4]。

[2] 语（yù）：对……说。

[3] 物：古代传说月中的黑影为蟾蜍，是后羿妻子嫦娥奔月后的化身。

[4] 瞳子：瞳孔。

【译文】徐孺子九岁时，曾经在月光下玩耍。有人对他说：“如果月亮中没有东西，该会特别明亮吧？”徐说：“不是这样。就好比人眼睛中有瞳仁，要是没了它，眼睛一定不明亮。”

小时了了

孔文举年十岁[1]，随父到洛[2]。时李元礼有盛名[3]，为司隶校尉[4]。诣门者，皆俊才清称及中表亲戚乃通[5]。文举至门，谓吏曰：“我是李府君亲[6]。”既通，前坐。元礼问曰：“君与仆有何亲[7]？”对曰：“昔先君仲尼与君先人伯阳有师资之尊[8]，是仆与君奕世为通好也[9]。”元礼及宾客莫不奇之[10]。太中大夫陈韪后至[11]，人以其语语之[12]，韪曰：“小时了了[13]，大未必佳。”文举曰：“想君小时，必当了了。”韪大踧踖[14]。

注释

[1] 孔文举：孔融。东汉末鲁国（治所在今山东曲阜）人，名融，字文举，孔子二十世孙。幼时有异才，博览群书。曾任北海相、太中大夫，世称“孔北海”。喜奖掖后进，名重天下，因触怒曹操被杀。

[2] 洛：指东汉京都洛阳，故城在今河南洛阳东洛水北岸。西晋也在此建都。

[3] 李元礼：李膺。见P003《德行·李元礼高自标持》注 [1]。

[4] 司隶校尉：官名。主管督察京师百官（太尉、司徒、司空除外）及所辖附近各郡。至东晋罢废。

[5] 中表：古代称父亲姐妹的儿女为外表，母亲兄弟姐妹的儿女为内表，合称中表。

[6] 府君：汉魏时对太守的尊称。李膺曾任渔阳太守，所以称为“府君”。

[7] 君：对对话人的尊称。汉魏时礼敬意味已渐趋弱化。仆：对自己的谦称。

[8] 仲尼：孔丘。春秋鲁国陬（zōu）邑（今山东曲阜东南）人，名丘，字仲尼，儒家学派创始人。曾任鲁国司寇。伯阳：李耳。春秋楚国苦县（今河南鹿邑）人，姓李，名耳，字伯阳（一说聃），道家学派的创始人。师资之尊：指礼尊对方为师的敬意。相传孔子曾经问礼于老子。

[9] 奕世：累世。通好：通家之好。

[10] 奇：用作意动，认为……惊奇。

[11] 太中大夫：官名。掌管议论。陈韪（wěi）：《后汉书·孔融传》作“陈炜”。生平事迹不详。

[12] 语（yù）之：告诉他。语，对……说。

[13] 了了：聪明伶俐。

[14] 踧踖（cù jí）：局促不安。

【译文】孔文举十岁时，跟随父亲来到洛阳。当时李元礼负有盛名，担任司隶校尉。登门拜见的人，只有才俊名流与内外近亲才让通报。文举来到门前，对门吏说：“我是李府君的亲戚。”通报后，进去入座。元礼问道：“您与我有什么亲戚关系？”回答说：“当初我的祖上仲尼曾尊崇您的先人伯阳为师，这是我与您累世为通家之好啊。”元礼以及宾客对此无不惊奇。大中大夫陈韪后到，人们将文举的话告诉他，陈韪说："小时候聪明伶俐，长大后未必很好。"文举说："想来您小时候，一定聪明伶俐。"陈韪大为尴尬。

覆巢无完卵

孔融被收[1]，中外惶怖[2]。时融儿大者九岁，小者八岁，二儿故琢钉戏[3]，了无遽容[4]。融谓使者曰："冀罪止于身[5]，二儿可得全不[6]？"儿徐进曰[7]："大人岂见覆巢之下[8]，复有完卵乎？"寻亦收至。

注释

[1] 孔融：本门已见。收：拘捕。

[2] 中外：朝廷内外。惶怖：恐惧。

[3] 故：仍然。琢钉戏：一种儿童游戏，以掷钉琢地决胜负。

[4] 了无：全然没有。了，全然，只与否定词连用。遽（jù）容：惶恐的神色。

[5] 冀：希望。身：第一人称代词，我。含有不甘自卑而屈己下人的意味。

[6] 不（fǒu）：同"否"。

[7] 进：进言。对尊长者说出看法。

[8] 大人：对父亲的尊称。

【译文】孔融被收捕，朝廷内外惶恐不安。当时孔融儿子大的九岁，小的八岁，两个孩子依旧在玩琢钉游戏，全无恐惧的神色。孔融对使者说："希望只加罪于我自己，两个孩子能不能保全？"儿子从容进言说："大人难道见过倾覆的鸟巢下，还有完好的鸟卵吗？"不久也被抓捕来了。

祢衡扬枹击鼓

祢衡被魏武谪为鼓吏[1]，正月半试鼓[2]，衡扬枹为《渔阳掺挝》[3]，渊渊有金石声[4]，四坐为之改容。孔融曰："祢衡罪同胥靡[5]，不能发明王之梦[6]。"魏武惭而赦之。

注释

[1] 祢衡：东汉平原（治所在今山东平原西南）人，名衡，字正平。富有才华，气刚傲物。与孔融交好，孔融向曹操推荐他，他称病不往，曹操为羞辱他，任用为鼓吏。他在曹操面前裸身击鼓，面色不变，以羞辱曹操。后转归刘表，又转至黄祖处，被杀。魏武：魏武帝曹操。东汉沛国谯县（今安徽亳州）人，名操，字孟德，小字阿瞒。自幼聪颖，长于机变。汉末位至丞相、大将军，封魏王，专擅国政。其子曹丕代汉称帝后，追尊他为魏武帝。鼓吏：掌鼓的小吏。

[2] 正月半：正月十五。试鼓：审查考核鼓的音节。

[3] 枹（fú）：鼓槌。《渔阳掺挝（càn zhuā）》：鼓曲名。

[4] 渊渊：形容鼓声深沉。金石：指钟磬之类乐器。

[5] 胥靡（xū mí）：古代服劳役的刑徒。

[6] 不能发明王之梦：不能激发明王的思贤之梦。传说殷时傅说（yuè）曾在傅岩之野服劳役，商朝君王武丁梦见他后，将他寻来，任命为大臣辅佐自己。明王，指曹操。

【译文】 祢衡被魏武帝贬为鼓吏，正月十五试鼓，祢衡扬起鼓槌演奏一曲《渔阳掺挝》，鼓声深沉，有金石之声，满座宾客为之动容。孔融说："祢衡的罪与刑徒傅说相同，却不能激发明王您的思贤之梦。"魏武帝感到惭愧，于是赦免了他。

二锺答文帝问

锺毓、锺会少有令誉[1]，年十三，魏文帝闻之[2]，语其父锺繇曰[3]："可令二子来！"于是敕见[4]。毓面有汗，帝曰："卿面何以汗？"毓对曰："战战惶惶，汗出如浆[5]。"复问会："卿何以不汗？"对曰："战战栗栗[6]，汗不敢出。"

注释

[1] 锺毓（yù）：三国魏颍川长社（今河南长葛东）人，名毓，字稚（zhì）叔，锺繇之长子。有才略，善于言谈，十四岁任散骑侍郎。曾任魏郡太守、御史中丞、侍中、廷尉。锺会：名会，字士季，锺毓之弟。才华横溢，精通玄学。曾任中书侍郎、司徒，后因谋反被部属杀害。

[2] 魏文帝：曹丕。三国魏沛国谯（今安徽亳州）人，名丕，字子桓。其父曹操死后，他袭位为魏王，不久代汉称帝。

[3] 语（yù）：对……说。锺繇（yóu）：名繇，字元常。书法博采众长，工正、隶、行、草、八分，尤长于正、隶。入魏后任廷尉，进太傅，封定陵侯，人称"锺太傅"。

[4] 敕见：下令召见。

[5] 浆：一种带有酸味的饮料，常用以代酒。"浆"与"惶"，下文的"出"与"栗"，古代均可押韵。

[6] 战战栗栗：害怕发抖的样子。

【译文】锺毓、锺会年少时就有美好声誉，十三岁时，魏文帝听说了他俩，对他们的父亲锺繇说："可以叫你两个儿子来！"于是下令进见。锺毓脸上有汗水，文帝说："你脸上为什么出汗？"锺毓回答说："恐惧而惊慌，汗出如水浆。"又问锺会："你为什么不出汗？"锺会回答说："恐惧而战栗，汗也不敢出。"

锺毓兄弟饮酒

锺毓兄弟小时[1]，值父昼寝，因共偷服药酒[2]。其父时觉，且托寐以观之[3]。毓拜而后饮[4]，会饮而不拜。既而问毓何以拜，毓曰：“酒以成礼，不敢不拜。”又问会何以不拜，会曰：“偷本非礼，所以不拜。”

注释

[1] 锺毓兄弟：锺毓、锺会。本门已见。

[2] 药酒：指“散酒”，即魏晋时人常服的浸渍五石散之类的药物酒。

[3] 托寐：假装睡觉。

[4] 拜：一种拱手弯腰表示恭敬的礼节，也用作各种行礼的通称。

【译文】锺毓兄弟小时候，一次遇上父亲白天睡觉，于是一起偷饮药酒。他们的父亲这时醒来，姑且装睡来观察他们。锺毓行拜礼而后饮酒，锺会饮酒而不行拜礼。后来父亲问锺毓为什么要拜，锺毓说：“酒是完成礼仪用的，不敢不拜。”又问锺会为什么不拜，锺会说：“偷酒本就不合礼仪，所以不拜。”

故是一凤

邓艾口吃[1]，语称“艾艾”[2]。晋文王戏之曰[3]：“卿云‘艾艾’，定是几艾[4]？”对曰：“‘凤兮，凤兮’[5]，故是一凤[6]。”

注释

[1] 邓艾：三国魏义阳棘阳（今河南新野东北）人，名艾，字士载。多有智谋，善于用兵。曾任镇西将军，都督陇右诸军事，进封邓侯。后被诬谋反遭冤杀。

[2] 艾艾：古人说话时常自称己名表示谦卑，邓艾本应自称为“艾”，但由于口吃，因此说成“艾艾”。

[3] 晋文王：司马昭。见P007《德行·阮嗣宗至慎》注[1]。

[4] 定：究竟。

[5] “凤兮，凤兮”：据《论语·微子》记载，楚国狂人接舆经过孔子身边，唱歌说：“凤啊，凤啊，为什么德行这样衰落？”邓艾引用这句话的意思是，接舆讲“凤啊，凤啊”，本来就是一只凤，自己说“艾艾”，依然只是一个“艾”。

[6] 故：本来。

【译文】 邓艾口吃，说话时自称“艾艾”。晋文王调侃他道：“你说‘艾艾’，到底是几个艾？”回答说：“凤啊，凤啊，本来就是一只凤。”

见月而喘

满奋畏风[1]，在晋武帝坐[2]，北窗作琉璃屏[3]，实密似疏，奋有难色[4]。帝笑之，奋答曰：“臣犹吴牛[5]，见月而喘[6]。”

注释

[1] 满奋：西晋高平（今山东微山西北）人，名奋，字武秋。生性清平，富有识见。曾任冀州刺史，迁尚书令、司隶校尉。

[2] 晋武帝：司马炎。三国魏河内温县（今河南温县西南）人，名炎，字安世，司马昭之子。继其父任相国，专国政；代魏称帝后，灭吴，统一中国。

[3] 琉璃屏：用琉璃制作的屏风。琉璃，一种有色半透明的矿石质材料。

[4] 难色：为难的表情。

[5] 吴牛：吴地水牛有畏热的习性。

[6] 见月而喘：见到月亮误以为太阳而畏热喘息。后常喻指因心有疑虑而担心害怕。

【译文】满奋怕风，在晋武帝那里闲坐，北窗是琉璃屏风，实际上很严实，看起来却像是透风，满奋面有难色。武帝笑话他，满奋回答说："我就像吴地的牛，见到月亮也会气喘。"

有千里莼羹

陆机诣王武子[1]，武子前置数斛羊酪[2]，指以示陆曰："卿江东何以敌此[3]？"陆云："有千里莼羹[4]，但未下盐豉耳[5]！"

注释

[1] 陆机：西晋吴郡吴（今江苏苏州）人，名机，字士衡。博学多才，善于属文。曾任平原内史，世称"陆平原"。随司马颖出征，兵败遭谗被杀，其弟陆云同时遇害。王武子：王济。西晋太原晋阳（今山西太原西南）人，名济，字武子。少小有文才，长于清言。曾任中书郎、骁骑将军、侍中。

[2] 斛（hú）：古代量器名。十斗为一斛。羊酪：用羊乳炼制成的半凝固食品。

[3] 江东：长江在芜湖、南京之间作西南、东北流向，江东即江南，因此习惯上称自此以下的长江南岸地区为"江东"。

[4] 千里：湖名。在今江苏溧阳境内，已趋湮没。莼（chún）羹：用莼菜加调料制成的带汁食物。

[5] 盐豉（chǐ）：用烧熟的大豆发酵后加盐制成的食物，供调味用。若在莼羹中加入盐豉，味极鲜美。陆机的意思是，我们江东的千里莼羹已能抵得上羊酪，若再加上盐豉，羊酪就无法相比了。

【译文】陆机去看望王武子，武子在席前放了几斛羊奶酪，指给陆机看，问道："你们江东有什么能与此匹敌？"陆机说："有千里湖的莼菜羹，只是还没有加上盐豉呢！"

新亭对泣

过江诸人[1]，每至美日，辄相邀新亭[2]，藉卉饮宴[3]。周侯中坐而叹曰[4]："风景不殊，正自有山河之异[5]！"皆相视流泪。唯王丞相愀然变色曰[6]："当共戮力王室，克复神州[7]，何至作楚囚相对[8]！"

注释

[1] 过江：晋愍帝建兴四年（316），匈奴汉赵将领刘曜攻陷长安，愍帝被虏。第二年，元帝即位于建康（今江苏南京），建立东晋王朝。当时黄河流域广大地区被少数民族贵族统治者占领，中原地区的士族多渡江南下避乱。

[2] 新亭：亭名。三国吴时筑，又称"劳劳亭"，故址在今江苏南京南。

[3] 藉（jiè）卉：坐在草地上。卉，草的总称。

[4] 周侯：指周顗（yǐ）。晋汝南安成（今河南汝南东南）人，名顗，字伯仁。少小有重名，神采清秀明达。曾任吏部尚书、尚书左仆射。嗜酒屡醉，时人号为"三日仆射"。参看后P212《任诞·谓之"三日仆射"》注[4]"三日不醒"注。侯，对官位高贵者的尊称。中坐：指宴会中间。

[5] 正自：只，只是。自，后缀，无意义。

[6] 王丞相：指王导。晋琅邪临沂（今属山东）人，名导，字茂弘。少小有风范，识量清远。西晋末年为司马睿献策移镇建康，东晋建立后任丞相，历仕元、明、成三帝，稳定了东晋在南方的统治。丞相，官名。为百官之

长，辅佐皇帝，综理全国政务。魏晋期间，丞相的称号只授予威权极重的大臣，真正担任丞相职责的往往用其他名义，王导就是以录尚书事的身份总揽朝政纲纪。愀（qiǎo）然：神色变化的样子。

[7] 神州：本泛指中国，这里指黄河流域一带中原沦陷地区。

[8] 楚囚相对：比喻在国破家亡时含悲泣苦，束手无策。楚囚，春秋时楚国锺仪被晋国俘获，仍不忘南音，晋人称他为楚囚。

【译文】渡江南下的士大夫，每逢风和日丽的天气，总是相邀来到新亭，坐在草地上饮酒会宴。周侯席间叹息说："风景倒没有什么不同，只是山河有了变异！"大家都相视流泪。只有王丞相突然变了脸色说："应该同心协力报效朝廷，收复中原失地，哪至于像囚徒似的相对垂泪呢！"

以简应对之烦

高坐道人不作汉语[1]。或问此意，简文曰[2]："以简应对之烦[3]。"

注释

[1] 高坐道人：晋高僧帛尸梨蜜多罗的别称，西域龟兹（qiū cí）国人。刘孝标注引《高坐别传》说他"天姿高朗，风韵遒迈"，"性高简，不学晋语，诸公与之言，皆因传译"。西晋永嘉年间（307—313）来到中国，深受尊崇。

[2] 简文：晋简文帝司马昱（yù）。东晋河内温县（今河南温县西南）人，名昱，字道万，晋元帝的小儿子。清虚寡欲，擅长玄学。初封会稽王，后任丞相、录尚书事，秉持国政；晋废帝被废后，即位为皇帝。死后谥为简文。

[3] 简：简省。

【译文】 高坐道人不说汉语。有人问这是什么意思，简文帝说："为了省去应答的烦扰。"

杨梅孔雀

梁国杨氏子九岁[1]，甚聪惠[2]。孔君平诣其父[3]，父不在，乃呼儿出。为设果，果有杨梅。孔指以示儿曰："此是君家果。"儿应声答曰："未闻孔雀是夫子家禽[4]。"

注释

[1] 梁：国名。魏晋期间沿袭汉代郡国并置制度，梁国治所在今河南商丘南。

[2] 惠：同"慧"，聪明。

[3] 孔君平：孔坦。晋会稽山阴（今浙江绍兴）人，名坦，字君平。为人正直，有名望。曾任吴郡太守、侍中、廷尉。

[4] 夫子：对男子的尊称。常用于称呼读书人。

【译文】 梁国杨家的儿子九岁，很是聪明。孔君平来拜访他父亲，父亲不在，于是叫儿子出来接待。为客人摆上果品，果品中有杨梅。孔指着杨梅给小儿看，说："这是您家的家果。"小儿应声回答说："没听说孔雀是先生的家禽。"

麈尾故在

庾法畅造庾太尉[1]，握麈尾至佳[2]。公曰[3]："此至佳，那得在?”法畅曰：“廉者不求，贪者不与，故得在耳。”

注释

[1] 庾法畅：当据《高僧传·康僧渊传》作“康法畅”。生平事迹不详。仅据《高僧传》得知，他本是西城人，生于长安，晋成帝在位（325—342）时他始渡江南下。庾太尉：指庾亮。见P010《德行·庾公乘马有的卢》注[1]。太尉，官名。晋代为加官，无实权。庾亮死后追赠太尉。造：拜访。

[2] 麈（zhǔ）尾：一种形状类似羽扇的物件，柄之左右饰以麈尾之毛。魏晋期间，善于清谈的名士多执麈尾，在谈论时用以比画并增美仪容。麈，一种大鹿，领头的麈摇动尾巴，可以指挥麈群行动。

[3] 公：古代对男子的尊称。

【译文】庾法畅去拜访庾太尉，手持的麈尾非常精美。庾公说：“这东西极精美，怎么能留得住的?”法畅说：“廉洁的人不会向我求取，贪婪的人我不会给他，所以能够留下来啊。”

木犹如此

桓公北征[1]，经金城[2]，见前为琅邪时种柳[3]，皆已十围[4]，慨然曰：“木犹如此，人何以堪!”攀枝执条，泫然流泪[5]。

注释

[1] 桓公：指桓温。东晋谯国龙亢（今安徽怀远西北）人，名温，字元子。曾任荆州刺史，率军收复洛阳，后废海西公立简文帝，以大司马专擅朝政。晚年图谋废晋自立，事未及成而死，谥为宣武侯。北征：指晋废帝

太和四年（369）桓温率军伐燕一事。这次北征因粮运不继，受挫而还。

[2] 金城：东晋侨置琅邪郡治所，在今江苏句容北。桓温曾于晋成帝咸康七年（341）任侨置琅邪内史，镇守金城。距此次伐燕已经将近三十年。侨置，东晋南北朝期间，战争频仍，人民流徙，遇有原籍州郡沦陷者，诸地则以其旧名侨置于流民所在之处，称为侨州、郡、县。

[3] 琅邪：本郡在今山东境内，这里指侨置琅邪郡。

[4] 围：两手大拇指与食指合拢的圆周长。

[5] 泫（xuàn）然：流泪的样子。

【译文】桓公北征，经过金城，见到先前任琅邪内史时种下的柳树，都已经十围粗细了，感慨地说："树木尚且这样，人怎能经受得起呢！"手攀枝条，不禁泫然泪下。

经霜弥茂

顾悦与简文同年[1]，而发蚤白[2]。简文曰："卿何以先白？"对曰："蒲柳之姿[3]，望秋而落[4]；松柏之质，经霜弥茂[5]。"

注释

[1] 顾悦：东晋晋陵（治所在今江苏常州）人，名悦，字君叔。为人刚直，卓有声誉。曾任扬州别驾、尚书左丞。简文：晋简文帝司马昱。本门已见。

[2] 蚤：同"早"。

[3] 蒲柳：柳树的一种。又称水杨、蒲杨。姿：资质。

[4] 望秋而落：将到秋天就凋落了。喻指未老先衰。望，临近。

[5] 弥：更加。

【译文】顾悦与简文帝同岁，而头发早已白了。简文帝问："你的头发怎么先白了？”回答说：“蒲柳资质柔弱，近秋开始凋零；松柏质地坚实，经霜更加茂盛。”

王、谢共登冶城

王右军与谢太傅共登冶城[1]，谢悠然远想，有高世之志。王谓谢曰：“夏禹勤王[2]，手足胼胝[3]；文王旰食[4]，日不暇给。今四郊多垒[5]，宜人人自效；而虚谈废务，浮文妨要[6]，恐非当今所宜。”谢答曰：“秦任商鞅[7]，二世而亡，岂清言致患邪[8]？”

注释

[1] 王右军：指王羲之。东晋琅邪临沂（今属山东）人，名羲之，字逸少。工书法，自成一体，草、隶、正、行均为当时之冠，书名流传后世。曾任右军将军、会稽内史，世称“王右军”。右军，即右军将军。魏晋南北朝期间，设置左、右、前、后各将军，但非常设，也非实际领兵之官。谢太傅：指谢安。见P012《德行·我常自教儿》注[1]。冶城：城名。相传春秋时吴王夫差（一说三国吴）冶铸于此，所以叫冶城。故址在今江苏南京朝天宫一带。

[2] 夏禹：夏后氏部落首领，姒姓。相传治水十三年，三过家门而不入。勤王：为王事尽力。

[3] 手足胼胝（pián zhī）：手掌脚板长满老茧。胼胝，老茧。

[4] 文王：指周文王。姬姓，名昌，殷商末期周部落首领，其子武王灭殷，追尊他为文王。相传他因公务繁忙，很晚才能吃饭。旰（gàn）食：晚食。

[5] 垒：指敌军的营垒。

[6] 浮文：华而不实的文章。

[7] 商鞅：战国时卫国人，又称“卫鞅”。两次实施变法，奠定秦国富强的基础。曾任秦孝公相，封于商。

[8] 清言：又称清谈、玄谈。指魏晋期间崇尚老庄、谈论玄理的风气。

【译文】 王右军与谢太傅一起登上冶城，谢悠然遐想，有超世脱俗的心志。王对谢说：“夏禹勤于国事，手脚长满老茧；文王忙得很晚进食，时间不够使用。如今国家战乱四起，理应人人效力；虚妄空谈荒废政务，浮夸文章妨碍要事，恐怕不是当今所宜。”谢回答说：“秦国任用商鞅，两代就亡国了，难道是清谈导致祸患吗？”

寒雪日内集

谢太傅寒雪日内集[1]，与儿女讲论文义[2]，俄而雪骤，公欣然曰：“白雪纷纷何所似？”兄子胡儿曰[3]：“撒盐空中差可拟[4]。”兄女曰[5]：“未若柳絮因风起。”公大笑乐。即公大兄无奕女[6]，左将军王凝之妻也[7]。

注释

[1] 谢太傅：指谢安。本门已见。下文“公”也是指他。内集：家人聚会。

[2] 儿女：指子侄后辈。文义：辞章义理。

[3] 胡儿：谢朗。东晋陈郡阳夏（今河南太康）人，名朗，字长度，小字胡儿，谢安次兄谢据之长子。有文名，善言玄理。曾任著作郎、东阳太守。

[4] 差可：勉强可以。差，大略。

[5] 兄女：指谢道韫。名韬元，字道韫，以字行。聪明而有才识，有诗文传于世。

[6] 无奕：谢奕。名奕，字无奕，谢安之长兄。有识鉴，有美誉。曾任安西将军、豫州刺史。

[7] 左将军：左军将军。参看本门P031《王、谢共登冶城》注[1]“右军”注。王凝之：东晋琅邪临沂（今属山东）人，名凝之，字叔平，王羲之第二子。有书名，工于草书、隶书。曾任江州刺史、左军将军。

【译文】谢太傅在一个寒雪天里召集家人聚会，给子侄辈讲论辞章义理，片刻工夫，雪下得又大又急，谢公兴致勃勃地问："白雪纷扬像是什么？"侄子胡儿说："盐撒空中大略可比。"侄女说："不如柳絮随风而起。"谢公开怀大笑。这侄女就是谢公长兄谢无奕的女儿，左军将军王凝之的妻子。

欲者不多

晋武帝每饷山涛恒少[1]。谢太傅以问子弟[2]，车骑答曰[3]："当由欲者不多，而使与者忘少。"

注释

[1] 晋武帝：司马炎。本门已见。饷：馈赠。山涛：魏晋期间河内怀（今河南武涉西南）人，名涛，字巨源，"竹林七贤"之一。好《老》《庄》，善饮酒。仕晋任侍中、吏部尚书、司徒。

[2] 谢太傅：指谢安。本门已见。子弟：子侄晚辈。

[3] 车骑：将军名号。指谢玄。东晋陈郡阳夏（今河南太康）人，名玄，字幼度，小字遏，谢安之侄。自幼聪颖，长而有治国才略。曾为前锋率军抵御前秦，在淝水大败苻坚，并进而收复北方失地，死后追赠车骑将军。

【译文】晋武帝每次赏赐山涛总是很少。谢太傅以此询问子侄，车骑将军回答说："大概是受赐者要求不多，因而使赐予者未觉得少。"

山阴道上行

王子敬云[1]："从山阴道上行[2]，山川自相映发[3]，使人应接不暇。若秋冬之际，尤难为怀[4]。"

注释

[1] 王子敬：王献之。见P013《德行·王子敬首过》注[1]。

[2] 山阴：县名。东晋会稽郡治所，在今浙江绍兴。

[3] 映发：辉映。

[4] 为怀：抒发感受。

【译文】王子敬说："从山阴道上行走，山川景色交相辉映，使人目不暇接。如果在秋冬之交，更难表达美景给人的感受。"

芝兰玉树

谢太傅问诸子侄[1]："子弟亦何预人事[2]，而正欲使其佳[3]？"诸人莫有言者，车骑答曰[4]："譬如芝兰玉树[5]，欲使其生于阶庭耳。"

注释

[1] 谢太傅：指谢安。本门已见。

[2] 预：关涉。人事：别人的事。指长辈们的事。

[3] 正欲：只是想。正，只、只是。

[4] 车骑：指谢玄。本门已见。

[5] 芝兰：香草。玉树：传说中的仙树。后常用"芝兰玉树"喻指家中的优秀子弟。

【译文】谢太傅问众子侄："孩子们与自己的事有什么相干，而长辈们只想要他们优秀？”大家都没有说话，车骑将军回答说：“就好比芝兰玉树，希望它生在自家庭前阶下而已。”

强欲滓秽太清

司马太傅斋中夜坐[1]，于时天月明净，都无纤翳[2]，太傅叹以为佳。谢景重在坐[3]，答曰：“意谓乃不如微云点缀。”太傅因戏谢曰：“卿居心不净，乃复强欲滓秽太清邪[4]？”

注释

[1] 司马太傅：指司马道子。东晋河内温县（今河南温县西南）人，名道子，字也叫道子，简文帝第五子。耽于酒乐，不理政务。初封琅邪王，后改封会稽王，曾代表皇族势力执掌朝政。太傅，指太子太傅，职守为辅导太子。

[2] 都：全然。纤翳（yì）：微小的尘障。

[3] 谢景重：东晋陈郡阳夏（今河南太康）人，名重，字景重，谢朗之子。明秀而有才名，机敏善对。曾任会稽王司马道子长史。坐：同“座”。

[4] 滓秽：污染。太清：天空。古人认为天空由既清又轻的气体构成，所以称天空为太清。

【译文】司马太傅夜间在房中闲坐，这时天晴月明，全然没有一丝浮云，太傅赞叹好景色。谢景重在座，回答说：“我认为还不如些许微云以作点缀。”太傅于是调侃谢说：“你心地不干净，竟想强行玷污天空吗？”

丞相初营建康

宣武移镇南州[1]，制街衢平直。人谓王东亭曰[2]：“丞相初营建康[3]，无所因承，而制置迂曲，方此为劣[4]。”东亭曰：“此丞相乃所以为巧。江左地促[5]，不如中国[6]。若使阡陌条畅[7]，则一览而尽，故迂余委曲[8]，若不可测。”

注释

[1] 宣武：指桓温。本门已见。南州：城名。又名姑孰（今安徽当涂），东晋时筑，在京都建康西南。桓温原来领兵在赭圻（今安徽繁昌西），后为扬州牧，于是移去镇守姑孰。

[2] 王东亭：即王珣（xún）。东晋琅邪临沂（今属山东）人，名珣，字元琳，王导之孙。有才能，颇受桓温赏识。曾任侍中、尚书右仆射、尚书令、散骑常侍，封东亭侯。

[3] 丞相：指王导。本门已见。建康：东晋京都，即今江苏南京。

[4] 方：相比。劣：不及。

[5] 江左：江南。古人坐北面南，以东为左，以西为右，所以江东又名“江左”。参看本门P025《有千里莼羹》注[3]“江东”注。

[6] 中国：指中原地区。

[7] 阡陌：本指田间小路，这里指街道。

[8] 迂余委曲：迂回曲折的样子。

【译文】桓宣武调防镇守南州，街道修整得平坦笔直。有人对王东亭说：“丞相当初营建建康城，没有范例承袭，而将街道设置得迂回曲折，比起这里就差了。”东亭说：“这正是丞相筹划巧妙之处。江南地域狭窄，比不得中原。如果让街道平直畅达，就会一览无余，所以迂回曲折，像是幽深莫测。”

三、政事

政事，指行政事务，封建社会要稳固自己的统治管理，自然应该有一个相当数量的官员体系，也必然会将各级官员的执政能力作为考查的重要标准。而对于为官任职者的要求则是：尽力维护朝廷尊严，严格遵循官员职守。这密切关系到各人的政绩声誉与仕途前程，也是官员们孜孜以求的事情。

本门收录言行轶事二十六条，记载了大小官员在不同位置上的德才与业绩。有的严格执法，有的勤政爱民，有的忠于职守，有的专心致志，有的行事节俭，大多得到作者的褒奖。而在当时的政治形势下，特别是东晋时期国家的偏安一隅，也产生了主张清静无为、委曲求全的政风，同样受到宽容对待。至于清谈风盛，虚谈废务，则难免引来讥讽。

本书选译的八则故事中，可供领悟其精神者当然不在少数，但也有一些背景情况复杂的理政方法，同学们应该认真思考，分析看待。

陈元方答袁公问

陈元方年十一时[1]，候袁公[2]。袁公问曰："贤家君在太丘[3]，远近称之，何所履行？"元方曰："老父在太丘[4]，强者绥之以德[5]，弱者抚之以仁，恣其所安[6]，久而益敬。"袁公曰："孤往者尝为邺令[7]，正行此事。不知卿家君法孤，孤法卿父？"元方曰："周公、孔子[8]，异世而出，周旋动静[9]，万里如一。周公不师孔子[10]，孔子亦不师周公。"

注释

[1] 陈元方：陈纪。见P004《德行·难兄难弟》注［1］。

[2] 候：拜访。袁公：未详具体何人。有人认为是袁绍，有人认为是袁隗。（据周兴陆辑著《世说新语汇校汇注汇评》本条"参证"）

[3] 贤家君：对对话人父亲的尊称。下文"卿家君"同。太丘：县名。治所在今河南永城西北。

[4] 老父：指陈寔。见P004《德行·难兄难弟》注［3］。陈寔此时三十六岁，但魏晋期间已可称老；元方称之为老父，还含有尊敬的意味。

[5] 绥（suí）：安抚。

[6] 恣（zì）：听任。

[7] 孤：古代侯王对自己的谦称。相当于第一人称代词"我"。邺：县名。治所在今河北临漳西南。

[8] 周公：指周公旦。姬姓，名旦，西周初年政治家，周武王之弟。相传周代的礼乐制度是他制定的。孔子：参看P019《言语·小时了了》注［8］"仲尼"注。姓氏等之后加"子"字，表示尊重。

[9] 周旋：交往。动静：行止。指活跃社会与安定社会的举措。

[10] 师：仿效。下文"师"字同。

【译文】陈元方十一岁时，去拜访袁公。袁公问他："令尊在太丘时，远近人们都称颂他，他做了些什么事？"元方说："老父在太丘，对强者以道德安抚，对弱者以仁爱体恤，听任他们安居乐业，久之更受敬重。”袁公说：“我以往任郫县县令，正是这样做的。不知是你父亲效法我，还是我效法你父亲？”元方说：“周公、孔子，不同时代出生，但是为人处世、行为举止，尽管相隔万里，却又举措如一。周公没有效法孔子，孔子也没有效法周公。”

池鱼复何足惜

王安期为东海郡[1]，小吏盗池中鱼，纲纪推之[2]。王曰：“文王之囿[3]，与众共之。池鱼复何足惜！”

注释

[1] 王安期：王承。西晋太原晋阳（今山西太原西南）人，名承，字安期。少小知名于世，竭诚待人。曾任东海太守（此据《晋书·王承传》说，刘孝标《世说新语注》引《名士传》认为是东海内史）、元帝镇东府从事中郎。东海：郡名。治所在今山东郯城北。

[2] 纲纪：指郡主簿。推：推究。

[3] 文王：指周文王。见P031《言语·王、谢共登冶城》注[4]。囿（yòu）：古代帝王养禽兽的地方。

【译文】王安期担任东海太守时，有个小吏偷了池塘中的鱼，主簿查究这件事。王说：“周文王的苑囿，与众人共同享用。池塘中的鱼有什么值得吝惜的！”

吏录犯夜人

王安期作东海郡[1]，吏录一犯夜人来[2]。王问：“何处来?”云：“从师家受书还，不觉日晚。”王曰：“鞭挞甯越以立威名[3]，恐非致理之本[4]。”使吏送令归家。

注释

[1] 王安期：王承。本门已见。东海：郡名。治所在今山东郯城北。

[2] 录：拘捕。犯夜：违犯宵禁。晋代有宵禁制度，夜行犯禁。

[3] 甯（nìng）越：战国时期赵国中牟（mù）（今河南鹤壁西）人。刻苦求学，十五年而成为周威公之师。后来用作刻苦读书者的代称。

[4] 理："治"，太平。唐代因避高宗李治的名讳而改。

【译文】王安期担任东海太守时，差役抓了一个违犯宵禁的人来。王问：“从哪里来？”说：“从老师家听讲书回来，没觉着天已经晚了。”王说：“鞭挞甯越这样的苦读者来树立威名，恐怕不是达到社会治理的根本。”让差役送那人回家。

陆太尉咨事

陆太尉诣王丞相咨事[1]，过后辄翻异[2]，王公怪其如此。后以问陆，陆曰：“公长民短[3]，临时不知所言，既后觉其不可耳。”

注释

[1] 陆太尉：指陆玩。晋吴郡吴（今江苏苏州）人，名玩，字士瑶。少小有美名，蔑视权贵。曾任尚书令、侍中、司空，死后追赠太尉。太尉，官名。晋代为加官，无实权。王丞相：指王导，见 P026《言语·新亭对泣》注 [6]。咨事：询问事情。

[2] 翻异：改变主意。

[3] 公：对人的尊称。长、短：指名位的尊卑高低。民：辖地官民对地方长官说话时的自称。陆玩时为尚书左仆射，丞相王导兼领扬州刺史，陆玩自称为民。

【译文】陆大尉到王丞相那里去请示事情，过后总是改变决定，王公奇怪他怎么这样。后来用这事问陆，陆说：“您位尊我位卑，一时不知该怎么说，过后觉得那样办不行而已。”

丞相末年

丞相末年[1]，略不复省事[2]，正封箓诺之[3]。自叹曰：“人言我愦愦[4]，后人当思此愦愦。”

注释

[1] 丞相：指王导。本门已见。

[2] 略不：全不。省（xǐng）事：处理政务。

[3] 正：只，仅仅。封箓（lù）：奏章文书。封，即封事，密封的奏章。箓，文书。诺：指在文书上批示许可。

[4] 愦愦：昏庸。

【译文】王丞相晚年，完全不再处理政务，只是在奏章文书上签署许可。自己感叹说：“人们说我糊涂，后人会思念我这种糊涂。”

陶公性检厉

陶公性检厉[1]，勤于事。作荆州时[2]，敕船官悉录锯木屑，不限多少，咸不解此意。后正会[3]，值积雪始晴，

听事前除雪后犹湿[4]，于是悉用木屑覆之，都无所妨[5]。官用竹，皆令录厚头[6]，积之如山。后桓宣武伐蜀[7]，装船，悉以作钉。又云，尝发所在竹篙，有一官长连根取之，仍当足[8]，乃超两阶用之[9]。

注释

[1] 陶公：指陶侃（kǎn）。晋庐江寻阳（今江西九江西）人，名侃，字士行。少小孤贫，富有才能。曾任荆州刺史、广州刺史、都督八州军事，封长沙郡公。检厉：检束严格，办事认真。

[2] 作荆州：担任荆州刺史。荆州，州名。治所在今湖北江陵。

[3] 正（zhēng）会：元旦（农历正月初一，即今春节）集会。

[4] 听事：厅堂。除：台阶。

[5] 都：全然。

[6] 录：收集。厚头：粗厚的竹节根。

[7] 桓宣武：指桓温。见P029《言语·木犹如此》注[1]。伐蜀：晋惠帝永安元年（304），李雄据蜀称帝（国号成，史称“成汉”），传至李势，日益衰落。晋穆帝永和二年（346），桓温率师西伐，次年春天灭之。

[8] 仍：乃，于是。

[9] 阶：官阶。

【译文】 陶公生性检束严格，办事勤勉。担任荆州刺史时，命令船官将锯木屑全都收集起来，不限多少，大家都不理解这样做的用意。后来正月初一集会，遇上久雪初晴，厅堂前的台阶雪后仍很湿滑，于是都用锯木屑覆盖，行走全无妨碍。官府用竹子，都让人将粗厚的竹根收集起来，堆积如山。后来桓宣武伐蜀，修造船只时，都用来做成竹钉。又据说，陶公曾征调当地竹篙，有一主管官员连根取来，就用竹根当作篙的铁足，于是将这人连升两级任用。

共看何骠骑

王、刘与林公共看何骠骑[1]，骠骑看文书，不顾之。王谓何曰："我今故与林公来相看[2]，望卿摆拨常务[3]，应对玄言[4]，那得方低头看此邪[5]？"何曰："我不看此，卿等何以得存？"诸人以为佳。

注释

[1] 王：指王濛。东晋太原晋阳（今山西太原西南）人，名濛，字仲祖。姿容美妙，善言玄理。曾任长山令、司徒左长史。刘：指刘惔。见P011《德行·莫得淫祀》注[1]。林公：当为"深公"之误，下文"林公"同。深公即竺道潜，东晋琅邪（治所在今山东临沂北）人，本姓王，字法深。年十八出家，与王导、庾亮友善，后避世隐居剡山。林公，指支遁，详后P053《文学·南北人学问》注[3]。据程炎震《世说新语笺证》说，东晋康帝时（343—344），何充任骠骑将军辅佐国政，支遁尚未到京都，而何充却与深公来往密切，将他当作老师看待。何骠（piáo）骑：指何充。晋庐江灊（qián）县（今安徽霍山东北）人，名充，字次道。优雅俊美，器识过人。曾任丹阳尹、吏部尚书、骠骑将军、侍中。骠骑，将军的名号。

[2] 故：特意。相：指代性副词，偏指"你"。

[3] 摆拨：摆脱。

[4] 玄言：精微玄妙之言。指玄学的言论。

[5] 方：仍然。

【译文】王濛、刘惔与林公一起去看望何骠骑，骠骑在看公文，没有搭理他们。王对何说："我们今天特意与林公来看望你，希望你摆脱日常事务，一道谈论玄学，哪能还低头看这个呢？"何说："我不看这个，你们这些人又怎么能够生存？"众人认为这话说得好。

不敢夜行

殷浩始作扬州[1]，刘尹行[2]，日小欲晚[3]，便使左右取襆[4]。人问其故，答曰："刺史严，不敢夜行[5]。"

注释

[1] 殷浩：东晋陈郡长平（今河南西华东北）人，名浩，字渊源。识见清远，尤善玄谈。曾任建武将军、扬州刺史、中军将军、都督五州军事。

[2] 刘尹：指刘惔。本门已见。

[3] 小：稍微。

[4] 襆（fú）：包袱。指衣被行李。

[5] 不敢夜行：晋代有宵禁制度，夜行犯禁。

【译文】殷浩开始任扬州刺史时，刘尹出行，天色稍微有些晚，就让随从取出衣被准备歇宿。有人问其中缘故，回答说："刺史严厉，不敢夜间行路。"

四、文学

文学的概念，在“孔门四科”中原指古代文献，大体说来包括礼乐制度、经传典章等若干方面。魏晋时期，儒学趋衰，玄学盛行，老庄学说愈受重视，再加上佛教传入中国后，汉译佛典相继面世，于是畅谈玄理、辨析佛理也成为清谈的要义，一并进入文学的范畴。而后世意义的文学方面，如文学创作与文学理论的内容，也作为新生样式，占据一席之地。

本门收录言行轶事一百零四条，大部分篇幅表现士人的清谈场面，内容多为玄理，并广泛涉及佛学、儒学，甚至名学；与此同时，也反映了一些注释《春秋》等儒家经籍的内容。而后世意义上的文学方面，提及不少著名的文学作品，同时涉及内容与形式、文采与感情、文才与构思等文学理论问题。

本书选译的二十四则故事中，可供吸收借鉴之处很多，但其中某些人恃才傲物的言行举止，同学们应该理性地正确看待。

奴婢皆读书

郑玄家奴婢皆读书[1]。尝使一婢，不称旨[2]，将挞之，方自陈说，玄怒，使人曳著泥中[3]。须臾，复有一婢来，问曰："胡为乎泥中[4]？"答曰："薄言往愬，逢彼之怒[5]。"

注释

[1] 郑玄：东汉北海高密（今山东高密西南）人，名玄，字康成。曾聚徒讲学，弟子至者千余人；又遍注儒家经典，是汉代经学的集大成者。

[2] 称（chèn）旨：符合心意。

[3] 曳（yè）：拖，牵引。著（zhuó）：放在动词后面，含有"在、到"等意义。

[4] 胡为乎泥中：《诗·邶风·式微》中的句子。泥中，本是卫地城邑名，借用来表示泥水之中。

[5] 薄言往愬，逢彼之怒：《诗·邶风·柏舟》中的句子。说明婢女用经典中的诗句一问一答。薄、言，《诗经》中的助词，无实在意义。愬，同"诉"，申诉。

【译文】郑玄家的奴婢全都读书。曾经使唤一名婢女，不合心意，要鞭打她，她正要辩解，郑玄发怒，让人将她拖到污泥中。片刻工夫，又有一名婢女过来，问道："为什么在污泥中呢？"回答说："我正前往申诉，恰逢他在发怒。"

服虔善《春秋》

服虔既善《春秋》[1]，将为注，欲参考同异[2]。闻崔烈集门生讲传[3]，遂匿姓名，为烈门人赁作食[4]。每当至讲时，辄窃听户壁间。既知不能逾己，稍共诸生叙其短长[5]。

烈闻，不测何人。然素闻虔名，意疑之。明蚤往[6]，及未寤[7]，便呼："子慎！子慎！"虔不觉惊应，遂相与友善。

注释

[1] 服虔：东汉河南荥阳（今属河南）人，名虔，字子慎。清苦励志，善于著述。曾任九江太守，著有《春秋左氏传解谊》。《春秋》：鲁国的编年体史书，相传经过孔子修订，成为儒家经典之一。

[2] 同异：复词偏义，偏指"异"，"同"字无义。

[3] 崔烈：东汉涿郡安平（今属河北）人（此据《后汉书·崔骃传》），名烈，字威考。年少有高名，长于《春秋左传》。曾任司徒、太尉。门生：门下弟子。传（zhuàn）：解说经义的文字。《春秋》有三传，即《左传》《公羊传》《穀梁传》。崔氏世传《左传》。

[4] 赁（lìn）：受雇用。

[5] 稍：渐渐。短长：指缺点与优点。

[6] 明蚤：第二天早晨。明，第二天。蚤，同"早"。

[7] 寤：睡醒。

【译文】服虔精通《春秋》以后，将要给它作注，想参考一些不同见解。听说崔烈召集门下弟子讲论经义，就隐姓埋名，受雇替崔烈弟子做饭。每到讲解时，总在门外壁后偷听。得知所讲不能超越自己后，渐渐与那些学生评论起崔烈的短长。崔烈听说了，猜不准是什么人。但平素听说过服虔的名字，心里怀疑是他。第二天一早前往，趁他尚未睡醒，就叫："子慎！子慎！"服虔不觉惊醒答应，于是就互相友好亲善起来。

锺会撰《四本论》

锺会撰《四本论》始毕[1]，甚欲使嵇公一见[2]。置怀中，既定[3]，畏其难[4]，怀不敢出，于户外遥掷，便回急走。

注释

[1] 锺会：见 P022《言语·二锺答文帝问》注 [1]。《四本论》：讨论才性同异离合的文章。“四本”指的是才性同、才性异、才性合、才性离四种关系。相应的论辩起先与政治有密切关系，后来则成为魏晋清谈的重要论题。

[2] 嵇公：指嵇康。三国魏谯郡铚（今安徽宿州西南）人，名康，字叔夜，“竹林七贤”之一。丰神俊逸，博学多闻。曾任中散大夫，世称“嵇中散”，后遭锺会构陷，被司马昭所杀。

[3] 既定：《太平御览》卷三百九十四引《世说》作“既诣”，语意更顺。

[4] 难（nàn）：驳难。锺会与嵇康关于才性离合的观点对立，所以有畏难情绪，担心被驳难。

【译文】锺会撰写《四本论》刚完成，很想让嵇公看一看。就放在怀中，到那里后，担心他诘问驳难，揣着不敢拿出来，只好从门外远远地扔进去，就转身急忙跑开。

卫玠问乐令梦

卫玠总角时[1]，问乐令梦[2]，乐云：“是想。”卫曰：“形神所不接而梦[3]，岂是想邪？”乐云：“因也[4]。未尝梦乘车入鼠穴，捣齑啖铁杵[5]，皆无想无因故也。”卫思“因”经日不得，遂成病。乐闻，故命驾为剖析之[6]，卫即小差[7]。乐叹曰：“此儿胸中当必无膏肓之疾[8]。”

注释

[1] 卫玠：西晋河东安邑（今山西夏县西北）人，名玠，字叔宝。外形俊美，善于玄言。曾任太子洗马。总角：孩童时期。古代孩童未成年前头发束为两髻，形状似角，称为“总角”。

[2] 乐令：指乐广，西晋南阳淯阳

（治所在今河南南阳）人，名广，字彦辅，卫玠之岳父。崇尚清谈，卓有远识。曾任吏部尚书、尚书令。令，指尚书令，官名。本为属官，掌管章奏文书，自汉武帝开始职权渐重，魏晋时为尚书省长官，负责政令。

[3] 形神：指人的形体与思想。

[4] 因：有“依据”的意思。

[5] 捣齑（jī）：古代制作腌菜的一个步骤。齑，制成细末的腌菜。啖：用作使动，给……吃。

[6] 故：特意。命驾：命令驭者驾车。

[7] 差（chài）：同“瘥”，病愈。

[8] 当必无膏肓（huāng）之疾：意思是卫玠有疑即求剖释，必不致积成心病。膏肓，古代医学称心脏下部为膏，隔膜为肓，针药之力无法达到，因此将难以治疗的重病称为“膏肓之疾”。

【译文】卫玠童年时，问乐令梦是怎么回事，乐说：“是心有所想。”卫说：“身体与思想接触不到的事却能入梦，难道是有所想吗？”乐说：“是有所依据。从未有人梦见乘车进鼠穴、捣菜喂铁杵，都是无思念无依据的缘故啊。”卫整日思考梦的“依据”而想不出结果，竟然抑郁成病。乐听说后，特意命人驾车亲往为他剖析这事，卫的病当即稍有好转。乐赞叹说：“这孩子心中必定不会积有难以解决的疑问。”

向、郭二《庄》

初，注《庄子》者数十家[1]，莫能究其旨要。向秀于旧注外为解义[2]，妙析奇致[3]，大畅玄风。唯《秋水》《至乐》二篇未竟，而秀卒。秀子幼，义遂零落，然犹有别本。郭象者[4]，为人薄行，有俊才。见秀义不传于世，遂窃以为己注。乃自注《秋水》《至乐》二篇，又易《马蹄》一篇，其余众篇，或定点文句而已[5]。后秀义别本出，故今有向、郭二《庄》，其义一也。

注释

[1]《庄子》：书名。又称《南华经》，道家经典之一，战国时期庄周及其后学编著。下文《秋水》《至乐》《马蹄》均为《庄子》中的篇名。

[2] 向秀：魏晋期间河内怀（今河南武涉西南）人，名秀，字子期，"竹林七贤"之一。好读书，通老庄之学。曾任黄门侍郎、散骑常侍。

[3] 妙析：精妙分析。奇致：奇特旨趣。

[4] 郭象：西晋河南郡（治所在今河南洛阳东北）人，名象，字子玄。富有才思，爱好清言。曾任司徒掾、黄门侍郎。

[5] 定点：修改。

【译文】 当初，注释《庄子》的有数十家，没有一家能探究出它的要旨。向秀在旧注外为《庄子》解析义理，精妙分析奇特旨趣，使玄理意蕴大为畅达。只有《秋水》《至乐》二篇的注尚未完成，而向秀去世了。向秀儿子年幼，解义于是散失，但是还有另外的抄本。郭象这人，为人品行不好，却有卓越才智。见到向秀的解义未在世间流传，就剽窃来作为自己的注。于是自己加注《秋水》《至乐》二篇，又改注《马蹄》一篇，其余诸篇，有的只是修改文句而已。后来向秀解义的抄本流传出来，所以如今有向、郭两种《庄子》注本，其内容是一样的。

世谓"三语掾"

阮宣子有令闻[1]，太尉王夷甫见而问曰[2]："老庄与圣教同异[3]？"对曰："将无同[4]。"太尉善其言，辟之为掾[5]。世谓"三语掾"[6]。卫玠嘲之曰[7]："一言可辟，何假于三[8]！"宣子曰："苟是天下人望[9]，亦可无言而辟，复何假一！”遂相与为友。

注释

[1] 阮宣子：阮修。西晋陈留尉氏（今属河南）人，名修，字宣子。精通《易》经，善于清言。曾任鸿胪丞、太子洗马。《晋书》认为此条记言是阮瞻、王戎二人事，见《晋书·阮瞻传》。令闻：美好的声誉。

[2] 太尉：官名。晋代为加官，无实权。王夷甫：王衍。西晋琅邪临沂（今属山东）人，名衍，字夷甫。善于清谈，不重钱财。曾任尚书令、司徒、司空、太尉。

[3] 老：指老子。参看 P019《言语·小时了了》注 [8]“伯阳”注。庄：指庄子。战国时期宋国蒙（今河南商丘东北）人，名周，是道家学派的重要代表人物。圣教：指儒家学说。

[4] 将无：表示测度的语气副词，相当于“莫非、恐怕”。

[5] 辟：征召。掾（yuàn）：属官的通称。

[6] “三语掾”：指用三个字回答而得到的掾属官。

[7] 卫玠：本门已见。

[8] 假：借助。

[9] 人望：众人敬仰的人。

【译文】阮宣子有美好的声誉，太尉王夷甫见到他问道：“老庄义理和儒家教义相同还是不同？”回答说：“或许同。”太尉认为他的回答很好，任命他为掾属。世人称他为“三语掾”。卫玠嘲讽他说：“一个字就可征召拜官，何必借助三个字！”宣子说：“如果是天下仰望的人，不说话也可受征召，又何必借助一个字！”于是互相成了朋友。

殷中军下都

殷中军为庾公长史[1]，下都[2]，王丞相为之集[3]，桓公、王长史、王蓝田、谢镇西并在[4]。丞相自起解帐带麈尾[5]，语殷曰[6]："身今日当与君共谈析理[7]。"既共清言[8]，遂达三更。丞相与殷共相往反[9]，其余诸贤略无所关[10]。既彼我相尽，丞相乃叹曰："向来语，乃竟未知理源所归。至于辞喻不相负，正始之音[11]，正当尔耳[12]。"明旦，桓宣武语人曰："昨夜听殷、王清言，甚佳，仁祖亦不寂寞，我亦时复造心[13]；顾看两王掾[14]，辄翣如生母狗馨[15]。"

注释

[1] 殷中军：指殷浩。见P044《政事·不敢夜行》注[1]。中军，即中军将军。晋代开始设置，通常由权臣担任。庾公：指庾亮。见P010《德行·庾公乘马有的卢》注[1]。长史：太府、司徒、司空等高级官员的属官，相当于幕僚长，职任颇重。魏晋以后，州郡长官凡带有将军称号开府者，也设长史。

[2] 下都：从长江上游往下游来到京都建康（今江苏南京）。

[3] 王丞相：指王导。见P026《言语·新亭对泣》注[6]。

[4] 桓公：指桓温。见P029《言语·木犹如此》注[1]。王长史：指王濛。见P043《政事·共看何骠骑》注[1]。王蓝田：指王述。东晋太原晋阳（今山西太原西南）人，名述，字怀祖。少小孤贫，事母尽孝。曾任临海太守、扬州刺史、散骑常侍、尚书令，袭爵蓝田侯。谢镇西：指谢尚。东晋陈郡阳夏（今河南太康）人，名尚，字仁祖。为政清简，多才多艺。曾任镇西将军、豫州刺史。

[5] 麈尾：一种形状类似羽扇的物件，柄之左右饰以麈尾之毛。

[6] 语（yù）：对……说。

[7] 身：第一人称代词，我。晋人多自称为"身"。常用于位尊辈高者的自称。

[8] 清言：又称清谈、玄谈。指魏晋期间崇尚老庄、谈论玄理的风气。

[9] 往反：指反复辩难。反，同"返"。

[10] 略无：全然没有。关：关涉。

[11] 正始之音：指魏晋之际崇尚玄学

清谈的风尚言论。正始，三国魏齐王曹芳的年号（240—249）。

[12] 正：只，仅仅。

[13] 造心：心有所悟。

[14] 两王掾（yuàn）：指王濛、王述。

[15] 嬖（shà）：同“涩”，羞涩（据［日］恩田仲任辑《世说音释》说）。生母狗：生涩的母狗。馨：后缀，用于名词、代词、形容词后，表示“……的样子”。

【译文】殷中军担任庾公长史，东下来到京都，王丞相为他举行聚会，桓公、王长史、王蓝田、谢镇西都在座。丞相亲自起身解取帐带上的麈尾，对殷浩说：“我今天要与您一道谈析玄理。”交谈一经开始，竟持续到三更。丞相与殷浩反复辩难，其他各位贤达全都无可参与。双方将话说完后，丞相于是感叹说：“先前的谈论，竟然未知义理的本源归向。至于言辞与譬喻不相违背，正始年间的清言，也只是这样而已。”第二天早晨，桓宣武对人说：“昨天夜里听殷、王清谈，非常精妙，仁祖也不感到寂寞，我也时觉会心；回头看看两位王掾，总是羞涩得像是怕生的母狗似的。”

南北人学问

褚季野语孙安国云[1]：“北人学问[2]，渊综广博。”孙答曰：“南人学问，清通简要。”支道林闻之[3]，曰：“圣贤固所忘言[4]。自中人以还[5]，北人看书，如显处视月；南人学问，如牖中窥日[6]。”

注释

[1] 褚季野：褚裒（póu）。东晋河南阳翟（dí）（今河南禹州）人，名裒，字季野。少时有干才，为人持重。曾任豫章太守、卫将军、徐兖二州刺史。

语（yù）：对……说。孙安国：孙盛。东晋太原中都（今山西平遥西北）人，名盛，字安国。学问广博，善言名理。曾任秘书监，加给事中。

[2] 北：指黄河以北。下文“南”指黄河以南。

[3] 支道林：支遁。东晋陈留（治所在今河南开封南）人，本姓关，名遁，字道林。好谈玄理，甚有声誉。年二十五出家，与谢安、王羲之等友善。

[4] 忘言：指心知其意，不需用言语说明。这里是将圣人排除至评议范围之外。（据周兴陆辑著《世说新语汇校汇注汇评》本条“校注”）

[5] 中人：中等人。指中等才质的人。以还：以下。

[6] 牖（yǒu）：窗户。

【译文】褚季野对孙安国说：“北方人做学问，渊深综括，宽广博大。”孙回答说：“南方人做学问，清新通达，简明扼要。”支道林听到后，说：“对于圣贤，当然就不需说了。自中等人以下，北方人看书，有如敞亮之处看月亮；南方人做学问，有如窗户之中看太阳。”

麈尾脱落

孙安国往殷中军许共论[1]，往反精苦[2]，客主无间[3]。左右进食，冷而复暖者数四[4]。彼我奋掷麈尾[5]，悉脱落，满餐饭中。宾主遂至莫忘食[6]。殷乃语孙曰[7]：“卿莫作强口马[8]，我当穿卿鼻！”孙曰：“卿不见决鼻牛[9]，人当穿卿颊[10]！”

注释

[1] 孙安国：孙盛。本门已见。殷中军：指殷浩。本门已见。许：处所。

[2] 往反：指反复辩难。反，同“返”。精苦：特别激烈。

[3] 客主：宾主。指辩论双方。间（jiàn）：漏洞。

[4] 数四：多次。

[5] 麈尾：一种形状类似羽扇的物件，柄之左右饰以麈尾之毛。

[6] 莫：同“暮”，傍晚。

[7] 语（yù）：对……说。

[8] 强（jiàng）口马：倔强的马。

[9] 决鼻牛：挣豁鼻子的牛。

[10] 人：指说话人自己。颊：面颊。

【译文】孙安国到殷中军处一起清谈，往返辩难非常激烈，宾主二人全无漏误。侍从送上饭食，摆冷后重新热过，反复多次。双方奋力挥动麈尾，麈毛全都脱落，飘满饭菜中。宾主双方直至日暮而忘了吃饭。殷就对孙说：“你不要当犟嘴马，我要穿住你鼻子！”孙说：“你没见过豁鼻子牛，我要穿住你面颊！”

强学人作尔馨语

殷中军尝至刘尹所[1]，清言良久[2]，殷理小屈，游辞不已[3]，刘亦不复答。殷去后，乃云：“田舍儿强学人作尔馨语[4]！”

注释

[1] 殷中军：指殷浩。本门已见。刘尹：指刘惔。见P011《德行·莫得淫祀》注[1]。所：处所。

[2] 清言：魏晋期间崇尚老庄、谈论玄理的风气。

[3] 游辞：虚浮而不着边际的话。

[4] 田舍儿：乡巴佬。尔馨：这样。馨，后缀，用于名词、代词、形容词后，表示“……的样子”。

【译文】殷中军曾到刘尹处，清谈许久，殷说理略显不足，不停说些不着边际的话，刘也不再辩答。殷走后，刘就说：“乡巴佬硬要学人家作这样的清言！”

善人少，恶人多

殷中军问[1]：“自然无心于禀受[2]，何以正善人少[3]，恶人多？”诸人莫有言者。刘尹答曰[4]：“譬如写水著地[5]，正自纵横流漫，略无正方圆者[6]。”一时绝叹，以为名通[7]。

注释

[1] 殷中军：指殷浩。本门已见。

[2] 自然：天然。即道家认为生成万物的大自然。禀受：承受。指人从大自然那里接受品性资质。

[3] 正：只，仅仅。

[4] 刘尹：指刘惔。本门已见。尹，晋代郡长官一般称太守，但京都所在地的郡长官称为“尹”。

[5] 写：同“泻”，倾泻。著（zhuó）：放在动词后面，含有“在、到”等意义。

[6] 略无：全然没有。

[7] 名通：至理名言。通，阐释。

【译文】 殷中军问：“大自然无心授予人某种天性，为什么只是善人少，恶人多？”众人没有说话的。刘尹回答说：“譬如将水倾泻到地上，只是纵横流淌，完全没有正方正圆的。”当时大家极为叹服，认为是至理名言。

官本是臭腐

人有问殷中军[1]：“何以将得位而梦棺器[2]，将得财而梦矢秽[3]？”殷曰：“官本是臭腐，所以将得而梦棺尸；财本是粪土，所以将得而梦秽污。”时人以为名通[4]。

注释

[1] 殷中军：指殷浩。本门已见。

[2] 棺器：棺材。

[3] 矢秽：粪便污秽。矢，同“屎”。 [4] 名通：至理名言。通，阐释。

【译文】有人问殷中军：“为什么将要获得官位就会梦见棺材，将要得到财货就会梦见粪便？”殷说：“官位本是臭腐之物，所以将要得到就会梦见棺材尸体；财货本是粪土，所以将要得到就会梦见污秽之物。”当时的人认为是至理名言。

是其妙处不传

司马太傅问谢车骑[1]：“惠子其书五车[2]，何以无一言入玄[3]？”谢曰：“故当是其妙处不传[4]。”

注释

[1] 司马太傅：指司马道子。见 P035《言语·强欲滓秽太清》注 [1]。谢车骑：指谢玄。见 P033《言语·欲者不多》注 [3]。

[2] 惠子：指惠施。战国时宋人，名施，名家代表人物。他的哲学思想过分夸大事物的同一性，往往流于诡辩。

[3] 玄：玄理。

[4] 故当：可能。表示推测。

【译文】司马太傅问谢车骑：“惠子著书有五车之多，为什么没有一句话涉及玄言？”谢说：“或许是其中奥妙处没有流传下来吧。”

七步中作诗

文帝尝令东阿王七步中作诗[1]，不成者行大法[2]。应声便为诗曰：“煮豆持作羹，漉菽以为汁[3]。萁在釜下然[4]，

豆在釜中泣。本自同根生，相煎何太急[5]！”帝深有惭色。

注释

[1] 文帝：指魏文帝曹丕。见P022《言语·二锺答文帝问》注[2]。东阿王：曹植。名植，字子建，曹丕同母弟。聪慧有才华，博学善诗文。曾封为东阿王，进封陈王。后备受曹丕父子猜忌，郁闷而死。世称“东阿王”，死后谥为“思”，又称“陈思王”。

[2] 大法：最高刑法。指死刑。

[3] 漉（lù）：过滤。菽（shū）：豆类的总称。

[4] 萁（qí）：豆秸。釜：一种炊具。然：同“燃”，燃烧。

[5] 相：指代性副词，偏指“我”。煎：烧，煮。这里指迫害。

【译文】魏文帝曾经命令东阿王在七步之内作出诗来，作不成就要处死刑。东阿王应声就作诗道：“煮熟豆子制成羹，滤去豆渣制成汁。豆秸在锅下燃烧，豆子在锅中哭泣。本来就是同根生，害我为何太紧急！”文帝深为惭愧。

潘文乐旨

乐令善于清言[1]，而不长于手笔[2]。将让河南尹[3]，请潘岳为表[4]。潘云：“可作耳，要当得君意[5]。”乐为述己所以为让，标位二百许语[6]。潘直取错综[7]，便成名笔[8]。时人咸云：“若乐不假潘之文，潘不取乐之旨，则无以成斯矣。”

注释

[1] 乐令：指乐广。本门已见。清言：魏晋期间崇尚老庄、谈论玄理的风气。

[2] 手笔：撰写文章。

[3] 河南尹：河南郡（治所在今河南

洛阳市东北）的行政长官。尹，京都所在地的郡长官。

[4] 潘岳：西晋荥阳中牟（今属河南）人，名岳，字安仁。姿容美好，工于诗赋。曾任河阳令、给事黄门侍郎，后被司马伦及孙秀诬以谋反，被害。表：呈给皇帝的奏章。

[5] 要当：必须。

[6] 标位：阐述。许：用在数词或数量词后，表示约数。

[7] 错综：编排综合。

[8] 名笔：名作。

【译文】乐令善于清谈，却不擅长写作。将要辞去河南尹职位，请潘岳代写奏章。潘说："可以写，但必须知道您的意思。"乐对他讲述自己辞让的原因，阐述要旨二百多言。潘径取其意加以综合编排，就成为名作。当时的人都说："如果乐不借潘的文笔，潘不取乐的意旨，就无法写成这一名篇了。"

孙子荆作悼亡诗

孙子荆除妇服[1]，作诗以示王武子[2]。王曰："未知文生于情，情生于文[3]？览之凄然[4]，增伉俪之重[5]。"

注释

[1] 孙子荆：孙楚。西晋太原中都（今山西平遥西南）人，名楚，字子荆。博学多文，善言玄理。曾任佐著作郎、冯翊太守。除妇服：为妻子服丧除去孝服。古代夫为妻服丧，期限一年。

[2] 王武子：王济。见 P025《言语·有千里莼羹》注 [1]。

[3] 未知文生于情，情生于文：这是称赞孙楚的诗文情并茂。

[4] 凄然：悲伤。

[5] 伉俪：夫妇。

【译文】孙子荆为妻子服丧期满，写悼亡诗拿给王武子看。王说："不知是文由情生，还是情由文生？看后感到凄伤，增添了夫妇间的深重情意。"

有意无意之间

庾子嵩作《意赋》成[1]，从子文康见[2]，问曰："若有意邪，非赋之所尽；若无意邪，复何所赋[3]？"答曰："正在有意无意之间。"

注释

[1] 庾子嵩：庾敳（ái）。西晋颍川鄢陵（今河南鄢陵西北）人，名敳，字子嵩。为官超脱，雅有风韵。曾任陈留相、豫州长史、吏部郎。又称"庾中郎"。《意赋》：庾敳见王室多难，终将罹祸，模仿贾谊《鹏鸟赋》而作，以感慨人生无常，将荣辱存亡等同看待。

[2] 从子：侄儿。文康：庾亮，谥号文康。本门已见。

[3] 赋：写作。

【译文】庾子嵩写成《意赋》后，侄儿文康见了，问道："如果有心意的话，不是一篇赋能表达得尽的；如果无心意的话，又有什么好写的？"回答说："正是在有意无意之间。"

都下纸为之贵

庾仲初作《扬都赋》成[1]，以呈庾亮。亮以亲族之怀[2]，大为其名价，云："可三《二京》、四《三都》[3]。"于此人人竞写，都下纸为之贵[4]。谢太傅云[5]："不得尔[6]。此是屋下架屋耳，事事拟学，而不免俭狭[7]。"

注释

[1] 庾仲初：庾阐。晋颍川鄢陵（今河南鄢陵西北）人，名阐，字仲初，庾亮的族人。自幼好学，九岁能属文。曾任散骑侍郎、零陵太守。《扬都赋》：庾阐模仿前辈名作，极力铺陈扬州治所建康（今江苏南京）之山川形胜、草木禽兽、宫室人物及都市繁华等景象。

[2] 亮：指庾亮。本门已见。亲族之怀：亲族的情分。怀，情怀。

[3] 三、四：用作动词，意思是并列为三、并列为四。《二京》：指《二京赋》，东汉张衡作。包括《西京赋》《东京赋》两篇，分述汉代西京长安、东京洛阳的盛况。《三都》：指《三都赋》，西晋左思作。包括《蜀都赋》《吴都赋》《魏都赋》三篇，分述三国时蜀都益州、吴都建业、魏都邺三地以及各国的概况。

[4] 都下：京城。指东晋京都建康（今江苏南京）。

[5] 谢太傅：指谢安。见 P012《德行·我常自教儿》注 [1]。

[6] 尔：这样。

[7] 俭狭：贫乏狭窄。

【译文】庾仲初写成《扬都赋》后，将它呈送给庾亮看。庾亮出于同宗的情分，给予它极高评价，说："可以与《二京赋》并列为三，与《三都赋》并列为四。"自此人人争相传抄，京都纸张因此涨价。谢太傅说："不能这样。这是屋下架屋而已，凡事模拟仿效，就不免贫乏狭窄。"

张凭不作父诔

谢太傅问主簿陆退[1]："张凭何以作母诔[2]，而不作父诔？"退答曰："故当是丈夫之德[3]，表于事行[4]；妇人之美，非诔不显。"

注释

[1] 谢太傅：指谢安。本门已见。主簿：官名。中央机构及地方官府的属官，负责文书簿籍，掌管印鉴，为掾史之首。陆退：东晋吴郡吴（今江苏苏州）人，名退，字黎民，御史中丞张凭的女婿。官至光禄大夫。

[2] 张凭：东晋吴郡（治所在今江苏苏州）人，名凭，字长宗。敏而有才，广受赞誉。曾任吏部郎、御史中丞。诔（lěi）：一种哀祭文体，叙述死者生前事迹，表示哀悼。

[3] 故当：当然。丈夫：成年男子。

[4] 事行：事迹。

【译文】谢太傅问主簿陆退："张凭为什么只作悼母诔文，而不作悼父诔文？"陆退回答说："当然是男子的德行，表现在事业上；妇人的美德，非诔文就无法显扬。"

披锦简金

孙兴公云[1]："潘文烂若披锦[2]，无处不善；陆文若排沙简金[3]，往往见宝。"

注释

[1] 孙兴公：孙绰。东晋太原中都（今山西平遥西北）人，名绰，字兴

公。寄情山水，博学善文。曾任永嘉太守、著作郎、廷尉卿，袭爵长乐侯。

[2] 潘：指潘岳。本门已见。披锦：铺开锦缎。

[3] 陆：指陆机。见 P025《言语·有千里莼羹》注 [1]。排：拨开。简：选取。

【译文】孙兴公说：“潘的文章灿烂得如同铺开锦缎，无处不好；陆的文章如同披沙拣金，常常见到瑰宝。”

要作金石声

孙兴公作《天台赋》成[1]，以示范荣期[2]，云：“卿试掷地，要作金石声[3]！”范曰：“恐子之金石，非宫商中声[4]。”然每至佳句，辄云：“应是我辈语。”

注释

[1] 孙兴公：孙绰。本门已见。《天台赋》：又名《游天台山赋》，讴歌会稽剡县东南的天台山。天台山在今浙江天台北。

[2] 范荣期：范启。东晋南阳顺阳（今河南淅川东）人，名启，字荣期。有才学义理，名显于世。曾任秘书郎、黄门侍郎。

[3] 要：会，终将。金石：指钟磬之类的乐器。比喻辞赋音声之美。

[4] 宫商：古代将音阶定为宫、商、角、徵（zhǐ）、羽五级，称为“五音”或“五声”，五音配合构成音乐。这里举宫商以代表五个音阶。

【译文】孙兴公写成《天台赋》后，将它拿给范荣期看，说：“你试着扔到地上，会发出金石般的声响！”范说：“恐怕您的金石声，不合五音中的音律。”但每逢见到好句子，总是说：“应该是我们这类人的话语。”

此是安石碎金

桓公见谢安石作简文谥议[1]，看竟[2]，掷与坐上诸客曰："此是安石碎金[3]。"

注释

[1] 桓公：指桓温。本门已见。谢安石：谢安。本门已见。简文：晋简文帝司马昱。见 P027《言语·以简应对之烦》注 [2]。谥：帝王、贵族、士大夫死后，据其生平事迹给予的称号。议：臣子向皇帝上书陈事的奏表。

[2] 竟：完毕。

[3] 碎金：喻指零篇杰作。

【译文】桓公见到谢安石所作的简文帝谥号奏议，看完后，扔给在座各位客人说："这是安石的零篇杰作。"

王东亭更作白事

王东亭到桓公吏[1]，既伏阁下[2]，桓令人窃取其白事[3]。东亭即于阁下更作，无复向一字。

注释

[1] 王东亭：王珣。见 P036《言语·丞相初营建康》注 [2]。桓公：指桓温。本门已见。吏：属吏。

[2] 伏：待在。阁下：官署。

[3] 白事：僚属向府主请示或报告用的公文。

【译文】王东亭赴任作桓公的属吏，已经待在官署等候，桓让人偷走他的禀事文书。东亭当即在官署中重写，没有先前那篇中的一个字。

欲为王孝伯作诔

桓玄尝登江陵城南楼[1]，云："我今欲为王孝伯作诔[2]。"因吟啸良久[3]，随而下笔，一坐之间[4]，诔以之成。

注释

[1] 桓玄：东晋谯国龙亢（今安徽怀远西）人，名玄，字敬道，小字灵宝，桓温之子。神态俊朗，博通艺术。曾任义兴太守、江州刺史，袭爵南郡公。晋安帝元兴元年（402）举兵东下，攻入京都，执掌朝政，次年代晋自立，国号楚。不久，刘裕起兵声讨，桓玄兵败被杀。江陵：晋时南郡治所，今属湖北。

[2] 王孝伯：王恭。见P014《德行·身无长物》注[1]。诔（lěi）：一种哀祭文体，叙述死者生前事迹，表示哀悼。

[3] 吟啸：吟咏歌啸。

[4] 一坐之间：指大家坐谈间的工夫。表示时间短暂。

【译文】桓玄有一次登上江陵城的南楼，说："我现在要为王孝伯作一篇诔文。"于是吟咏歌啸多时，随即落笔书写，大家坐谈间的工夫，诔文已经写成。

五、方正

方正，是指为人正直不阿，言行举止坚守心中的固有原则，绝不屈服于外来压力。历代封建社会在人才选拔时都很重视这一标准，常常将它与德行并称为“贤良方正”；社会的评议也以能否坚守方正作为区分人物品行高下优劣的一个准则。同时，方正作为我国传统的优秀人物品格，具体到士大夫自身，也总以它作为砥砺品行的重要方面。

本门收录言行轶事六十六条，记载了不同职位官员处理政务时的刚直言行，有的坚守礼制，有的居官正直，有的不惧权势，有的痛恨谄媚；也有一些表现了士大夫或其子弟为人的自尊自信，有的秉性刚直，有的不苟言行。此外，还有少数不信鬼神的故事，这对当时社会甚至后世都有启发意义，使人顿生清新之感。

本书选译十三则故事，其中可供学习的优秀品质不少，但也有些恃贵而骄的表现，并非方正的品格，同学们应该注意区别。

陈元方责父友

陈太丘与友期行[1]，期日中[2]，过中不至，太丘舍去，去后乃至。元方时年七岁[3]，门外戏。客问元方："尊君在不[4]？"答曰："待君久不至，已去。"友人便怒，曰："非人哉！与人期行，相委而去[5]。"元方曰："君与家君期日中[6]，日中不至，则是无信；对子骂父，则是无礼。"友人惭，下车引之[7]，元方入门不顾。

注释

[1] 陈太丘：指陈寔。见P003《德行·难兄难弟》注[3]。期行：相约出行。

[2] 日中：正午。

[3] 元方：陈纪，陈寔的长子。见P003《德行·难兄难弟》注[1]。

[4] 尊君：对话时尊称对方的父亲。不（fǒu）：同"否"。

[5] 相：指代性副词，偏指"我"。委：抛弃。

[6] 家君：对话时称呼自己的父亲。

[7] 引：牵，拉。

【译文】陈太丘与友人相约出行，约在正午，过了正午友人没到，太丘不再管他先走了，走后友人才到。元方当时七岁，在门外玩耍。客人问元方："令尊在吗？"元方回答说："等您许久您没来，已经走了。"友人就很生气，说："不是人啊！与人家相约出行，却丢下我自己走了。"元方说："您与家父约定正午，正午没来，就是不守信用；对着儿子的面骂父亲，就是没有礼貌。"友人惭愧，下车来拉元方，元方走进家门头都不回。

犹义形于色

魏文帝受禅[1]，陈群有戚容[2]。帝问曰："朕应天受命[3]，卿何以不乐？"群曰："臣与华歆服膺先朝[4]，今虽欣圣化[5]，犹义形于色[6]。"

注释

[1] 魏文帝：曹丕。见P022《言语·二锺答文帝问》注[2]。受禅（shàn）：王朝更迭时接受前朝皇帝让给的帝位。指曹丕代汉称帝。

[2] 陈群：见P003《德行·难兄难弟》注[1]。戚容：忧伤的面容。

[3] 应天受命：顺应天道，承受天命。

[4] 华歆：见P005《德行·割席分坐》注[1]。服膺：衷心信服。先朝：前朝。指东汉王朝。

[5] 圣化：圣王教化。这是对于魏文帝即位的恭维。

[6] 义形于色：指对旧主的情义流露在脸上。形，显现。

【译文】魏文帝接受帝位，陈群面有愁容。文帝问："我顺应天道，承受天命，你为什么不高兴？"陈群说："我与华歆顺服于前朝，如今虽然欣喜圣朝建立，但对前朝的情义还是不免流露出来。"

辛佐治立军门

诸葛亮之次渭滨[1]，关中震动[2]。魏明帝深惧晋宣王战[3]，乃遣辛毗为军司马[4]。宣王既与亮对渭而陈[5]，亮设诱谲万方[6]，宣王果大忿，将欲应之以重兵。亮遣间谍觇之[7]，还曰："有一老夫，毅然仗黄钺[8]，当军门立，军不得出。"亮曰："此必辛佐治也。"

注释

[1] 诸葛亮：三国琅邪阳都（今山东沂水南）人，名亮，字孔明。足智多谋，勤于政事。辅佐刘备建立蜀国，又辅佐后主刘禅。长期担任丞相，主持朝政，封武乡侯。次渭滨：驻扎渭水岸边。诸葛亮辅佐刘禅时，多次北伐，均未成功。蜀建兴十二年（234）再次北上，与司马懿对阵渭南。同年八月，病死军中。次，驻扎。

[2] 关中：指函谷关以西地区。

[3] 魏明帝：曹叡（ruì）。三国魏沛国谯县（今安徽亳州）人，名叡，字元仲，曹丕之子。在位不恤民情，大治宫室，荒废农时。晋宣王：司马懿。三国魏河内温县（今河南温县西南）人，名懿，字仲达。自幼聪明，博学多闻。仕魏任大将军，后杀曹爽专国政。死后追封为宣王，司马炎称帝，追尊他为宣帝。

[4] 辛毗：三国魏颍川阳翟（今河南禹州）人，名毗，字佐治。刚正率直，屡进忠言。曾任侍中、卫尉，死后谥肃侯。军司马：军府官名。在将军之下，综理一府事务，参与军事计划。但《三国志·魏书·辛毗传》记载此事时，作“乃以毗为大将军军师，使持节”。当是晋人避景帝司马师名讳，将“军师”改称“军司”，“马”为衍文（据程炎震《世说新语笺证》说）。

[5] 陈：同“阵”，用作动词，排兵列阵。

[6] 诱谲（jué）：诱骗。

[7] 间谍：侦探。觇（chān）：刺探。

[8] 毅然：坚定的样子。黄钺（yuè）：用黄金装饰的一种形似斧头的兵器。本为天子仪仗，但天子委派大臣出师，也可授予黄钺以示威重。

【译文】诸葛亮驻军于渭水之滨，关中地区震动。魏明帝深怕晋宣王出战，就派遣辛毗担任军司马。晋宣王已同诸葛亮隔着渭水排兵列阵，诸葛亮千方百计诱使其出战，宣王果然大怒，将要以重兵应战。诸葛亮派间谍侦探敌情，回报说：“有一位老人，神情坚定地拿着黄钺，面对营门站立，军队不能出来。”诸葛亮说：“这人必定是辛佐治啊。”

向雄义绝刘淮

向雄为河内主簿[1]，有公事不及雄[2]，而太守刘淮横怒[3]，遂与杖遣之[4]。雄后为黄门郎[5]，刘为侍中[6]，初不交言[7]。武帝闻之[8]，敕雄复君臣之好[9]。雄不得已，诣刘，再拜曰[10]：“向受诏而来，而君臣之义绝，何如？”于是即去。武帝闻尚不和，乃怒问雄曰：“我令卿复君臣之好，何以犹绝？”雄曰：“古之君子，进人以礼，退人以礼。今之君子，进人若将加诸膝[11]，退人若将坠诸渊[12]。臣于刘河内，不为戎首[13]，亦已幸甚，安复为君臣之好？”武帝从之。

注释

[1] 向雄：西晋河内山阳（今河南焦作东）人，名雄，字茂伯。性格慷慨，坚守节操。曾任御史中丞、侍中、河南尹。河内：郡名。治所在今河南沁阳。主簿：官名。中央机构及地方官府的属官，负责文书簿籍，掌管印鉴，为掾史之首。

[2] 及：牵连。

[3] 刘淮：《晋书·向雄传》作“刘毅”，现据其字“君平”推论，当以作“刘準”为是，“準”省作“准”，或误为“淮”。今“準”简化为“准”。刘准是西晋沛国杼秋（今安徽萧县西北）人，名准，字君平。少时即以清正著称。曾任河内太守、侍中、尚书仆射、司徒。下文“刘河内”也是指他。横（hèng）怒：莫名暴怒。

[4] 与杖：给予杖责。遣：驱逐。

[5] 黄门郎：黄门侍郎。职守为侍从皇帝，传达诏命。

[6] 侍中：官名。皇帝近臣，侍从皇帝，出入宫廷，参议朝政，魏晋以后往往成为事实上的宰相。

[7] 初不：从不。

[8] 武帝：指晋武帝司马炎。见P024《言语·见月而喘》注[2]。

[9] 君臣：府主与吏属之间也称君臣。

[10] 再拜：一种表示恭敬的礼节，连拜两次。

[11] 加诸膝：将他抱到膝盖上。诸，兼词，兼有“之于”的意思。下文“诸”字同。

[12] 坠诸渊：将他推至深渊里。

[13] 戎首：发动战争的人。

【译文】 向雄任河内主簿，有件公事与向雄无关，但太守刘淮无端暴怒，就对他杖责并遣退了他。向雄后来担任黄门郎，刘担任侍中，从来不交一言。晋武帝听说这事，命令向雄去恢复君臣情谊。向雄无奈，去见刘，拜了拜说：“刚刚接受诏命而来，而我们君臣情义已经断绝，怎么办？”于是就走了。武帝听说二人仍然不和，就生气地责问向雄说：“我命令你去恢复君臣情谊，为什么仍然绝交？”向雄说：“古代的君子，举荐人依据礼仪，罢免人也依据礼仪。如今的君子，举荐人恨不能将他抱至膝上，罢免人恨不得将他推至深渊。我对刘河内，不视为事端的挑动者，也已是万幸了，哪能再恢复君臣情谊呢？”武帝只得听从他了。

士衡妙语驳卢志

卢志于众坐问陆士衡[1]：“陆逊、陆抗是君何物[2]？”答曰：“如卿于卢毓、卢珽[3]。”士龙失色[4]，既出户，谓兄曰：“何至如此？彼容不相知也[5]。”士衡正色曰：“我父、祖名播海内[6]，宁有不知？鬼子敢尔[7]！”议者疑二陆优劣[8]，谢公以此定之[9]。

注释

[1] 卢志：西晋范阳涿县（今河北涿州）人，名志，字子道。善长书法，颇有声名。曾任魏郡太守、卫尉卿、尚书。陆士衡：陆机。见P025《言

语·有千里莼羹》注 [1]。

[2] 陆逊：三国吴吴郡吴（今江苏苏州）人，名逊，字伯言，陆机之祖父。曾任荆州牧，久镇武昌（今湖北鄂城），官至丞相，被誉为“社稷之臣”。陆抗：名抗，字幼节，陆逊之子，陆机之父。曾任镇军大将军、大司马、荆州牧。卢志对陆机父、祖直呼其名，触犯了陆氏家讳（详后 P103《赏誉·王蓝田言家讳》注 [2]），因而陆也直呼卢志父、祖之名作为回击，下文陆云惊慌失色的原因也在于此。何物：什么人。

[3] 卢毓（yù）：汉末范阳涿县（今河北涿州）人，名毓，字子家，卢志之祖父。入魏后任黄门侍郎、吏部尚书、司空。卢珽（tǐng）：名珽，字子笏，卢志之父。曾任泰山太守、卫尉卿、尚书。

[4] 士龙：陆云。西晋吴郡吴（今江苏苏州）人，名云，字士龙，陆机之弟。儒雅有俊才，善于为文，有作品传世。曾任清河内史、大将军右司马，世称“陆清河”。

[5] 彼：相当于第三人称代词“他”，使用时含有轻蔑语气。容：或许。表示测度语气。

[6] 海内：古人认为我国疆土四面环海，称国境以内为“海内”。

[7] 鬼子：骂人的话。据《孔氏志怪》所记，卢志先人与崔氏亡女结婚而生卢温休，温休生卢植，卢植即卢志之曾祖。尔：这样。

[8] 议者：魏晋期间有品评人物高下优劣的风尚，议者指评论二陆的人。

[9] 谢公：指谢安。见 P012《德行·我常自教儿》注 [1]。

【译文】卢志在大庭广众中问陆士衡：“陆逊、陆抗是您什么人？”士衡回答说：“如同你与卢毓、卢珽一样。”士龙听了惊慌失色，出门后，对兄长说：“哪至于这样？他或许不了解内情啊。”陆士衡严厉地说：“我们父亲、祖父名扬海内，哪有不知道的？鬼儿子竟敢这样！”当时评议的人难以断定二陆优劣，谢公据此作出评定。

庾子嵩卿王太尉

王太尉不与庾子嵩交[1]，庾卿之不置[2]。王曰：“君不得为尔[3]。”庾曰：“卿自君我[4]，我自卿卿[5]。我自用我法，卿自用卿法。”

注释

[1] 王太尉：指王衍。见P051《文学·世谓“三语掾”》注[2]。太尉，官名。晋代为加官，无实权。庾子嵩：庾敳。见P060《文学·有意无意之间》注[1]。

[2] 卿之：用“卿”来称呼他。卿，用作动词，用“卿”称呼。下文“卿卿”之前一“卿”字同。不置：不停。

[3] 君：对人的尊称，但与称“卿”相比略显生分。尔：这样。

[4] 卿：相当于“你”。常用来称呼辈分低于自己或平辈之间较为亲昵的人。庾敳用“卿”称呼王衍，用意是套近乎。君我：用“君”称呼我。君，用作动词，用“君”称呼。

[5] 卿卿：用“卿”称呼你。

【译文】王太尉不同庾子嵩交往，庾却不停地用“卿”称呼他。王说：“您不能这样。”庾说：“你自可用‘君’称呼我，我仍要用‘卿’称呼你。我自用我的叫法，你自用你的叫法。”

阮宣子伐社树

阮宣子伐社树[1]，有人止之。宣子曰：“社而为树[2]，伐树则社亡；树而为社，伐树则社移矣。”

注释

[1] 阮宣子：阮修。见P051《文学·世谓“三语掾”》注[1]。社树：古

代立社种树，作为标志。社，土地神或祭祀土地神的社坛。

[2] 社而为树：社如果是树。而，如果。下文“而”字同。

【译文】阮宣子砍伐社坛的树，有人制止他。宣子说：“土地神如果是树，伐树之后土地神就不存在了；树如果是土地神，伐树之后土地神就移走了。”

衣服复有鬼邪

阮宣子论鬼神有无者[1]。或以人死有鬼[2]，宣子独以为无，曰：“今见鬼者云，著生时衣服[3]，若人死有鬼，衣服复有鬼邪?”

注释

[1] 阮宣子：本门已见。

[2] 或：有人。

[3] 著（zhuó）：穿，戴。

【译文】阮宣子谈论鬼神有无的问题。有人认为人死后有鬼，唯独宣子认为没有，说：“如今所谓见过鬼的人说，鬼穿的是生前的衣服，如果人死后有鬼，那么衣服也有鬼吗？”

陆太尉拒婚

王丞相初在江左[1]，欲结援吴人[2]，请婚陆太尉[3]。对曰：“培塿无松柏[4]，薰莸不同器[5]。玩虽不才，义不为乱伦之始[6]。”

注释

[1] 王丞相：指王导。见P026《言语·新亭对泣》注[6]。江左：江南。古人坐北面南，以东为左，以西为右，所以江东又名“江左”。

[2] 结援：结交攀附。吴人：汉末时江东为吴郡地域，后世习惯沿称这一带为“吴”，称这里的土著为“吴人”。

[3] 婚：通婚。陆太尉：指陆玩。见P040《政事·陆太尉咨事》注[1]。太尉，官名。晋代为加官，无实权。

[4] 培塿（pǒu lǒu）：小土丘。

[5] 薰莸（xūn yóu）不同器：喻指门第不同的人不可共处。薰莸，香草与臭草。

[6] 乱伦：这里指门第不相当或辈分不相同的婚姻。

【译文】王丞相刚到江东，想结交攀附吴地人士，向陆太尉请求通婚。陆回答说：“小土丘上没有高大的松柏，香草臭草不可同置一器。我虽然没有才能，但按道理不开乱伦的先例。”

王丞相作女伎

王丞相作女伎[1]，施设床席[2]。蔡公先在坐[3]，不说而去[4]，王亦不留。

注释

[1] 王丞相：指王导。本门已见。女伎：表演歌舞的女子。伎，同“妓”。

[2] 床席：床榻坐席。

[3] 蔡公：指蔡谟。晋陈留考城（今河南兰考东南）人，名谟，字道明。学识渊博，厚重谨慎。曾任义兴太守、侍中、司徒。坐：同“座”。

[4] 说（yuè）：同“悦”，喜悦。

【译文】王丞相安排女伎表演，设置了床榻坐席。蔡公事先已在座，见后不高兴地走了，王也不挽留。

王述转尚书令

王述转尚书令[1]，事行便拜[2]。文度曰[3]："故应让杜许[4]。"蓝田云："汝谓我堪此不[5]？"文度曰："何为不堪？但克让自是美事[6]，恐不可阙[7]。"蓝田慨然曰："既云堪，何为复让？人言汝胜我，定不如我[8]。"

注释

[1] 王述：见P052《文学·殷中军下都》注[4]。转：调任。尚书令：官名。本为属官，掌管章奏文书，自汉武帝开始职权渐重，魏晋时为尚书省长官，负责政令。

[2] 事行：公文下达。事，公文。拜：接受官职。

[3] 文度：王坦之。东晋太原晋阳（今山西太原西南）人，名坦之，字文度，王述之子。弱冠即有重名。曾任侍中、中书令，领北中郎将、徐兖二州刺史，死后追赠安北将军。

[4] 故：本来。杜许：不详何人。《晋书·王述传》记载此事时，作"坦之谏，以为故事应让"。故事，旧例。

[5] 汝：魏晋期间，这是一个逐渐转为表示亲密的第二人称代词，你。常用于长辈对晚辈的称呼。堪：胜任。不（fǒu）：同"否"。

[6] 克让：能够谦让。克，能够。

[7] 阙：同"缺"，缺少。

[8] 定：终究。

【译文】王蓝田升任尚书令，命令下达就去受职。文度说："本来应该谦让给杜许。"蓝田说："你认为我能胜任这职务吗？"文度说："怎么不能胜任？但能够谦让本是美事，恐怕不可缺少。”蓝田感慨地说：“既然说胜任，为什么又要谦让？别人说你胜过我，看来终究不如我。”

讵可以形色加人

王、刘与桓公共至覆舟山看[1]。酒酣后[2]，刘牵脚加桓公颈[3]，桓公甚不堪，举手拨去。既还，王长史语刘曰[4]：“伊讵可以形色加人不[5]！”

注释

[1] 王：指王濛。见P043《政事·共看何骠骑》注[1]。刘：指刘惔。见P011《德行·莫得淫祀》注[1]。桓公：指桓温。见P029《言语·木犹如此》注[1]。覆舟山：山名。钟山西延余脉，形似覆舟。在今南京东北。看：游览。

[2] 酒酣：饮酒尽兴。

[3] 牵脚：伸腿。脚，小腿。

[4] 语（yù）：对……说。

[5] 伊：第三人称代词，他。讵（jù）：难道。形色加人：对人发怒逞威。魏晋风度崇尚喜怒不形于色，王、刘乃名士，桓为武人，由此可见王、刘对桓的轻蔑态度。不（fǒu）：同“否”。

【译文】王、刘与桓公一起到覆舟山游览。畅饮之后，刘伸腿架在桓公脖子上，桓公很受不了，抬起手拨开。回来后，王长史对刘说：“他难道可以给别人脸色看吗？”

蓝田排文度下膝

王文度为桓公长史时[1]，桓为儿求王女，王许咨蓝

田[2]。既还，蓝田爱念文度[3]，虽长大，犹抱著膝上[4]。文度因言桓求己女婚。蓝田大怒，排文度下膝[5]，曰："恶见文度已复痴[6]，畏桓温面。兵，那可嫁女与之！"文度还报云："下官家中先得婚处[7]。"桓公曰："吾知矣，此尊府君不肯耳[8]。"后桓女遂嫁文度儿[9]。

注释

[1] 王文度：王坦之。本门已见。桓公：指桓温。本门已见。长史：太府、司徒、司空等高级官员的属官，相当于幕僚长，职任颇重。

[2] 咨：询问。蓝田：指王述。本门已见。

[3] 爱念：疼爱。

[4] 著（zhuó）：放在动词后面，含有"在、到"等意义。

[5] 排：推开。

[6] 恶见：讨厌。

[7] 下官：属吏对府主自称为下官。

[8] 尊府君：等于说您父亲。府君，汉魏时对太守的尊称。王述曾任临海太守，所以称府君。

[9] 桓女遂嫁文度儿：魏晋期间注重门第贵贱，门第不相当者不通婚，名门之女不可下嫁寒族，但寒门之女却可嫁入名门。

【译文】王文度担任桓公长史时，桓为儿子求娶王的女儿，王答应向父亲蓝田请示。回家后，父亲蓝田疼爱文度，虽然他已经长大，还是抱在膝上。文度趁便说到桓求娶自己女儿的事。蓝田大怒，将文度推下膝去，说："讨厌文度又犯傻，畏惧桓温情面。当兵的，哪可嫁女儿给他家！"文度回复桓公说："下官家中女儿先已许了人家。"桓公说："我知道了，这是令尊不肯而已。"后来桓公的女儿就嫁给了文度的儿子。

六、雅量

雅量，是指胸怀宽广，气度宏大。这也是我国几千年来传承至今的传统美德。魏晋时期士大夫崇尚玄远高迈，倡导名士风度，讲究在公众场合应该举止放达、仪容潇洒，内心的褒贬不可在神情外表上有所流露，故而更加看重雅量，将它视为名士风范的重要表现，同样也是品评人物的重要标准。

本门收录言行轶事四十二条，记载各类人物超凡脱俗的事迹，有的志存高远，有的临危不惧，有的视财若土，有的受辱不惊，有的舍生取义，又都具有语言简洁明白、人物栩栩如生的特征。当然，在描绘胸怀度量之外，又多少涉及一些真诚率直、反对矫揉造作的内容，写来形象生动，感人至深，令人十分喜爱。

本书选译十则故事，其中遇事镇静不慌、待人宽宏大量最值得认真学习，但少数忸怩作态、矫情自饰与故作旷达的人与事，同学们自应学会区别。

顾雍丧子

豫章太守顾劭[1]，是雍之子[2]。劭在郡卒。雍盛集僚属自围棋[3]，外启信至[4]，而无儿书[5]，虽神气不变，而心了其故[6]，以爪掐掌，血流沾褥。宾客既散，方叹曰："已无延陵之高[7]，岂可有丧明之责[8]！"于是豁情散哀[9]，颜色自若。

注释

[1] 豫章：郡名。治所在今江西南昌。顾劭：三国吴吴郡吴（今江苏苏州）人，名劭，字孝则。博览群书，远近闻名。任豫章太守五年，死于任上。

[2] 雍：顾雍。名雍，字元叹，顾劭之父。所在之处，皆有治绩。曾任会稽丞，行太守事，在吴任丞相，执政十九年，多有匡弼辅正之誉。

[3] 僚属：同僚属吏。自：正在。

[4] 外：吏役。启：报告。信：信使。

[5] 书：信件。

[6] 了：明白。

[7] 延陵之高：表示对丧子持坦然的态度。延陵本为春秋时吴国季札的封邑，在今江苏常州，代指季札。据《礼记·檀弓下》记载，季札在儿子死后埋葬时，很平静地说：骨肉重回土里，是命里注定的。孔子评价他的这种态度合于礼。

[8] 丧明之责：表示儿子死后因哀毁过礼而受到责备。丧明，丧失视力。据《礼记·檀弓上》记载，子夏在儿子死后哭瞎了眼睛，曾子批评他的这种行为，子夏听后连连认错。

[9] 豁：排解。

【译文】豫章太守顾劭，是顾雍的儿子。顾劭在郡守任上去世。顾雍正大聚同僚部属下棋，吏役禀告信使到了，却没有儿子书信，顾雍虽然神态不变，但心里明白其中缘故，用指甲紧掐手掌，鲜血流下沾湿坐褥。

直到宾客散去，才叹息说：“既已无法做到延陵季子那样高远，哪可招致子夏丧明所受的指责！”于是排解悲痛，驱散哀伤，神色安然自若。

嵇中散临刑东市

嵇中散临刑东市[1]，神气不变，索琴弹之，奏《广陵散》[2]。曲终，曰：“袁孝尼尝请学此散[3]，吾靳固不与[4]，《广陵散》于今绝矣！”太学生三千人上书[5]，请以为师，不许。文王亦寻悔焉[6]。

注释

[1] 嵇中散：指嵇康。见P048《文学·锺会撰〈四本论〉》注[2]。中散，即中散大夫，参与议论政事，是一种闲散职任。东市：刑场。汉代在长安东市处决犯人，后来就以东市指刑场。

[2]《广陵散（sǎn）》：琴曲名，又称《广陵止息》。全曲分小序、大序、正声、乱声、后序五大部分，共四十五段，是篇幅最长的琴曲之一。后人推测即《聂政刺韩王曲》。

[3] 袁孝尼：三国魏陈郡阳夏（今河南太康）人，名准，字孝尼。为人忠信正直，不耻下问。入晋后，任给事中。

[4] 靳固：吝惜。

[5] 太学生：太学中的学生。太学，我国古代的最高学府。

[6] 文王：指晋文王司马昭。见P007《德行·阮嗣宗至慎》注[1]。寻：不久。

【译文】嵇中散在刑场将受处决时，神色不变，索琴来弹奏，弹了一曲《广陵散》。乐曲奏完，说：“袁孝尼曾请求学弹这支曲子，我吝惜不肯传给他，《广陵散》从今以后绝传了！”太学生三千人上书，请求拜嵇康为师，没被准许。不久，晋文王也后悔了。

诸小儿竞取李

王戎七岁[1]，尝与诸小儿游。看道边李树多子折枝，诸儿竞走取之[2]，唯戎不动。人问之，答曰："树在道边而多子，此必苦李。"取之，信然[3]。

注释

[1] 王戎：魏晋期间琅邪临沂（今属山东）人，名戎，字濬冲，"竹林七贤"之一。为人吝啬，敛财无度。曾任尚书令、司徒，封安丰侯。

[2] 竞走：争先恐后地跑。

[3] 信然：确实这样。

【译文】王戎七岁时，曾经与许多小孩一起游玩。见到路边李树果实很多，压弯了树枝，孩子们争着跑去摘取，只有王戎不动。有人问为什么，他回答说："树在路边却有许多果实，这必定是苦李。"摘来一尝，果然这样。

故可有两娑千万

刘庆孙在太傅府[1]，于时人士多为所构[2]，唯庾子嵩纵心事外[3]，无迹可间[4]。后以其性俭家富，说太傅令换千万[5]，冀其有吝[6]，于此可乘。太傅于众坐中问庾，庾时颓然已醉[7]，帻堕几上[8]，以头就穿取，徐答云："下官家故可有两娑千万[9]，随公所取。"于是乃服。后有人向庾道此，庾曰："可谓以小人之虑，度君子之心[10]。"

注释

[1] 刘庆孙：西晋中山魏昌（今河北无极）人，名舆，字庆孙。俊朗有才具，名著当时。曾任散骑侍郎、中书侍郎、颍川太守、东海王司马越长史。太傅：官名。辅佐皇帝处理朝政，治理天下。指司马越，西晋河内温县（今河南温县西南）人，名越，字元超，司马炎从兄弟。封东海王，历任侍中、司空、太傅，代表皇族势力专擅国政。

[2] 人士：指有名望的人。构：陷害。

[3] 庾子嵩：庾敳。见P060《文学·有意无意之间》注[1]。

[4] 迹：行迹。间（jiàn）：乘隙。意思是寻找、利用别人的漏洞。

[5] 说（shuì）：劝说。换：借贷。

[6] 吝：吝惜。

[7] 颓然：瘫下的样子。

[8] 帻（zé）：包头巾，中空顶圆，形制如帽子。

[9] 下官：属吏对府主自称为下官。故：确实。两娑（suō）千万：两三千万（据刘盼遂《世说新语校笺》说）。娑，“三”字的转音。

[10] 度（duó）：推测。

【译文】刘庆孙在太傅府任职，当时名士多被他诬陷，只有庾子嵩超然世事之外，没有什么空子可钻。后来因庾生性节俭而家中富有，刘怂恿太傅向庾借钱一千万，指望他有所吝惜，借以乘机构陷。太傅在大庭广众中问庾，庾当时颓然已醉，头巾掉落在几案上，他用头凑近戴上，从容地回答说：“下官家确实有两三千万，随您取用。”刘这才服帖。后来有人向庾说起这事，庾说：“可说是以小人之心，度君子之腹。”

料财蜡屐

祖士少好财[1]，阮遥集好屐[2]，并恒自经营。同是一累[3]，而未判其得失。人有诣祖，见料视财物[4]，客至，屏

当未尽[5]，余两小簏[6]，著背后[7]，倾身障之，意未能平。或有诣阮，见自吹火蜡屐[8]，因叹曰："未知一生当著几量屐[9]！"神色闲畅[10]。于是胜负始分[11]。

注释

[1] 祖士少：祖约。晋范阳遒县（今河北涞水北）人，名约，字士少。与其兄祖逖（tì）相友爱。曾继祖逖任平西将军、豫州刺史。

[2] 阮遥集：阮孚。晋陈留尉氏（今属河南）人，名孚，字遥集。嗜酒任情，不理政务。曾任侍中、吏部尚书。屐（jī）：木底有齿的鞋子，践泥后可洗涤干净。

[3] 累：牵累。

[4] 料视：料理查看。

[5] 屏（bǐng）当：收拾。

[6] 簏（lù）：竹箱。

[7] 著（zhuó）：放置。

[8] 蜡屐：给屐打蜡。

[9] 著（zhuó）：穿，着。量：同"緉"，双，量词。

[10] 闲畅：闲适舒畅。

[11] 胜负：这里指品位高下。

【译文】祖士少喜爱钱财，阮遥集喜爱木屐，都常常亲自料理。同是一种牵累，而无法判断他们的优劣得失。有人拜访祖，见到他正在料理查看财物，客人到了，尚未收拾完毕，余下两只小竹箱，放至背后，斜过身子遮住它们，有些心神不定。有人拜访阮，见到他正吹火给木屐打蜡，继而感叹："不知道一生能穿几双木屐！"神态悠闲舒畅。于是两人高下才见分晓。

坦腹东床

郗太傅在京口[1]，遣门生与王丞相书[2]，求女婿。丞相语郗信[3]：“君往东厢，任意选之。”门生归，白郗曰[4]：“王家诸郎，亦皆可嘉，闻来觅婿，咸自矜持。唯有一郎，在东床上坦腹卧[5]，如不闻。”郗公曰：“正此好[6]！”访之，乃是逸少[7]，因嫁女与焉。

注释

[1] 郗太傅：指郗鉴。晋高平金乡（今属山东）人，名鉴，字道徽。为人儒雅，博览经籍。曾任尚书令、司空、太尉。太傅，官名。本为辅佐国君治理朝政的官员，汉代以后常常作为高官的加衔，不甚有实权。郗鉴曾任太尉，担任太傅则未见记载。太傅，袁氏本《世说新语》作“太傅”，《太平御览》卷三百七十一、卷四百四十四引《世说》作“太尉”。京口：地名。今江苏镇江。

[2] 门生：投靠世族的门客。王丞相：指王导。见 P026《言语·新亭对泣》注 [6]。

[3] 语（yù）：对……说。信：信使。

[4] 白：禀告。

[5] 床：坐卧两用器具，可坐可卧。相当于如今之榻。坦：同“袒”，袒露。

[6] 正此好：就这个好。正，只、仅仅。

[7] 逸少：王羲之。见 P031《言语·王、谢共登冶城》注 [1]。

【译文】郗太傅在京口时，派门生送信给王丞相，要在他家挑选女婿。丞相对郗的使者说：“您到东厢房去，任意挑选。”门生回去后，报告郗说：“王家诸位公子，都值得赞美，听说来挑女婿，都很庄重拘谨。只有一位公子，在东床上袒腹而卧，像是没听见似的。”郗公说：“就这个好！”查访打听，原来是逸少，于是将女儿嫁给了他。

如此，将无归

谢太傅盘桓东山时[1]，与孙兴公诸人泛海戏[2]。风起浪涌，孙、王诸人色并遽[3]，便唱使还[4]。太傅神情方王[5]，吟啸不言[6]。舟人以公貌闲意说[7]，犹去不止。既风转急，浪猛，诸人皆喧动不坐[8]。公徐云："如此，将无归[9]？"众人即承响而回[10]。于是审其量[11]，足以镇安朝野[12]。

注释

[1] 谢太傅：指谢安。见 P012《德行·我常自教儿》注 [1]。盘桓：逗留。东山：山名。在今浙江上虞西南。谢安早年在此隐居。

[2] 孙兴公：孙绰。见 P062《文学·披锦简金》注 [1]。泛海：在海上泛舟。

[3] 王：指王羲之。本门已见。遽（jù）：惊慌。

[4] 唱：高呼。

[5] 王（wàng）：同"旺"，旺盛。

[6] 吟啸：吟咏歌啸。

[7] 说（yuè）：同"悦"，喜悦。

[8] 喧动：喧嚣叫嚷。

[9] 将无：表示测度的语气副词，相当于"莫非、恐怕"。

[10] 承响：应声。

[11] 审：审察。

[12] 朝野：朝廷与民间。

【译文】谢太傅逗留东山时，与孙兴公等人乘舟出海游玩。突然风起浪涌，孙、王等人全都神色惊惧，就高喊着返回。太傅兴致正浓，吟咏长啸而不发一语。船夫见他神态悠闲愉悦，依旧前行不止。顷刻风势转急，浪头更猛，众人都喧嚣骚动坐不住了。谢公才从容地说："既然这样，还是回去吧？"大家随即应声而回。从这件事审视他的器度，足以安定朝廷内外。

悠然知其量

戴公从东出[1]，谢太傅往看之[2]。谢本轻戴，见，但与论琴书[3]。戴既无吝色[4]，而谈书琴愈妙。谢悠然知其量[5]。

注释

[1] 戴公：指戴逵。东晋谯郡铚县（今安徽濉溪）人，名逵，字安道。为人重气节，善于鼓琴，精通绘画、雕刻。屡被征召任官，均未就职。从东出：从东面来。指从会稽来到京都。

[2] 谢太傅：指谢安。本门已见。

[3] 但：仅，只是。

[4] 吝色：不乐意的神色。

[5] 悠然：深远的样子。量：气量。

【译文】 戴公从东面来到京都，谢太傅去看望他。谢原本看不起戴，见面后，只与他谈论琴艺书法。戴既没有不乐意的神情，而且谈论书琴愈加精妙。谢深深感受到他的气量。

淮上信至

谢公与人围棋[1]，俄而谢玄淮上信至[2]，看书竟[3]，默然无言，徐向局[4]。客问淮上利害[5]，答曰：“小儿辈大破贼[6]。”意色举止，不异于常。

注释

[1] 谢公：指谢安。本门已见。

[2] 谢玄：见P033《言语·欲者不多》注

[3]。淮上：晋孝武帝太元八年（383），东晋抗击前秦苻坚的淝水大战发生在淮

河流域，“淮上”指大战的前线。此役谢安派遣谢玄率兵迎战。信：信使。

[3] 书：信件。竟：完毕。

[4] 局：棋局。

[5] 利害：指战争胜负。

[6] 小儿辈：孩儿们。

【译文】谢公与人下围棋，一会儿谢玄从淮上派来的信使到了，谢公看完信，默不作声，慢慢转向棋局。客人问到淮上战事的胜负，回答说：“孩儿们大破贼兵。”神色举止，与平常没有不同。

苻坚游魂近境

苻坚游魂近境[1]，谢太傅谓子敬曰[2]：“可将当轴[3]，了其此处[4]。”

注释

[1] 苻（fú）坚：十六国时期前秦皇帝，略阳临渭（今甘肃秦安东南）人，名坚，一名文玉，字永固，氐族。初为东海王，杀从兄苻生自代为帝，统一北方大部分地区，并夺取东晋益阳。淝水大败后，被羌族首领姚苌擒杀。游魂：似鬼魂游动不定。喻指敌人的侵扰活动。

[2] 谢太傅：指谢安。本门已见。子敬：王献之。见 P013《德行·王子敬首过》注 [1]。

[3] 将：捉拿。当轴：喻指当权的重要人物。

[4] 了：了结。

【译文】苻坚的侵扰迫近边境，谢太傅对子敬说：“应该擒住当权人物，将他们了结在这里。”

七、识鉴

识鉴，指对人物才能的认识与鉴别，以及对世事发展的分析与判断。这种鉴别与判断往往在人事尚未显露其本质特征时进行，故而常常带有预见性。魏晋时期开始，品评人物逐渐转向重视言谈举止、悟性学识、精神气韵等素养，具有相当的科学性。识鉴者的断语一旦应验，即被认为有识鉴；而被识鉴者如果得到认可，也会获得更多的机会。

本门收录言行轶事二十八条，通过不同场合对于不同人物与事件的评判，反映识鉴者非凡的洞察力。有的见微知著，有的审时度势，有的料事如神；还有的在紧要关头借助识鉴作出决断，以求急流勇退，抑或全身远祸。而被识鉴者能够受到鉴别，特别是受到名士的鉴别，也成了他们奋发向上的动力。

本书选译的八则故事中，可资学习借鉴之处很多，但少数沿用前代相术的识鉴办法，是否具有科学性，同学们应该可以分辨。

当以子孙相累

曹公少时见乔玄[1]，玄谓曰："天下方乱，群雄虎争[2]，拨而理之[3]，非君乎？然君实是乱世之英雄，治世之奸贼[4]。恨吾老矣[5]，不见君富贵，当以子孙相累[6]。"

注释

[1] 曹公：指曹操。见P021《言语·祢衡扬枹击鼓》注[1]。乔玄：汉末梁国睢阳（今河南商丘南）人，名玄，字公祖。谦恭下士，不治产业。曾任司空、司徒、太尉。

[2] 虎争：像虎一样地争斗。虎，用作状语，像虎似的。

[3] 拨：治理。

[4] 治世：安定时代。

[5] 恨：遗憾。

[6] 相累：托付给您。相，指代性副词，偏指"您"。

【译文】曹公年轻时去拜见乔玄，乔玄对他说："天下正在动乱，各路英雄如虎相争，能够治理乱世的，不就是您了吗？但您确实是乱世的英雄，治世的奸贼。遗憾的是我老了，见不到您富贵，我要将子孙托付给您。"

亦当为人所食

潘阳仲见王敦小时[1]，谓曰[2]："君蜂目已露[3]，但豺声未振耳[4]。必能食人，亦当为人所食。"

注释

[1] 潘阳仲：潘滔。西晋河南荥阳（今属河南）人，名滔，字阳仲。颇有

文学才识。曾任司马越太傅长史、河南尹。王敦：晋琅邪临沂（今属山东）人，名敦，字处仲，小字阿黑。性格豪放刚忍，有识见，有裁决。西晋时任扬州刺史、镇东大将军，握有重兵；东晋时任大将军、荆州牧，曾起兵攻入建康（今江苏南京），拜为丞相，政由己出。后再次进兵建康时，在军中病死。

[2] 谓：评论。

[3] 蜂目：比喻眼睛突露似蜂。据《左传·文公元年》记载，楚成王将立商臣为太子，征求令尹子上意见，子上认为商臣蜂目而豺声，是极为残忍的人。后来就用"蜂目豺声"形容为人的凶悍。

[4] 但：仅，只是。豺声：比喻声音尖利似豺。振：响起。

【译文】潘阳仲见到王敦小的时候，评论道："您已经显露出毒蜂般的目光，只是尚未响起豺狼般的声音而已。将来必能吃人，也将被人吃掉。"

石勒不知书

石勒不知书[1]，使人读《汉书》[2]。闻郦食其劝立六国后[3]，刻印将授之，大惊曰："此法当失，云何得遂有天下[4]？"至留侯谏[5]，乃曰："赖有此耳[6]！"

注释

[1] 石勒：十六国时期后赵的建立者，上党武乡（今山西榆社北）人，名勒，字世龙，羯族。壮健有胆力，善于骑射。曾聚众起义，于晋元帝大兴二年（319）建立后赵政权，自称赵王；晋成帝咸和五年（330），石勒灭前赵，称帝后不久病死。知书：识字。

[2]《汉书》：书名。东汉班固撰，是记载西汉王朝主要事迹的史书，也是我国第一部纪传体断代史。

[3] 郦食其（yì jī）：西汉陈留高阳（今属河南）人，名食其。家贫而好读书，桀骜不驯，时人谓为狂生。曾向刘邦献计攻下陈留，被封为广野君。

六国：指战国期间函谷关以东的楚、齐、燕、韩、赵、魏六国。

[4] 云何：为什么。

[5] 留侯：张良。汉初大臣，传为城父（今安徽亳县东南）人，名良，字子房。曾在博浪沙椎击秦始皇未中，后率众归汉，是刘邦的重要谋士。汉朝建立，封为留侯。

[6] 赖：幸亏。

【译文】石勒不识字，让人给他读《汉书》。听到郦食其劝刘邦重封六国后代，刻好印玺将要颁授下去，大惊道："这个办法必将有失，怎么能最终据有天下？"听到留侯劝阻时，就说："幸亏有这次劝阻啊！"

张季鹰在洛

张季鹰辟齐王东曹掾[1]，在洛[2]，见秋风起，因思吴中菰菜羹、鲈鱼脍[3]，曰："人生贵得适意尔，何能羁宦数千里以要名爵[4]？"遂命驾便归[5]。俄而齐王败，时人谓为见机[6]。

注释

[1] 张季鹰：张翰。西晋吴郡（治所在今江苏苏州）人，名翰，字季鹰。卓有才能，放任不羁。曾任大司马东曹掾，后因思乡弃官。齐王：指司马冏（jiǒng）。西晋河内温县（今河南温县西南）人，名冏，字景治，司马炎之侄。自幼聪慧，好善乐施。袭父位为齐王，曾任平东将军、镇东大将军、大司马，辅佐国事，后被长沙王司马乂（yì）所杀。东曹掾：东曹中的属官。曹，古代分职治事的部门。

[2] 洛：指西晋京都洛阳。故城在今河南洛阳东洛水北岸。

[3] 吴中：汉末时江东为吴郡地域，后世习惯沿称这一带为"吴"或"吴中"。菰菜羹：《太平御览》卷二十五引《世说》作"莼菜羹"，《晋书·张翰传》作"菰菜、莼羹"。菰菜，茭

白。莼羹，用莼菜加调料制成的带汁食物。脍（kuài）：细切的鱼肉。

[4] 羁宦：旅居外地任官。要（yāo）：求取。

[5] 命驾：命令驭者驾车。

[6] 见机：察觉事物的征兆。机，先兆。

【译文】张季鹰被任命为齐王的东曹掾，住在洛阳，见到秋风吹起，就思念起家乡吴地的菰菜羹、鲈鱼脍，说："人生可贵的就是能顺心适意而已，哪能数千里外客地为官来求取功名爵禄呢？"于是就命令驭者驾车回归家乡。不久齐王失败，当时的人认为他能看出事物的征兆。

明府当为黑头公

诸葛道明初过江左[1]，自名道明[2]，名亚王、庾之下[3]。先为临沂令[4]，丞相谓曰："明府当为黑头公[5]。"

注释

[1] 诸葛道明：诸葛恢。晋琅邪阳都（今山东沂水南）人，名恢，字道明。弱冠知名，为政平和。曾任江宁令、会稽太守、尚书令。江左：江南。古人坐北面南，以东为左，以西为右，所以江东又名"江左"。

[2] 自名道明：指诸葛恢自称己字道明。古人自称己名表示谦卑，魏晋时期又有自称己字的现象，含有自尊自信的意味。

[3] 亚：次，次于。王：指王导。见P026《言语·新亭对泣》注[6]。下文"丞相"也是指他。庾：指庾亮。见P010《德行·庾公乘马有的卢》注[1]。王导与庾亮俱有声名。

[4] 临沂：县名。治所在今山东费县东。令：指县令。

[5] 明府：汉魏以来对太守、牧尹尊称府君或明府君，简称明府。黑头公：指未到头发白的年纪就位列三公的人。

【译文】诸葛道明刚到江南，自称道明，名声亚居王导、庾亮之下。起先担任临沂县令，丞相对他说："您将会成为黑头三公。"

伊必能克蜀

桓公将伐蜀[1]，在事诸贤咸以李势在蜀既久[2]，承藉累叶[3]，且形据上流，三峡未易可克。唯刘尹云[4]："伊必能克蜀[5]。观其蒲博[6]，不必得，则不为。"

注释

[1] 桓公：指桓温。见P029《言语·木犹如此》注[1]。伐蜀：晋惠帝永安元年（304），李雄据蜀称帝（国号成，史称成汉），传至李势，日益衰落。晋穆帝永和二年（346），桓温率师西伐，次年春天灭之。

[2] 在事：居官主事。李势：十六国时期成国的统治者，略阳临渭（今甘肃秦安东南）人，名势，字子仁，巴氐族。在位不理国事，残害大臣。桓温伐蜀，他投降后被封为归义侯。

[3] 承藉：凭借先代祖业。累叶：接连数世。

[4] 刘尹：指刘惔。见P011《德行·莫得淫祀》注[1]。

[5] 伊：第三人称代词，他。

[6] 蒲博：樗（chū）蒲戏。古代的一种赌博游戏，流行于汉魏，晋代尤盛，以掷骰决胜负，以骰色分高下。后来成为赌博的通称。

【译文】桓公将要攻伐蜀汉，朝中执政大臣都认为李势经营蜀地既久，承袭数世祖业，而且地形又占据上游，长江三峡不易攻克。只有刘尹说："他必定能攻克蜀汉。看他玩樗蒲戏，没有必胜把握，就不会做。"

不以爱憎匿善

郗超与谢玄不善[1]。苻坚将问晋鼎[2]，既已狼噬梁、岐[3]，又虎视淮阴矣[4]。于时朝议遣玄北讨，人间颇有异同之论[5]。唯超曰：“是必济事。吾昔尝与共在桓宣武府[6]，见使才皆尽，虽履屐之间[7]，亦得其任。以此推之，容必能立勋[8]。”元功既举[9]，时人咸叹超之先觉，又重其不以爱憎匿善。

注释

[1] 郗超：东晋高平金乡（今属山东）人，名超，字景兴，一字嘉宾。有旷世之才，卓荦不羁。曾任桓温参军、中书侍郎、司徒左长史，权重一时。谢玄：见P033《言语·欲者不多》注[3]。

[2] 苻（fú）坚：见P088《雅量·苻坚游魂近境》注[1]。问晋鼎：谋取晋朝政权。鼎，相传夏禹以鼎作为传国重器，得天下者才能据有。后用以喻指国家政权。

[3] 梁：州名。治所在今陕西汉中。岐：山名。在今陕西岐山东北。

[4] 淮阴：指淮河以南地区。阴，古代以水之南、山之北为阴。

[5] 人间：世间。异同：不同。“异同”连用，是复词偏义，偏指“异”，“同”字无义。

[6] 桓宣武：指桓温。本门已见。

[7] 履屐：喻指琐细小事。履，一种用草、麻、皮、丝之类制成的单底鞋子，供正式场合穿着。屐，木底有齿的鞋子。

[8] 容：或许。表示测度语气。

[9] 元功：大功。指谢玄在淝水之战大胜苻坚。

【译文】郗超与谢玄关系不好。苻坚将要夺取晋朝政权，已经如狼一般侵吞梁州、岐山，又虎视眈眈地注视淮河以南地区。当时朝廷商议派遣谢玄北伐，世间对此颇有不同意见。只有郗超说："这人必能成事。我过去曾与他一起在桓宣武府中，见他用人都能各尽其才，即使琐细小事，也能委派适当人选。以此推论，想来必能建立功勋。"谢玄大功告成后，当时人都赞叹郗超有先见之明，又敬重他不因自己的好恶而埋没他人长处。

不得复云为名

韩康伯与谢玄亦无深好[1]。玄北征后[2]，巷议疑其不振[3]。康伯曰："此人好名，必能战。"玄闻之甚忿，常于众中厉色曰[4]："丈夫提千兵入死地，以事君亲故发[5]，不得复云为名！"

注释

[1] 韩康伯：韩伯。东晋颍川长社（今河南长葛东）人，名伯，字康伯。善于思辨，用心于文。曾任豫章太守、吏部尚书、将军领军。谢玄：本门已见。

[2] 北征：指谢玄率军在淝水抗击前秦。

[3] 疑：猜疑。振：振作。

[4] 常：同"尝"，曾经。厉色：严厉的神色。

[5] 君亲：君王。"君亲"连用，是复词偏义，偏指"君"，"亲"字无义。

【译文】韩康伯与谢玄并无深交。谢玄北上征讨苻坚，街谈巷议怀疑他不能奋力取胜。康伯说："这个人看重名声，一定能奋战。"谢玄听到这话很是气愤，曾在众人之中严厉地说："大丈夫率领千军进入决死之地，是为了报效君王才出征的，不能再说是为了名声！"

八、赏誉

赏誉，是指对于人物品性与才情的赏识与赞誉，比较集中地反映出魏晋时期品评人物的审美情致与审美追求。品评人物是其时士大夫生活的重要部分，由于受到品题之风与玄谈之风的影响，赏誉往往围绕着人物的精神、悟性、玄理、言辞等各类才性展开，又由于有些赏誉者将才智看得极为重要，故而一些犯上作乱的机巧人物也会得到好评。

本门收录言行轶事一百五十六条，按照既定的标准，赏誉者作出各类品评，誉辞也极尽褒奖。有的用“芝兰玉树”，有的用“璞玉浑金”，有的用“松下风”，有的用“千丈松”，大多简洁明了，在特定意义上符合被赏誉者的某种特征。当然，评语过于简略就难以求证是否符合事实，读者也就无须求全责备了。

本书选译二十二则故事，其中可以深入体会之处很多，但少数故事确有过誉之处，或者距本门主旨略远，同学们也应该可以分辨。

裴清通，王简要

王濬冲、裴叔则二人总角诣锺士季[1]，须臾去。后客问锺曰："向二童何如?"锺曰："裴楷清通[2]，王戎简要[3]。后二十年，此二贤当为吏部尚书[4]，冀尔时天下无滞才[5]。"

注释

[1] 王濬冲：王戎。见P082《雅量·诸小儿竞取李》注[1]。裴叔则：裴楷。魏晋期间河东闻喜（今属山西）人，名楷，字叔则。博览群书，卓有声名。曾任河内太守、侍中、中书令。总角：孩童时期。古代孩童未成年前头发束为两髻，形状似角，称为"总角"。锺士季：锺会。见P022《言语·二锺答文帝问》注[1]。

[2] 清通：清明通达。

[3] 简要：简约切要。

[4] 吏部尚书：吏部首长。吏部，六部之一，掌管官吏任免、考课、升调等事务。

[5] 滞才：遗漏的人才。

【译文】王濬冲、裴叔则二人，童年时去拜访锺士季，片刻工夫就离开了。后来有客人问锺："刚才两个孩子怎么样?"锺说："裴楷清明通达，王戎简约切要。二十年后，这二位贤才将担任吏部尚书，希望那时天下没有漏选的人才。"

郭奕三叹羊叔子

羊公还洛[1]，郭奕为野王令[2]，羊至界，遣人要之[3]，郭便自往。既见，叹曰："羊叔子何必减郭太业[4]！"复往

羊许[5]，小悉还[6]，又叹曰："羊叔子去人远矣！"羊既去，郭送之弥日[7]，一举数百里，遂以出境免官[8]。复叹曰："羊叔子何必减颜子[9]！"

注释

[1] 羊公：指羊祜（hù）。魏晋期间泰南南城（今山东费县西南）人，名祜，字叔子。博学晓文，善于谈论。曾以尚书左仆射都督荆州诸军事，出镇襄阳（今湖北襄樊），请求出兵灭吴，未能实现。洛：指西晋京都洛阳，故城在今河南洛阳东洛水北岸。

[2] 郭奕：魏晋期间太原阳曲（今山西定襄）人，名奕，字太业，一字泰业。为人有雅量，有声名。曾任雍州刺史、尚书。野王：县名。治所在今河南沁阳。令：指县令。

[3] 要（yāo）：同"邀"。邀请。（据周兴陆辑著《世说新语汇校汇注汇评》本条"校注"）

[4] 减：不如。太业：这里是郭奕自称己字。与古人自称己名不同，魏晋时期又可自称己字，含有自尊自信的意味。

[5] 许：处所。

[6] 小悉：一会儿。

[7] 弥日：整天。

[8] 出境：离开辖区。古代制度规定，地方官不得擅自离开辖区。

[9] 颜子：指颜回。春秋时期鲁国人，名回，字子渊，孔子的高足弟子。在孔门中以德行著称。子，姓氏等之后加"子"字，表示尊重。

【译文】羊公回洛阳去，当时郭奕担任野王县令，羊到了县界，派人邀请郭来见面，郭就亲自前往。见面后，赞叹说："羊叔子未必不如我郭太业！"又前往羊公住所，片刻工夫回来，又赞叹说："羊叔子远超一般人啊！"羊离开时，郭送他一整天，一送就是数百里，最终因擅离辖境被免官。他又赞叹说："羊叔子未必不如颜子！"

卫伯玉奇乐广

卫伯玉为尚书令[1]，见乐广与中朝名士谈议[2]，奇之[3]，曰：“自昔诸人没已来[4]，常恐微言将绝[5]，今乃复闻斯言于君矣！”命子弟造之，曰：“此人，人之水镜也[6]，见之若披云雾睹青天[7]。”

注释

[1] 卫伯玉：卫瓘（guàn）。西晋河东安邑（今山西夏县北）人，名瓘，字伯玉。为人有识见，清正公允。魏末任廷尉卿，入晋后任尚书令、司空、太保。尚书令：官名。本为属官，掌管章奏文书，自汉武帝开始职权渐重，魏晋时为尚书省长官，负责政令。

[2] 乐广：见 P048《文学·卫玠问乐令梦》注 [2]。中朝：晋室南渡后，因西晋京都在中原地区，所以称西晋为“中朝”，也可称西晋京都洛阳为“中朝”。这里指洛阳。谈议：清谈。

[3] 奇：用作意动，认为……奇特。

[4] 诸人：指以往常与卫瓘谈论的何晏、邓飏等人。没（mò）：同“殁”，死亡。已：同“以”。

[5] 微言：精妙的言论。指清谈。

[6] 水镜：清水与明镜。喻指人的识见清明。

[7] 披：拨开。

【译文】卫伯玉担任尚书令，见到乐广与洛阳名士清谈，认为他不寻常，说：“自从当年那些人去世以来，常常担心精微言论将要灭绝，如今竟然又从您口中听到这些话！”命令子弟去拜访他，说：“这个人，是人们的清水与明镜，见到他如同拨开云雾见到青天。”

陆机兄弟住廨中

蔡司徒在洛[1]，见陆机兄弟住参佐廨中[2]，三间瓦屋，士龙住东头，士衡住西头。士龙为人文弱可爱；士衡长七尺余[3]，声作钟声，言多慷慨[4]。

注释

[1] 蔡司徒：指蔡谟。见P075《方正·王丞相作女伎》注[3]。司徒，官名。掌管土地民事教化等，与太尉、司空并称“三公”。洛：指西晋京都洛阳，故城在今河南洛阳东洛水北岸。

[2] 陆机兄弟：指陆机、陆云。陆机，见P025《言语·有千里莼羹》注[1]。陆云，见P072《方正·士衡妙语驳卢志》注[4]。参佐：僚属。廨（xiè）：官署。

[3] 七尺：晋尺短于今尺，晋七尺相当于今1.72米左右。

[4] 慷慨：情绪激昂。

【译文】蔡司徒在洛阳，见到陆机兄弟住在僚属的官署中，三间瓦房，士龙住东头，士衡住西头。士龙为人文弱可爱；士衡身高七尺余，声音像钟声般洪亮，言辞大多慷慨激昂。

汝是我佳子弟

大将军语右军[1]：“汝是我佳子弟[2]，当不减阮主簿[3]。”

注释

[1] 大将军：指王敦。见P090《识鉴·亦当为人所食》注[1]。语（yù）：对……说。右军：指王羲之。见P031《言语·王、谢共登冶城》注[1]。

[2] 子弟：子侄。王羲之是王敦堂兄之子。

[3] 当：应该。表示推测。减：不如。阮主簿：指阮裕。见 P010《德行·阮光禄焚车》注 [1]。

【译文】大将军对右军说："你是我家的优秀子弟，想必不亚于阮主簿。"

褚季野皮里阳秋

桓茂伦云[1]："褚季野皮里阳秋[2]。"谓其裁中也[3]。

注释

[1] 桓茂伦：桓彝。晋谯国龙亢（今安徽怀远西）人，名彝，字茂伦。性格开朗，早获盛名。曾任中书郎、尚书吏部郎。

[2] 褚季野：褚裒。见 P053《文学·南北人学问》注 [1]。皮里阳秋：指表面对人与事不作评论，而内心却有所褒贬。阳秋，即春秋，东晋人为避简文帝郑太后阿春的名讳，改称"阳秋"。"春秋"原为书名，见 P046《文学·服虔既善〈春秋〉》注 [1]。因其深含褒贬之义，又可借以表示褒贬。

[3] 裁中：内心有裁决。

【译文】桓茂伦说："褚季野胸中有褒贬。"是说他内心自有裁定。

丰年玉与荒年谷

世称"庾文康为丰年玉[1]，穉恭为荒年谷[2]"。庾家论云："是文康称恭为荒年谷，庾长仁为丰年玉[3]。"

注释

[1] 庾文康：庾亮。见P010《德行·庾公乘马有的卢》注[1]。丰年玉：喻指太平盛世的治国人才。

[2] 稺（zhì）恭：庾翼。晋河南颍川鄢陵（今鄢陵西北）人，名翼，字稺恭，庾亮之弟。少有大志，恪尽职守。曾任安西将军、荆州刺史、征西将军，屡欲率师北伐，未果而卒。荒年谷：喻指混乱局面的匡辅之才。

[3] 庾长仁：庾统。名统，字长仁，庾亮之侄。曾任建威将军、宁夷护军、寻阳太守。

【译文】世人称赞“庾文康为丰收年头的美玉，庾稺恭为饥荒年头的稻谷”。庾家的评论说：“是庾文康称赞稺恭为荒年的稻谷，庾长仁为丰年的美玉。”

王蓝田言家讳

王蓝田拜扬州[1]，主簿请讳[2]。教云[3]：“亡祖、先君[4]，名播海内[5]，远近所知；内讳不出于外[6]。余无所讳。”

注释

[1] 王蓝田：指王述。见P052《文学·殷中军下都》注[4]。拜：被授予官职。扬州：州名。治所在建康（今江苏南京）。

[2] 主簿：官名。中央机构及地方官府的属官，负责文书簿籍，掌管印鉴，为掾史之首。请讳：晋代重家讳，官员上任，僚属需先问上司的家讳，以防无意中触犯。讳，指家讳，即子孙在说话或行文中，避免提及父、祖的名字。

[3] 教：指府主对僚属所下的文书或批示。

[4] 亡祖：指王湛。晋太原晋阳（今山

西太原西南）人，名湛，字处冲。自小有识度，寡言少语。曾任太子洗马、尚书郎、汝南内史。先君：指王承。见P039《政事·池鱼复何足惜》注 [1]。

[5] 海内：古人认为我国疆土四面环海，称国境以内为“海内”。

[6] 内讳：应该避忌的女性名字。

【译文】王蓝田就任扬州刺史，主簿请示避忌的名讳。王指示说：“先祖、先父，名扬天下，远近皆知；妇人名字不传于外。其余没有避忌的。”

当与天下共推之

王右军语刘尹[1]：“故当共推安石[2]。”刘尹曰：“若安石东山志立[3]，当与天下共推之。”

注释

[1] 王右军：本门已见。语（yù）：对……说。刘尹：指刘惔。见P011《德行·莫得淫祀》注 [1]。

[2] 故当：当然。推：举荐。安石：谢安。见P012《德行·我常自教儿》注 [1]。

[3] 东山志立：确立隐居志向。东山志，指隐居的心愿。谢安曾在会稽东山隐居多年。

【译文】王右军对刘尹说：“我们当然要一起推举安石。”刘尹说：“如果安石志在隐居，应当与天下人共同推举他。”

王蓝田掇皮皆真

谢公称蓝田[1]："掇皮皆真[2]。"

注释

[1] 谢公：指谢安。本门已见。蓝田：指王述。本门已见。

[2] 掇（duō）：剥去。

【译文】谢公称赞蓝田："剥去皮，全都是真诚率直。"

桓温行经王敦墓

桓温行经王敦墓边过[1]，望之云："可儿[2]！可儿！"

注释

[1] 桓温：见P029《言语·木犹如此》注[1]。王敦：本门已见。

[2] 可儿："可人"，意思是可意的人。王敦谋反前以开朗朴实而获得"可儿"的好名声，死后受人唾弃。桓温依旧认可他，正反映他对于王敦建功立业的赞美与羡慕。

【译文】桓温出行，经过王敦墓边，望着坟墓说："可意的人儿！可意的人儿！"

渊源处长亦胜人

王仲祖称殷渊源[1]："非以长胜人，处长亦胜人[2]。"

注释

[1] 王仲祖：王濛。见P043《政事·共看何骠骑》注[1]。殷渊源：殷浩。见P044《政事·不敢夜行》注[1]。

[2] 处长：对待自己的长处。

【译文】王仲祖称赞殷渊源："不但凭着长处胜过别人，在对待自己长处上也胜过别人。"

人可应无已必无

王长史道江道群[1]："人可应有，乃不必有；人可应无，己必无[2]。"

注释

[1] 王长史：指王濛。本门已见。道：评论。江道群：江灌。东晋陈留圉（今河南杞县南）人，名灌，字道群。少小知名，性格端正。曾任尚书、中护军、吴郡太守。

[2] 己：用作第三人称代词，他。

【译文】王长史评论江道群："人所应该有的，他却不一定有；人所应该没有的，他一定没有。"

才情过于所闻

许玄度送母始出都[1]，人问刘尹[2]："玄度定称所闻不[3]？"刘曰："才情过于所闻。"

注释

[1] 许玄度：许询。东晋高阳（治所在今河北蠡县南）人，名询，字玄度。有神童美称，无仕进志向。曾被征召为司徒掾，未就职，隐居于永兴西山（今浙江萧山）。出都：指到京都。都，指京都建康（今江苏南京）。

[2] 刘尹：指刘惔。本门已见。

[3] 定：终究。称（chèn）：符合。不（fǒu）：同“否”。

【译文】许玄度送母亲初到京都，有人问刘尹：“玄度究竟与传闻相称不相称？”刘尹说：“才情超过传闻。”

倾倒处亦不近

孙兴公为庾公参军[1]，共游白石山[2]，卫君长在坐[3]。孙曰：“此子神情都不关山水[4]，而能作文。”庾公曰：“卫风韵虽不及卿诸人[5]，倾倒处亦不近[6]。”孙遂沐浴此言[7]。

注释

[1] 孙兴公：孙绰。见 P062《文学·披锦简金》注 [1]。庾公：指庾亮。本门已见。参军：军府中的僚属。

[2] 白石山：山名。在今江苏溧水北。

[3] 卫君长：卫永。东晋济阴成阳（今山东曹县东北）人，名永，字君长。善谈义理，与温峤相友善。官至左军长史。坐：同“座”。

[4] 都：全然。

[5] 风韵：风度韵致。

[6] 倾倒：令人钦佩。近：浅近。

[7] 沐浴：指沉浸其中。

【译文】孙兴公担任庾公参军，一起去游白石山，卫君长也在座。孙说：“这位先生神情全不关注水光山色，却能写诗文。”庾公说：“卫的风度韵致虽不及你们诸位，令人钦佩之处也很突出。”孙于是反复玩味这句话。

胜我自知

王长史云[1]：“刘尹知我[2]，胜我自知。”

注释

[1] 王长史：指王濛。本门已见。

[2] 刘尹：指刘惔。本门已见。

【译文】王长史说：“刘尹了解我，胜过我了解自己。”

见之乃不使人厌

谢太傅道安北[1]：“见之乃不使人厌[2]，然出户去，不复使人思。”

注释

[1] 谢太傅：指谢安。本门已见。道：评论。安北：将军的名号。即安北将军，指王坦之。见 P076《方正·王述转尚书令》注 [3]。

[2] 乃不：并不。

【译文】谢太傅评论安北将军：“见到他并不让人生厌，但他出门走后，也不让人思念。”

不能言而能不言

刘尹道江道群[1]："不能言而能不言[2]。"

注释

[1] 刘尹：指刘惔。本门已见。道：评论。江道群：江灌。本门已见。

[2] 能：擅长。

【译文】刘尹评论江道群："不擅长发言而擅长不发言。"

故未易多有许

许掾尝诣简文[1]，尔夜风恬月朗，乃共作曲室中语[2]。襟情之咏[3]，偏是许之所长[4]，辞寄清婉[5]，有逾平日。简文虽契素[6]，此遇尤相咨嗟[7]，不觉造膝[8]，共叉手语[9]，达于将旦。既而曰："玄度才情，故未易多有许[10]！"

注释

[1] 许掾（yuàn）：指许询。本门已见。简文：晋简文帝司马昱。见 P027《言语·以简应对之烦》注 [2]。

[2] 曲室：密室。

[3] 襟情：情怀。

[4] 偏：特别。

[5] 辞寄：言辞与寄情托意。

[6] 契素：一贯情投意合。

[7] 相：指代性副词，偏指"他"。咨嗟：赞叹。

[8] 造膝：促膝。交谈时膝头靠近，表示亲密热情。

[9] 叉手：拉着手。交谈时拉着手说话，表示敬意与欢情。

[10] 许：这样。

【译文】许掾曾去拜访简文帝，那一夜风静月明，于是一道在密室中清谈。吟咏情怀，最是许掾所长，言辞寄意清丽婉约，超过平日。简文帝虽与他一贯情投意合，但对这次会晤更为赞赏，不觉移到他的膝前，互相执手交谈，直到天色将亮。过后简文帝说："玄度的才情，确实难有这样的表现！"

范豫章谓其甥

范豫章谓王荆州[1]："卿风流俊望[2]，真后来之秀[3]。"王曰："不有此舅，焉有此甥？"

注释

[1] 范豫章：指范甯。东晋安阳顺阳（今河南淅川东）人，名甯，字武子。少小好学，善于言谈。曾任中书郎、豫章太守。王荆州：指王忱。见P015《德行·身无长物》注 [2]。范甯与王忱是舅甥关系。

[2] 风流：气度高雅有才华。俊望：卓越的名望。

[3] 秀：优异人才。

【译文】范豫章对王荆州说："你才华杰出，名望出众，真是后起之秀。"王说："没有这样的舅舅，哪有这样的外甥？"

王大故自濯濯

王恭始与王建武甚有情[1]，后遇袁悦之间[2]，遂致疑隙[3]。然每至兴会[4]，故有相思时[5]。恭尝行散至京口射堂[6]，于时清露晨流，新桐初引[7]。恭目之[8]，曰："王大故自濯濯[9]。"

注释

[1] 王恭：与下文"王建武"分见P014《德行·身无长物》注[1]、注[2]。王建武：指王忱，小字佛大，王恭之族叔。下文"王大"也是指他。

[2] 袁悦：东晋陈郡阳夏（今河南太康）人，名悦，字元礼。有口才，善纵横之说。曾任骠骑参军、咨议。因结党弄权，为晋孝武帝所杀。间（jiàn）：离间。袁悦曾在会稽王司马道子面前责备王恭，王恭以为是王忱假手袁悦陷害自己，二王遂生怨隙。

[3] 疑隙：因猜疑而生嫌隙。

[4] 兴会：兴致激发出来。

[5] 相：指代性副词，偏指"他"。

[6] 行散（sǎn）：魏晋时人喜欢服用名为"五石散"的药，服后需漫步以发散药性，称为"行散"。京口：地名。今江苏镇江。射堂：练习射箭的场所。

[7] 引：发芽。

[8] 目：评论。

[9] 故：确实。濯濯：清新明净。

【译文】王恭起初与王建武很有感情，后来遭到袁悦离间，于是产生嫌隙。但每逢兴致勃发时，依旧有思念他的时候。王恭曾经在服药后行散到京口射场，当时清露在晨光中闪动，新桐开始探出嫩芽。王恭评论王建武，说："王大确实清新明净。"

孝伯常有新意

王恭有清辞简旨[1]，能叙说，而读书少，颇有重出[2]。有人道[3]："孝伯常有新意，不觉为烦。"

注释

[1] 王恭：字孝伯。本门已见。清辞：清丽的言辞。简旨：简约的意旨。

[2] 重出：重复。

[3] 道：评论。

【译文】 王恭有清丽的言辞、简约的意旨，善于叙谈，而读书较少，多有重复的情况。有人评论：“王孝伯常有新意，不觉得烦闷。”

九、品藻

品藻，指评论人物高下。魏晋时期品评人物、鉴别等级，甚至对人物诸多方面均进行比较，在论述中寄托着作者的评价标准。本门的主要做法是对两个人物进行比较评论，一般采用各言其美、不没人善的原则；只有少数品藻才会点出高下之别。“各言其美”其实对品藻者与被品藻者均是乐于接受的事，不分高下总比强分高下更能让双方感觉脸面有光。

本门收录言行轶事八十八条，记载不同语境中的各种品评论说。有的侧重才智，有的侧重格调，有的侧重气度，有的侧重风姿，均是冷静地审视人物的言谈举止与才华品性，判断其高下，鉴定其流品。也有一些自我品藻者，大体算有自知之明，评价虽稍有溢美，却也反映了涉事人物喜爱张扬的个性。

本书选译的十八则故事中，品评人物时的“不没其善”最值得仿效学习，但少数品藻引起被评者不快，也是同学们应该注意的。

诸葛门三兄弟

诸葛瑾、弟亮及从弟诞[1]，并有盛名，各在一国。于时以为蜀得其龙[2]，吴得其虎[3]，魏得其狗[4]。诞在魏，与夏侯玄齐名[5]；瑾在吴，吴朝服其弘量[6]。

注释

[1] 诸葛瑾：三国琅邪阳都（今山东沂水南）人，名瑾，字子瑜。胸怀宽广，温厚诚信。继吕蒙领南郡太守，孙权称帝后，任大将军、左都护，领豫州牧。亮：诸葛亮。见 P069《方正·辛佐治立军门》注 [1]。诞：诸葛诞。名诞，字公休。仕魏任扬州刺史、征东将军，因谋反被诛。据裴松之《三国志注》载，诸葛诞只是诸葛瑾的族弟，而不是堂弟。

[2] 蜀：蜀汉，三国之一。刘备建立的国家政权，后被魏所灭。

[3] 吴：东吴，三国之一。孙权建立的国家政权，后被晋所灭。

[4] 魏：曹丕建立的国家政权，三国之一。后被晋取代，国亡。狗：没有贬义，只是喻指流品依次低于龙、虎。

[5] 夏侯玄：三国魏沛国谯县（今安徽亳州）人，名玄，字太初，一作泰初。聪颖知名，风格高朗。曾任征西将军、都督雍凉二州诸军事。

[6] 弘量：宏大器量。

【译文】诸葛瑾、弟弟诸葛亮以及堂弟诸葛诞，都有极高的名望，各在一个国家。当时认为蜀国得到其中的龙，吴国得到其中的虎，魏国得到其中的狗。诸葛诞在魏国，与夏侯玄齐名；诸葛瑾在吴国，吴国朝廷佩服他的宏大器量。

不知我进伯仁退

王大将军在西朝时[1]，见周侯[2]，辄扇障面不得住[3]。后度江左[4]，不能复尔[5]。王叹曰："不知我进伯仁退？"

注释

[1] 王大将军：指王敦。见P090《识鉴·亦当为人所食》注[1]。大将军，官名。是将军的最高称号，职掌统兵征战。三国至南北朝时大臣执政，多兼大将军官号。西朝：指西晋。西晋京都洛阳在东晋京都建康之西，东晋时称西晋为"西朝"。

[2] 周侯：指周顗。见P026《言语·新亭对泣》注[4]。

[3] 不得住：不能停。这是说王敦惧怕周侯，常以扇遮面。据文意，王敦在西晋时畏惧周顗，过江后或以逐渐得志，就不再惧怕了。但刘孝标注却认为，以王敦的傲狠性格不致忌惮周顗。

[4] 度：同"渡"。江左：江南。古人坐北面南，以东为左，以西为右，所以江东又名"江左"。

[5] 尔：这样。

【译文】王大将军在西晋时，见到周侯，总是止不住用扇子遮住面孔。后来渡江到江南，就不再这样了。王感叹说："不知是我有了长进还是伯仁退步了？"

王大将军四友

王大将军下[1]，庾公问[2]："闻卿有四友，何者是？"答曰："君家中郎、我家太尉、阿平、胡毋彦国[3]。阿平故当最劣[4]。"庾曰："似未肯劣[5]。"庾又问："何者居其

右？”王曰：“自有人。”又问：“何者是？”王曰：“噫！其自有公论。”左右蹑公[6]，公乃止。

注释

[1] 王大将军：指王敦。本门已见。下：下都。从长江上游往下游来到京都建康（今江苏南京）。王敦是从武昌来到建康。

[2] 庾公：指庾亮。见 P010《德行·庾公乘马有的卢》注 [1]。

[3] 中郎：指从事中郎，将帅之幕僚。指庾敳。见 P060《文学·有意无意之间》注 [1]。太尉：指王衍。见 P051《文学·世谓“三语掾”》注 [2]。

[4] 阿平：王澄。西晋琅邪临沂（今属山东）人，名澄，字平子。幼而机敏，在任常纵酒废事。曾任荆州刺史，领南蛮校尉。阿，前缀，用于名字、排行、亲属称谓或某些代词前。胡毋（wú）彦国：胡毋辅之。西晋泰山奉高（今山东泰安东）人，复姓胡毋，名辅之，字彦国。生性嗜酒，放任不羁。曾任扬武将军、湘州刺史。故当：当然。

[5] 未肯：未见得。

[6] 蹑：踩，踏。王敦认为自己位列最前的意思十分清楚，但庾亮似乎没有意识到，所以“左右蹑公”，示意庾亮不要再问。

【译文】王大将军来到京都，庾公问：“听说你有四位朋友，是哪些人？”回答说：“您家中郎、我家太尉、阿平与胡毋彦国。阿平当然是最差的。”庾说：“似乎未见得差。”庾又问：“哪一个位列最前？”王回答说：“自然有人。”庾追问说：“是哪一个？”王说：“呵！那自有公论。”手下的人踩庾公的脚，庾公才停止。

一丘一壑，过之

明帝问谢鲲[1]："君自谓何如庾亮[2]？"答曰："端委庙堂[3]，使百僚准则[4]，臣不如亮；一丘一壑[5]，自谓过之。"

注释

[1] 明帝：指晋明帝司马绍。河内温县（今河南温县西南）人，名绍，字道畿（jī），元帝之长子。性情孝顺，聪明果决。初为东中郎将，后被立为皇太子，即帝位后三年去世。谢鲲：晋陈郡阳夏（今河南太康）人，名鲲，字幼舆。深爱《老》《易》，能歌善琴。避乱南下后，任王敦长史、豫章太守。

[2] 何如：比较人物高下或事情得失的用语，表示"与……相比，怎么样"。庾亮：本门已见。

[3] 端委：端正宽舒的朝服。用作动词，穿上朝服。庙堂：指朝廷。

[4] 准则：典范。用作动词，作为典范。

[5] 一丘一壑：丘壑是隐士居住的地方。指退隐山林，纵情山水。

【译文】晋明帝问谢鲲："您自认为同庾亮相比，怎么样？"回答说："穿上朝服登上朝廷，使自己成为百官表率，我比不上庾亮；退隐山林，纵情丘壑，自认为超过他。"

温太真失色

世论温太真是过江第二流之高者[1]。时名辈共说人物，第一将尽之间，温常失色[2]。

注释

[1] 温太真：温峤（jiào）。晋太原祁县（今属山西）人，名峤，字太真。聪敏博学，善谈晓文。曾任侍中、中书令、江州刺史。过江：东晋王朝建立后，中原地区被少数民族贵族统治者占领，士族多渡江南下避乱。

[2] 失色：温峤唯恐第一流人物中没有自己而惊慌失色。

【译文】世人评论温太真是过江来的第二流人物中的佼佼者。当时名流一起评议人物，第一流列举将尽时，温常常变了脸色。

我与我周旋久

桓公少与殷侯齐名[1]，常有竞心[2]。桓问殷："卿何如我[3]？"殷云："我与我周旋久[4]，宁作我。"

注释

[1] 桓公：指桓温。见 P029《言语·木犹如此》注 [1]。殷侯：指殷浩。见 P044《政事·不敢夜行》注 [1]。

[2] 竞心：竞争的心理。

[3] 何如：比较人物高下或事情得失的用语，表示"与……相比，怎么样"。

[4] 周旋：交往。"我与我周旋久"，《晋书·殷浩传》作"我与君周旋久"，语意更佳。

【译文】桓公年轻时与殷侯齐名，常常有争胜之心。桓问殷："你与我相比，怎么样？"殷说："我与我交往长久，宁愿当我自己。"

会稽王语奇进

桓大司马下都[1]，问真长曰[2]："闻会稽王语奇进[3]，尔邪[4]？"刘曰："极进，然故是第二流中人耳[5]！"桓曰："第一流复是谁？"刘曰："正是我辈耳！"

注释

[1] 桓大司马：指桓温。本门已见。大司马，官名。位高权重，魏晋期间在三公之上，多授予权势特重的大臣。下都：从长江上游往下游来到京都建康（今江苏南京）。

[2] 真长：刘惔。见 P011《德行·莫得淫祀》注 [1]。

[3] 会稽王：晋简文帝司马昱。见 P027《言语·以简应对之烦》注 [2]。奇：很，特别。

[4] 尔：这样。

[5] 故：仍然。

【译文】桓大司马来到京都，问真长说："听说会稽王清谈长进极大，是这样吗？"刘回答说："极有长进，但仍然是第二流中的人而已！"桓说："第一流又是谁？"刘说："正是我们这类人啊！"

故当出我下

殷侯既废[1]，桓公语诸人曰[2]："少时与渊源共骑竹马[3]，我弃去，己辄取之[4]，故当出我下[5]。"

注释

[1] 殷侯：指殷浩。本门已见。废：指罢免官职。晋穆帝永和六年（350），殷浩督师进取中原，屡败，被免为庶人，徙至东阳。

[2] 桓公：指桓温。本门已见。语（yù）：对……说。

[3] 竹马：骑竹竿代马的儿童游戏。

[4] 己：用作第三人称代词，他。

[5] 故当：当然。出：在，在于。

【译文】殷侯被免官后，桓公对众人说："小时候与渊源一道骑竹马，我丢弃的，他总是拾来骑，当然在我之下。"

往辄破的，胜我

刘尹至王长史许清言[1]，时苟子年十三[2]，倚床边听[3]。既去，问父曰："刘尹语何如尊[4]？"长史曰："韶音令辞[5]，不如我；往辄破的[6]，胜我。"

注释

[1] 刘尹：指刘惔。本门已见。王长史：指王濛。见P043《政事·共看何骠骑》注[1]。许：处所。清言：又称清谈、玄谈。指魏晋期间崇尚老庄、谈论玄理的风气。

[2] 苟子：王修，东晋太原晋阳（今山西太原西南）人，名修，字敬仁，小字苟子，王濛之子。少小有声誉，善解清言。曾任著作郎、琅邪王文学，升任中军司马，未及就职而死。

[3] 床：坐卧两用器具，可坐可卧。相当于今之榻。

[4] 何如：比较人物高下或事情得失的用语，表示"与……相比，怎么样"。尊：对父亲的尊称，也可称呼伯父、叔父。

[5] 韶音：优美的声音。令辞：美妙的言辞。

[6] 破的：射中箭靶。喻指言谈切中要旨。

【译文】刘尹到王长史那里清谈，当时苟子十三岁，倚靠在坐榻边听。刘尹走后，苟子问父亲说："刘尹的清谈与您相比，怎么样？"王长史说："优美的声音、美妙的言辞，他不如我；言谈总能切中要旨，他胜过我。"

不能复语卿

有人问谢安石、王坦之优劣于桓公[1]。桓公停欲言[2]，中悔，曰："卿喜传人语，不能复语卿[3]。"

注释

[1] 谢安石：谢安。见P012《德行·我常自教儿》注[1]。王坦之：见P076《方正·王述转尚书令》注[3]。桓公：指桓温。本门已见。

[2] 停：正，正要。

[3] 语（yù）：对……说。

【译文】有人向桓公问到谢安石、王坦之的优劣。桓公正要讲，中途后悔了，说："你喜爱传别人的话，不能再对你说。"

汝兄自不如伊

王僧恩轻林公[1]，蓝田曰[2]："勿学汝兄[3]，汝兄自不如伊[4]。"

注释

[1] 王僧恩：王祎（yī）之。东晋太原晋阳（今山西太原西南）人，名祎之，字文劭，小字僧恩，王述之次子。少小即有名声。曾任中书侍郎，年未三十而卒。林公：指支遁。见P054《文学·南北人学问》注[3]。

[2] 蓝田：指王述。见P052《文学·殷中军下都》注[4]。

[3] 汝兄：指王坦之。本门已见。

[4] 自：原本。伊：第三人称代词，他。

【译文】王僧恩轻视林公，蓝田说："不要学你哥哥，你哥哥本来就不如他。"

厌厌如九泉下人

庾道季云[1]："廉颇、蔺相如虽千载上死人[2]，懔懔恒如有生气[3]；曹蜍、李志虽见在[4]，厌厌如九泉下人[5]。人皆如此，便可结绳而治[6]，但恐狐狸猯狢啖尽[7]。"

注释

[1] 庾道季：庾龢（hé）。东晋颍川鄢陵（今河南鄢陵西北）人，名龢，字道季。喜好读书，善于为文。曾任丹阳尹、中领军。

[2] 廉颇：战国时赵国名将。在与齐、魏、燕等国交战中，屡获大胜。蔺相如：战国时赵国名臣。曾在两次外交活动中，面对秦王据理力争，维护了赵国的尊严。他对廉颇能容忍谦让，使之愧悟，成为团结御侮的至交。

[3] 懔（lǐn）懔：严正而令人敬畏的样子。

[4] 曹蜍（chú）：曹茂之。东晋彭城（治所在今江苏徐州）人，名茂之，字永世，小字蜍，才智无闻。曾任尚书郎。李志：东晋江夏钟武（今属湖北）人，名志，字温祖，资质愚钝。曾任员外常侍、南康相。见：同"现"，现在。

[5] 厌厌：萎靡不振的样子。

[6] 结绳而治：远古时期用结绳记事的方法治理天下。喻指最原始的治理方法。

[7] 狐狸猯狢（tuān hé）啖尽：被野兽吃尽（据刘盼遂《世说新语校笺》说）。猯，又写作"貒"，动物名，也称"猪獾"。狢，又写作"貉"，动物名，也称"狗獾"。

【译文】庾道季说："廉颇、蔺相如虽然是千年前的古人，但正气凛然的形象如有勃勃生气；曹蜍、李志虽然现在活着，却气息奄奄如九泉下的死人。如果人人都像曹、李那样，就可用结绳的方法治理天下，只是恐怕会被狐狸、猪貛、狗貛等野兽吃光。"

共道"竹林"优劣

谢遏诸人共道"竹林"优劣[1]，谢公云[2]："先辈初不臧贬'七贤'[3]。"

注释

[1] 谢遏：谢玄。见 P033《言语·欲者不多》注 [3]。道：评论。"竹林"：指"竹林七贤"，即阮籍、嵇康、山涛、向秀、阮咸、王戎、刘伶七人。他们相互友善，常宴集于竹林之下，时人称为"竹林七贤"。

[2] 谢公：指谢安。本门已见。

[3] 初不：从不。臧（zāng）贬：褒贬。

【译文】谢遏等人一起评论"竹林七贤"优劣，谢公说："前辈从不褒贬'七贤'。"

吉人之辞寡

王黄门兄弟三人俱诣谢公[1]，子猷、子重多说俗事[2]，子敬寒温而已[3]。既出，坐客问谢公："向三贤孰愈[4]？"谢公曰："小者最胜。"客曰："何以知之？"谢公曰："'吉人之辞寡，躁人之辞多'[5]。推此知之。"

注释

[1] 王黄门：指王徽之。东晋琅邪临沂（今属山东）人，名徽之，字子猷，王羲之第五子。任情放达，傲物慢世。曾任骑兵参军、黄门侍郎。黄门，即黄门侍郎。职守为侍从皇帝，传达诏命。谢公：指谢安。本门已见。

[2] 子重：王操之。名操之，字子重，王羲之第六子。工于草书、隶书。曾任侍中、尚书、豫章太守。

[3] 子敬：王献之。王羲之第七子。见 P013《德行·王子敬首过》注 [1]。寒温：寒暄。指见面说客套话。

[4] 愈：优胜。

[5] "吉人之辞寡，躁人之辞多"：语出《周易·系辞下》。吉人，贤能的人。躁人，浮躁的人。

【译文】 王黄门兄弟三人一起去拜访谢公，子猷、子重大多说些凡庸俗事，子敬只是寒暄而已。离开后，在座的客人问谢公："刚刚三位贤士哪一个更优秀？"谢公说："小的最强。"客人又问："根据什么知道的？"谢公说："贤能的人话少，浮躁的人话多。从这个道理可以推知。"

外人那得知

谢公问王子敬[1]："君书何如君家尊[2]？"答曰："固当不同。"公曰："外人论殊不尔[3]。"王曰："外人那得知！"

注释

[1] 谢公：指谢安。本门已见。王子敬：王献之。本门已见。

[2] 书：书法。何如：比较人物高下或事情得失的用语，表示"与……相比，怎么样"。君家尊：您父亲。宋明帝《文章志》认为：王献之善作隶书，对父亲的书法有所变化，与父亲俱有声名；但他的章草疏弱，比不上父亲。

[3] 殊不尔：绝不是这样。殊，很、非常。尔，这样。谢安推重王羲之书法，而下文子敬的“外人那得知”则颇含自诩之意。

【译文】谢公问王子敬：“您的书法与您父亲相比，怎么样？”王回答说：“本来就不相同。”谢公说：“外人评论绝不是这样。”王说：“外人哪里能知道！”

可是先辈谁比

人有问太傅[1]：“子敬可是先辈谁比[2]？”谢曰：“阿敬近撮王、刘之标[3]。”

注释

[1] 太傅：指谢安。本门已见。

[2] 子敬：王献之。本门已见。谁比：哪一类人。

[3] 阿敬：对子敬的昵称。阿，前缀，用于名字、排行、亲属称谓或某些代词前。撮：撮取。王、刘：指王濛、刘惔。本门已见。标：风度。指王、刘均以善于清谈著称，子敬则综合了二人的韵致。

【译文】有人问谢太傅：“子敬可算是前辈中的哪类人物？”谢说：“阿敬就近撮取了王、刘的风度。”

人固不可以无年

王珣疾[1]，临困[2]，问王武冈曰[3]：“世论以我家领军比谁[4]？”武冈曰：“世以比王北中郎[5]。”东亭转卧向壁，叹曰："人固不可以无年[6]！"

注释

[1] 王珣：王导之孙。见P036《言语·丞相初营建康》注[2]。下文"东亭"也是指他。

[2] 临困：病危。

[3] 王武冈：指王谧（mì）。东晋琅邪临沂（今属山东）人，名谧，字稚远，一作雅远，王导之孙。少小有美誉，本王劭之子，过继给伯父王协。曾任黄门郎、侍中、司徒，袭爵武冈侯。王谧与王珣为堂兄弟。

[4] 领军：官名，统率禁军。指王珣之父王洽，字敬和。擅长隶书、行书。曾任司徒左长史、建武将军、吴郡内史，征拜为领军，未就职，年三十六而死。

[5] 王北中郎：指王坦之。本门已见。北中郎，即北中郎将。统率北署中的皇帝卫侍。

[6] 人固不可以无年：王珣的意思是其父王洽的名声、德行都超过王坦之，只因短命而死，世人才会将他同王坦之相提并论。无年，寿命不长。

【译文】王珣生病，临危，问王武冈说："世人评论将我家领军比作谁？"武冈说："世人将他比作王北中郎。"东亭转身面壁而卧，叹息说："人确实不可以没有寿数！"

宾客为之咽气

桓玄为太傅[1]，大会，朝臣毕集。坐裁竟[2]，问王桢之曰[3]："我何如卿第七叔[4]？"于时宾客为之咽气[5]。王徐徐答曰："亡叔是一时之标[6]，公是千载之英。"一坐欢然[7]。

注释

[1] 桓玄：见 P065《文学·欲为王孝伯作诔》注 [1]。太傅：官名。辅佐皇帝处理朝政，治理天下。

[2] 裁：同“纔”，现简化为“才”，刚刚。竟：完毕。

[3] 王桢之：东晋琅邪临沂（今属山东）人，名桢之，字公干，小字思道，王徽之之子。为人机敏，长于言辞。曾任侍中、大司马长史、御史中丞。

[4] 何如：比较人物高下或事情得失的用语，表示“与……相比，怎么样”。卿第七叔：指王献之。本门已见。

[5] 咽气：屏住呼吸。

[6] 标：楷模。

[7] 一坐：满座。坐，同“座”。

【译文】 桓玄担任太傅时，大会宾客，朝廷大臣全都到齐。刚刚坐定，桓玄问王桢之说：“我与你七叔相比，怎么样？”当时宾客们都为他屏住气息。王从容地回答说：“亡叔是一代的典范，您是千载的英杰。”在座的人都很欢欣喜悦。

十、规箴

规箴，指规劝告诫。我国历朝历代封建社会中，臣下规劝君主或尊长接受意见均属正常流程中事，只有这样才能采纳谠言，以期保持封建统治的长盛不衰。所有的规劝谏诤均以下对上、卑对尊为主，本门也是如此，多为卑幼者敦请尊长者改正错误；少数几则记载同辈或夫妇间的劝告，而长辈对晚辈的规诫几乎未列其中。

本门收录言行轶事二十七条，记载了不同语境中的各种谏诤告诫。有的直言进谏，有的委婉规劝，有的引譬设喻，均是以过人的胆识、机变的策略以及极富感染力的言辞来说服对方，大多收到很好的效果。规劝艺术是非常重要的，它不仅关系到规劝的结果，而且对君王或上司的谏诤是有很大风险的事，规劝者绝不会掉以轻心。

本书选译的十则故事中，规劝的艺术最值得仿效学习，但少数贪鄙的行为，也是同学们应该注意批判的。

乳母求救东方朔

汉武帝乳母尝于外犯事[1]，帝欲申宪[2]，乳母求救东方朔[3]。朔曰："此非唇舌所争，尔必望济者[4]，将去时，但当屡顾帝，慎勿言。此或可万一冀耳[5]。"乳母既至，朔亦侍侧，因谓曰："汝痴耳！帝岂复忆汝乳哺时恩邪[6]！"帝虽才雄心忍[7]，亦深有情恋，乃凄然愍之[8]，即敕免罪。

注释

[1] 汉武帝：刘彻。西汉第五代皇帝，景帝之子，在位五十四年，是西汉发展的鼎盛时期。犯事：犯法。据褚少孙补《史记·滑稽列传》记载，犯事的是乳母之子孙家奴，乳母因受牵连而得罪。

[2] 申宪：申明法令。

[3] 东方朔：西汉平原厌次（今山东惠民东）人，名朔，字曼倩。为人诙谐机智，深得武帝亲幸。曾任太中大夫。

[4] 济：救助。

[5] 万一：指可能性极小。

[6] 忆：记住。

[7] 才雄心忍：才能雄武，心性刚忍。

[8] 凄然：悲伤的样子。愍（mǐn）：哀怜。

【译文】汉武帝的乳母曾在宫外犯法，武帝将依法治罪，乳母向东方朔求救。东方朔说："这不是凭唇舌所能争取的，你一定想得救的话，临走时，只管频频回头看皇帝，千万不要说话。这或许有万一的希望而已。"乳母来到时，东方朔也在旁侍立，就对她说："你好痴啊！皇上哪能记着你哺乳时的恩情呢！"武帝虽然才略雄武，性格刚忍，也深有依恋之情，于是伤心地怜悯起乳母来，随即下诏免罪。

亦犹后之视今

京房与汉元帝共论[1]，因问帝[2]：“幽、厉之君何以亡[3]？ 所任何人？”答曰：“其任人不忠。”房曰：“知不忠而任之，何邪？”曰：“亡国之君各贤其臣[4]，岂知不忠而任之？”房稽首曰[5]：“将恐今之视古[6]，亦犹后之视今也。”

注释

[1] 京房：西汉东郡顿丘（今河南清丰西南）人，本姓李，自改为京氏，名房，字君明。爱好音律，精通《易》学。曾立为博士，因劾奏石显专权，出为魏郡太守。汉元帝：刘奭（shì）。西汉皇帝，宣帝之子。爱好儒术，缺少决断，统治期间赋役繁重，西汉开始由盛转衰。

[2] 因：趁机。

[3] 幽：指周幽王。西周天子，厉王之孙，名宫涅（shēng）。不恤民情，滥用武力，为西部犬戎所杀。厉：指周厉王。西周天子，周穆王四世孙，名胡。杀戮无辜，暴虐无道，终被国人放逐。幽王、厉王都是我国历史上出名的昏庸暴戾之君。

[4] 贤：用作意动，认为……贤能。

[5] 稽（qǐ）首：古代的一种跪拜礼。行礼时，下跪，两手拱至地，头至手，但不触地，整套动作都较缓慢。

[6] 将恐：恐怕。

【译文】京房与汉元帝一起议论，趁便问元帝：“幽、厉二君为什么会灭亡？任用的是什么人？”回答说：“他们任用的人不忠。”京房说：“知道不忠还要任用他们，什么原因呢？”元帝说：“亡国之君各自认为臣下是贤能的，哪能明知不忠还任用他们？”京房跪拜叩头说：“只怕我们现在看古人，也像后人看现在一样啊。”

卫瓘佯醉讽武帝

晋武帝既不悟太子之愚[1]，必有传后意[2]，诸名臣亦多献直言。帝尝在陵云台上坐[3]，卫瓘在侧[4]，欲申其怀[5]，因如醉，跪帝前，以手抚床曰[6]：“此坐可惜[7]！”帝虽悟，因笑曰：“公醉邪?”

注释

[1] 晋武帝：司马炎。见P024《言语·见月而喘》注[2]。太子：皇帝的继承人，一般是皇帝的嫡长子。指司马衷，字正度，即后来的晋惠帝。他痴呆不能理政，继位后由贾后专权，引起了皇族互相残杀的“八王之乱”，其后诸王相继擅政，他形同傀儡。

[2] 传后：将帝位传给太子。

[3] 陵云台：魏文帝时修建的木质楼台，在洛阳西游园中。今已不存。

[4] 卫瓘：见P100《赏誉·卫伯玉奇乐广》注[1]。

[5] 申：申述。怀：想法。

[6] 床：坐榻。

[7] 坐：同“座”。

【译文】晋武帝既然不明白太子愚笨，就有了一定传位给他的心意，众位名臣也多献直言劝谏。武帝曾在陵云台上坐着，卫瓘在旁边，想表达自己想法，于是佯装喝醉，跪在武帝面前，用手拍着坐榻说：“这座位可惜了！”武帝虽已领悟，就势笑着说：“您醉了吧？”

举却阿堵物

王夷甫雅尚玄远[1]，常嫉其妇贪浊[2]，口未尝言“钱”字。妇欲试之，令婢以钱绕床，不得行。夷甫晨起，见钱阂行[3]，呼婢曰："举却阿堵物[4]！"

注释

[1] 王夷甫：王衍。见P051《文学·世谓"三语掾"》注 [2]。雅：素来。玄远：玄妙超脱。

[2] 嫉：厌恶。其妇：指郭氏。见本门P132《小郎平子谏郭氏》注 [2]。贪浊：贪婪污浊。

[3] 阂（hé）：阻碍。

[4] 阿堵物：这个东西。后来成为钱的代称。阿堵，这、这个。

【译文】王夷甫一向崇尚玄妙超脱，常常厌恶自己妻子贪婪鄙浊，口中从未说过"钱"字。妻子想试探他，让婢女用钱环绕床边，使他不能走路。夷甫清晨起床，看见钱妨碍行走，招呼婢女说："拿开这东西！"

小郎平子谏郭氏

王平子年十四五[1]，见王夷甫妻郭氏贪欲[2]，令婢路上儋粪[3]。平子谏之，并言不可。郭大怒，谓平子曰："昔夫人临终[4]，以小郎嘱新妇[5]，不以新妇嘱小郎。"急捉衣裾[6]，将与杖[7]。平子饶力[8]，争得脱[9]，逾窗而走[10]。

注释

[1] 王平子：王澄，王衍之弟。见P116《品藻·王大将军四友》注 [3]。

[2] 郭氏：指郭家的女儿。其父郭豫，字泰宁，官至相国参军。氏，在娘家的姓后面加上"氏"字，是古代称呼已婚女子的常见方式。

[3] 儋（dān）：同"担"。

[4] 夫人：对已婚妇女的尊称。指王夷甫的母亲，即郭氏的婆母。

[5] 小郎：妇人称呼丈夫之弟为小郎。新妇：新婚妇女或已婚妇女的称呼及自称，丈夫也可称妻子为新妇。

[6] 捉：抓住。衣裾（jū）：衣襟。

[7] 与杖：给予杖责。

[8] 饶力：有力气。饶，多、富足。

[9] 争：用力挣。魏晋南北朝期间还没有“挣”字，用“争”字表示此义。

[10] 逾：越过。

【译文】王平子十四五岁时，看到王夷甫妻子郭氏贪婪，让婢女在路上担粪。平子劝阻她，并且说这样不可以。郭氏大怒，对平子说：“当初老夫人临终时，将你托付给我，不是将我托付给你。”急忙抓住平子衣襟，将用木杖打他。平子有力气，挣扎脱身，跳窗而逃。

元帝命酌酒一酣

元帝过江犹好酒[1]，王茂弘与帝有旧[2]，常流涕谏，帝许之[3]，命酌酒一酣[4]，从是遂断。

注释

[1] 元帝：指晋元帝司马睿（ruì）。晋河内温县（今河南温县西南）人，生于洛阳，名睿，字景文。初袭封琅邪王，长安失陷后，他在南方建立政权，史称东晋。后因王敦擅政，忧愤而死。

[2] 王茂弘：王导。见 P026《言语·新亭对泣》注 [6]。有旧：有老交情。

[3] 许：答应。

[4] 酣：畅饮。

【译文】晋元帝过江后仍然喜爱饮酒，王茂弘与元帝素来有交情，常常流泪劝诫，元帝答应了他，让人斟酒来畅饮一通，从此就戒掉了。

陆迈止苏峻放火

苏峻东征沈充[1]，请吏部郎陆迈与俱[2]。将至吴[3]，密敕左右，令入阊门放火以示威[4]。陆知其意[5]，谓峻曰："吴治平未久，必将有乱。若为乱阶[6]，请从我家始。"峻遂止。

注释

[1] 苏峻：晋长广掖县（今属山东）人，名峻，字子高。得势骄横，暗生异心。曾任鹰扬将军、冠军将军、历阳内史，有精兵万人。庾亮执政时，想解除他的兵权，调任为大司农，他与祖约起兵，攻入建康（今江苏南京），专擅朝政，历史上称为"苏峻之难"。不久，被温峤、陶侃等击败。沈充：晋吴兴武康（今浙江德清）人，名充，字士居。王敦专权时，曾任车骑将军、吴国内史，因助王敦为逆，遭苏峻征讨，被部将杀死。苏峻征沈充，事发晋明帝太宁二年（324），在晋成帝咸和二年（327）"苏峻之难"前。此时沈充助王敦为逆，朝廷召临淮太守苏峻征讨沈充。

[2] 吏部郎：官名。掌管官吏选拔，魏晋时职位高于诸曹郎。陆迈：晋吴郡吴（今江苏苏州）人，名迈，字公高。才思敏捷，卓有识见。曾任振威太守、尚书吏部郎。

[3] 吴：指吴县。故址在今江苏苏州。

[4] 阊门：吴县城门，即今苏州城西门。

[5] 其意：指苏峻制造混乱的意向。

[6] 乱阶：祸端。

【译文】苏峻东征沈充，请吏部郎陆迈与他一起前往。将到吴县，苏峻密令手下，要他们进入阊门放火以示威。陆知道他的意图，对苏峻说："吴地太平安定不久，这样做必将有乱。如果要制造骚乱的借口，请从我家开始。"苏峻这才停止。

莫倾人栋梁

陆玩拜司空[1]，有人诣之[2]，索美酒，得，便自起泻著梁柱间地[3]，祝曰[4]：“当今乏才，以尔为柱石之用[5]，莫倾人栋梁[6]。”玩笑曰：“戢卿良箴[7]。”

注释

[1] 陆玩：见 P040《政事·陆太尉咨事》注 [1]。拜：被授予官职。司空：官名。掌管水土、工程等，但至两晋南北朝时期，多已有职无权，只表示对大臣的尊崇。

[2] 诣：拜访。

[3] 泻：倾注。著（zhuó）：放在动词后面，含有“在、到”等意义。

[4] 祝：祈祷。

[5] 尔：你。这是来人以拟人化的方式对梁柱说话。

[6] 倾：倾覆。

[7] 戢（jí）：收藏。箴：规劝。

【译文】陆玩就任司空，有人来拜访他，索要美酒，拿到后，就起身倾洒到梁柱旁边地上，祈祷说：“如今缺乏大才，让你担负柱石的重任，不要倾覆人家的栋梁。”陆玩笑着说：“牢记你的忠告。”

远公讲论不辍

远公在庐山中[1]，虽老，讲论不辍[2]。弟子中或有堕者[3]，远公曰：“桑榆之光[4]，理无远照，但愿朝阳之晖，与时并明耳。”执经登坐[5]，讽诵朗畅[6]，词色甚苦[7]。高足之徒[8]，皆肃然增敬。

注释

[1] 远公：指僧人慧远。东晋雁门楼烦（今山西代县）人，本姓贾，年二十一出家。资质聪颖，勤思敏学。晋孝武帝太元六年（381）入庐山，居二十三年，足未出山。精通儒学，旁通《老》《庄》，世称“远公”。庐山：山名。在今江西北部。

[2] 辍：停止。

[3] 堕：同“惰”，怠惰。

[4] 桑榆之光：日暮时的阳光，光线照在桑树榆树上。

[5] 坐：同“座”。

[6] 讽诵：吟诵。朗畅：响亮流畅。

[7] 苦：竭尽全力。

[8] 高足：高才门生。

【译文】 远公在庐山中，虽然已老，但讲论佛经并未停止。弟子中有懈怠的，远公说：“我像晚间的落日余晖，按理不会光照久远，但愿你们像朝阳的光辉，随时光推移越发明亮。”手拿经卷登上坐榻，吟咏诵读清亮流畅，言辞神色极为尽力。高才弟子，都肃然增加敬意。

手不能堪芒也

桓南郡好猎[1]，每田狩[2]，车骑甚盛，五六十里中，旌旗蔽隰[3]。骋良马，驰击若飞，双甄所指[4]，不避陵壑。或行陈不整[5]，麏兔腾逸[6]，参佐无不被系束[7]。桓道恭[8]，玄之族也，时为贼曹参军[9]，颇敢直言。常自带绛绵绳著腰中[10]，玄问：“此何为？”答曰：“公猎，好缚人士，会当被缚[11]，手不能堪芒也[12]。”玄自此小差[13]。

注释

[1] 桓南郡：指桓玄。见P065《文学·欲为王孝伯作诔》注[1]。

[2] 田狩：打猎。田，同“畋”，打猎。

[3] 隰（xí）：低下的湿地。指田野。

[4] 双甄（zhēn）：部队作战时左右两翼叫左甄右甄，合称双甄。古代狩猎兼起军事演习作用，所以也这样说。

[5] 陈：同“阵”，阵势。

[6] 麏（jūn）：獐子。

[7] 系束：捆绑。

[8] 桓道恭：东晋谯国龙亢（今安徽怀远西）人，名道恭，字祖道，桓玄之从祖。敢于直言。曾任淮南太守，桓玄篡位，任为江夏相，桓玄死后，被杀。

[9] 贼曹：部门名。掌管水火、盗贼、词讼、罪法等。参军：官名。军府中的僚属。

[10] 绛：大红色。著（zhuó）：放置。

[11] 会当：终将。

[12] 堪芒：忍受芒刺。

[13] 小差（chài）：本指病稍愈，这里指稍有收敛。差，同“瘥”，病愈。

【译文】桓南郡爱好打猎，每逢出猎时，车马很多，五六十里中，旌旗遍布田野。驰骋骏马，追击猎物迅疾若飞，两翼队伍所向之处，不避山陵沟壑。有时行列不整，让獐子、野兔逃逸，僚属无不被捆绑。桓道恭，是桓玄的同族，当时任贼曹参军，很敢直言。常常自己带上大红色绵绳放到腰间，桓玄问：“这作什么用？”回答说：“您打猎，喜欢捆绑人，我总会被绑的，双手受不了绳上的芒刺啊。”桓玄从此稍有收敛。

十一、捷悟

捷悟是指在聪明才智的基础上，思维敏捷，对事物的分析领悟能力强。本来这是人们向往并追求的一种才能，历来受到人们的重视与钦佩，但捷悟能力一旦与统治阶级内部的争权夺利纠缠在一道，常常会使嫉贤妒能者不满。轻则对你抱有敌对情绪，重则让你仕途遭受挫折，甚至危及你的生命。当然，捷悟也常可赖以全身远祸，就要看紧要关头在实践中如何灵活使用。

本门收录言行轶事七条，记载了不同事件中各种审时度势的机敏处置方法。有的是言语运用的技巧，有的是拆字艺术的高妙，有的是通达权变保住家族地位，避免不虞之祸。总之，这些捷悟的能力用对了地方，才能帮助自己立于不败之地；用错了地方，就应该认真反思，深刻吸取教训。

本书选译四则故事，从中可以看出学会思维艺术与处事技巧最为重要，但依仗才思敏捷，一味争强好胜，同学们一定不会喜欢。

杨修令坏相国门

杨德祖为魏武主簿[1]，时作相国门[2]，始构榱桷[3]，魏武自出看，使人题门作“活”字[4]，便去。杨见，即令坏之，既竟，曰：“‘门’中‘活’，‘阔’字，王正嫌门大也[5]。”

注释

[1] 杨德祖：杨修。汉末弘农华阴（今属陕西）人，名修，字德祖。好学能文，才思敏捷。曾任丞相曹操主簿，后被曹操借故杀害。魏武：曹操。见P021《言语·祢衡扬枹击鼓》注 [1]。主簿：官名。中央机构及地方官府的属官，负责文书簿籍，掌管印鉴，为掾史之首。

[2] 相国：官名。职守与丞相相同。魏晋以后，相国比丞相位势更为显要。这里是对丞相曹操的尊称。

[3] 构：搭建。榱桷（cuī jué）：屋椽。

[4] 题门：在门上题字。

[5] 王：指曹操。曹操封为魏王。

【译文】杨德祖担任魏武帝的主簿，当时正在修建相国府大门，刚架上椽子，魏武亲自出来察看，使人在门上写了个“活”字，就走了。杨见到后，立即让人拆毁，拆完后，说：“‘门’中‘活’，是‘阔’字，王正是嫌门大了。”

公教人啖一口

人饷魏武一杯酪[1]，魏武啖少许[2]，盖头上题“合”字以示众，众莫能解。次至杨修[3]，修便啖，曰：“公教人啖一口也[4]，复何疑？”

注释

[1] 饷：赠送。魏武：曹操。本门已见。酪：乳制食品。

[2] 少许：一点儿。

[3] 次：按照顺序。杨修：本门已见。

[4] 人啖一口："合"字拆开是"一人一口"，所以说"人啖一口"。

【译文】有人送给魏武帝一杯乳酪，魏武吃了一点儿，在盖子上写了个"合"字给众人看，大家无人能解。轮到杨修，杨修接过来就吃，说："曹公是教每人吃一口，还犹豫什么？"

魏武过曹娥碑下

魏武尝过曹娥碑下[1]，杨修从[2]。碑背上见题作"黄绢幼妇，外孙齑臼"八字[3]，魏武谓修曰："解不？"答曰："解。"魏武曰："卿未可言，待我思之。"行三十里，魏武乃曰："吾已得。"令修别记所知[4]。修曰："黄绢，色丝也，于字为'绝'；幼妇，少女也，于字为'妙'；外孙，女子也，于字为'好'；齑臼，受辛也[5]，于字为'辞'：所谓'绝妙好辞'也。"魏武亦记之，与修同，乃叹曰："我才不及卿，乃觉三十里[6]。"

注释

[1] 魏武：曹操。本门已见。曹娥：东汉会稽上虞（今属浙江）人。其父溺水而死，她沿江号哭，昼夜不绝，经历十七日也投江而死。后县长度尚葬曹娥于江南道旁，并立下碑石，碑文由邯郸淳写成，这就是曹娥碑。汉末蔡邕又在碑背上题写"黄绢幼妇，外孙齑臼"八字。但刘孝标《世说新语注》却怀疑曹、杨此事纯属附会，说："按曹娥碑在会稽中，而魏武、杨

修未尝过江也。”

[2] 杨修：本门已见。

[3] 黄绢幼妇，外孙齑（jī）臼：八字是“绝妙好辞”的隐语。齑臼，捣齑用的器具。齑，制成细末的姜、蒜、韭菜，用以调味。

[4] 别：另外。

[5] 受辛：古代捣制齑时要承受辛辣。“受、辛”二字合成一个“辤”字，是“辞”字的异体字。

[6] 觉（jiào）：同“较”，相差。

【译文】魏武帝曾经从曹娥碑前经过，杨修跟随着。见到碑的背面题写“黄绢幼妇，外孙齑臼”八个字，魏武对杨修说：“理解吗？”回答说：“理解。”魏武说：“你不要说出来，等我想一想。”走出三十里，魏武才说：“我已经想到了。”让杨修另外记下自己的理解。杨修说：“黄绢，是有色之丝，于字是‘绝’字；幼妇，是年少女子，于字是‘妙’字；外孙，是女儿之子，于字是‘好’字；齑臼，是受辛之器，于字是‘辤（辞）’字：就是‘绝妙好辞’啊。”魏武也写下自己的理解，与杨修相同，于是感叹说：“我的才思比不上你，竟然相差三十里。”

郗嘉宾更作笺

郗司空在北府[1]，桓宣武恶其居兵权[2]。郗于事机素暗[3]，遣笺诣桓[4]：“方欲共奖王室[5]，修复园陵[6]。”世子嘉宾出行[7]，于道上闻信至[8]，急取笺，视竟，寸寸毁裂，便回还更作笺，自陈老病，不堪人间[9]，欲乞闲地自养。宣武得笺大喜，即诏转公督五郡、会稽太守[10]。

注释

[1] 郗司空：指郗愔（yīn）。东晋高平金乡（今属山东）人，名愔，字方回。

少时不事交游，无心竞争。曾任冠军将军、会稽内史、都督浙江东五郡军事，死后追赠侍中、司空。司空，官名。掌管水土、工程等，但至两晋南北朝时期，多已有职无权，只表示对大臣的尊崇。北府：晋人称京口（今江苏镇江）为北府，是东晋的军事要地。

[2] 桓宣武：指桓温。见 P029《言语·木犹如此》注 [1]。恶（wù）：厌恶。居兵权：执掌兵权。

[3] 事机：事情的机变。素：一向。暗：糊涂。

[4] 遣笺：送出书信。

[5] 共奖王室：共同辅佐朝廷。奖，辅助。

[6] 修复园陵：喻指收复中原失地。园陵，先帝陵墓。

[7] 世子：诸侯正妻的嫡长子。郗愔袭爵南昌公，其嫡长子也称为世子。嘉宾：郗超。见 P095《识鉴·不以爱憎匿善》注 [1]。

[8] 信：信使。

[9] 人间：人世间事。指担任官职。

[10] 督五郡：据《晋书·郗愔传》载，此为都督浙江东五郡军事。郗愔这次调职，名义上虽是升迁，但已离开京口这一险要之地，除去了桓温的心病。会（kuài）稽：郡名。治所在今浙江绍兴。太守：官名，郡的最高行政长官。

【译文】郗司空镇守北府时，桓宣武厌恶他执掌兵权。郗对于情势的机变一贯迟钝，派人送信给桓说：“正想共同辅佐朝廷，修复先帝陵寝。”嫡长子郗嘉宾出门在外，在路上听说使者到了，急忙取过书信，看完，一寸寸地撕毁，就回去代父亲重新写信，自己陈述年老多病，不能胜任世事，希望求得闲散去处养老。桓宣武收到信后非常高兴，立即下令调任郗公都督五郡军事、会稽太守。

十二、夙惠

夙惠，亦即早慧，自小聪明。孩子是家族与社会的未来与希望，任何人都期盼自己的孩子出人头地，成龙成凤。特别是那些早慧的聪明孩子，更是令家长喜不自胜。而当孩子的童趣与政治难以分割开来，又会使人感到沉重。例如“何氏之庐也”与“晋明帝再答父问”，何晏与明帝已经聪明至极，他们的言行也全无可以挑剔之处，但就是无法使人感到轻松。

本门收录言行轶事七条，大多表现孩子们的颖悟。有的表现孩子们超强的记忆能力，有的表现孩子们出色的观察事物的能力，有的表现孩子们的逻辑推理能力，还有的表现孩子们对问题的理解能力。可以想见，崇尚天才与造就天才，已经成了其时社会与家族的一种特别追求。

本书选译两则故事，其中值得认真借鉴之处不少，只是早慧的孩子陷入政治斗争漩涡中确实过于残忍，同学们应该细心体会。

何氏之庐也

何晏七岁[1]，明惠若神[2]，魏武奇爱之[3]，因晏在宫内[4]，欲以为子。晏乃画地令方，自处其中。人问其故，答曰："何氏之庐也[5]。"魏武知之，即遣还[6]。

注释

[1] 何晏：三国魏南阳宛县（今河南南阳）人，名晏，字平叔。姿仪美好，喜爱修饰。曾随母被曹操收养，官至吏部尚书、侍中。

[2] 明惠：聪慧。惠：同"慧"，聪明。

[3] 魏武：曹操。见 P021《言语·祢衡扬枹击鼓》注 [1]。奇：很，特别。

[4] 晏在宫内：何晏少时丧父，母亲尹氏，被武王曹操纳为妾，何晏随养在魏宫。

[5] 庐：房屋。

[6] 还：唐写本《世说新书》残卷后有"外"字。还外，指回到外家。外，指外祖父。

【译文】何晏七岁时，神灵般聪明，魏武帝特别喜爱他，因为何晏住在宫内，想收他做儿子。何晏于是在地上画成个方框，自己待在框中。有人问其中缘故，回答说："这是何家的房屋。"魏武帝知道这事后，随即打发他回去。

晋明帝再答父问

晋明帝数岁[1]，坐元帝膝上[2]。有人从长安来[3]，元帝问洛下消息[4]，潸然流涕[5]。明帝问何以致泣，具以东渡意告之[6]。因问明帝："汝意谓长安何如日远[7]？"答曰："日远。不闻人从日边来，居然可知[8]。"元帝异之[9]。明

日，集群臣宴会，告以此意，更重问之。乃答曰："日近。"元帝失色，曰："尔何故异昨日之言邪？"答曰："举目见日[10]，不见长安。"

注释

[1] 晋明帝：司马绍。见P117《品藻·一丘一壑，过之》注 [1]。

[2] 元帝：指晋元帝司马睿。见P133《规箴·元帝命酌酒一酣》注 [1]。

[3] 长安：古都名。西晋末年，逢十六国之乱，京都洛阳沦陷，愍帝建都于此。故城在今陕西西安西北。

[4] 洛下：指西晋京都洛阳。故城在今河南洛阳东洛水北岸。下，指所在之处。

[5] 潸（shān）然：流泪的样子。

[6] 东渡：西晋灭亡，晋王室渡江南下，在江东建康（今江苏南京）建都。因建康在洛阳之东，所以又称"东渡"。

[7] 何如：比较人物高下或事情得失的用语，表示"与……相比，怎么样"。

[8] 居然：显然。

[9] 异：用作意动，感到……诧异。

[10] 日：喻指元帝。意思是只能见到君王。

【译文】 晋明帝数岁时，坐在元帝膝上。有人从长安来，元帝询问洛阳情况，不觉潸然流泪。明帝问为什么竟至流泪，元帝将王室东渡的意图都告诉了他。接着问明帝："你认为长安与太阳相比，哪个更远？"回答说："太阳远。没听说有人从太阳那边来，显然可知。"元帝对他的回答感到惊奇。第二天，召集群臣宴饮，将明帝的意思告诉大家，又重新问他。竟然回答说："太阳近。"元帝惊愕失色，说："你为什么与昨天说的不同呢？"回答说："抬头能见到太阳，却见不到长安。"

十三、豪爽

豪爽，指性格豪迈爽朗。魏晋时期，士大夫追求一种豪爽的风姿气度，讲究无拘无束，自然率真，既用以要求自己，也用以品评他人。加之与蔑视礼法的任诞放达相呼应，这一品格更加受到人们欢迎。而从个人角度来说，豪爽作为一种神情风尚，也能进一步振奋人的精神，激励人们奋发向上。

本门收录言行轶事十三条，从多个角度反映了人们的豪爽举止以及大无畏精神。有的表现对敌斗争的英雄气概，有的用恢复中原失地鼓舞部属信心，有的写桓石虔策马于敌营中，“莫有抗者，径致冲还”；饶有意思的是，连续写了王敦几条，说到他“烈士暮年，壮心不已”，“以如意打唾壶，壶口尽缺”。

本书选译的四则故事中，值得认真思索之处很多，但两次率兵进逼建康、胁迫朝廷的王敦，竟然成了本门故事的主角，相信同学们自会仔细思索。

王处仲击唾壶

王处仲每酒后[1]，辄咏“老骥伏枥[2]，志在千里；烈士暮年[3]，壮心不已”。以如意打唾壶[4]，壶口尽缺。

注释

[1] 王处仲：王敦。见P090《识鉴·亦当为人所食》注 [1]。

[2] 老骥伏枥：“老骥”四句，是曹操《步出夏门行·龟虽寿》中的诗句。骥，骏马。枥，马厩。

[3] 烈士：立志建立功业的人。

[4] 如意：又称爪杖。选用骨、角、竹、木、玉、石、铜、铁等材料制成，长三尺左右，柄端作手指形或心字形，用以挠痒，可如人意，因而得名。魏晋期间名士清谈常用以指画，以助语势。唾壶：又称唾盂，供吐痰用的壶。通常用玉石制成，形制比今痰盂小。

【译文】王处仲每逢酒后，就吟咏“老迈的骏马伏于马厩，志向还是日行千里；有志之士虽已暮年，雄心依旧没有止息”。用如意敲击唾壶为节拍，壶口全给敲缺了。

祖车骑传语阿黑

王大将军始欲下都[1]，处分树置[2]，先遣参军告朝廷[3]，讽旨时贤[4]。祖车骑尚未镇寿春[5]，瞋目厉声语使人曰[6]：“卿语阿黑[7]：何敢不逊！催摄面去[8]，须臾不尔[9]，我将三千兵槊脚令上[10]。”王闻之而止。

注释

[1] 王大将军：指王敦。本门已见。下都：从长江上游往下游来到京都建康（今江苏南京）。王敦拥有强兵，“下都”的目的是想由自己来控制朝廷。

[2] 处分：安排。树置：设置。

[3] 参军：官名。军府中的僚属。

[4] 讽旨：委婉地表达意旨。

[5] 祖车骑：指祖逖（tì）。晋范阳遒县（今河北涞水东北）人，名逖，字士稚。为人轻财好侠，慷慨贞烈。西晋末年率亲党数百家南下，晋元帝时任奋威将军、豫州刺史，率部北伐，收复黄河以南地区。死后追赠车骑将军。寿春：县名。治所在今安徽寿县，其时为豫州及淮南郡治所。

[6] 瞋目：瞪眼。语（yù）：对……说。下文“语”字同。

[7] 阿黑：王敦的小字。阿，前缀，用于名字、排行、亲属称谓或某些代词前。

[8] 催摄面去：急速收兵回去。催，快速。摄，收敛。面，唐写本《世说新书》作“向”，《世说补》作“回”。

[9] 尔：这样。

[10] 槊：长矛。用作动词，用槊戳。上：指从东晋京都建康（今江苏南京）溯江而上。

【译文】王大将军起初想东下京都，安排处理朝中人事，先派遣参军报告朝廷，并向当时贤达暗示意图。这时祖车骑尚未去镇守寿春，怒目厉声对使者说：“你告诉阿黑：怎敢放肆无礼！赶快收兵回去，稍有耽搁不走，我率领三千士兵用长矛戳脚赶他回去。”王听说后就打消了念头。

作此溪刻自处

桓公读《高士传》[1]，至於陵仲子[2]，便掷去，曰：“谁能作此溪刻自处[3]！”

注释

[1] 桓公：指桓温。见P029《言语·木犹如此》注[1]。《高士传》：书名。记载古代隐士的生平事迹。原书已佚，今存辑本。

[2] 於陵仲子：陈仲子，号於陵仲子。战国时齐国隐士，一生隐居不仕，居于於陵。据《高士传》载，陈过着极为清贫的生活，夫妇二人依靠织屦纺绩生存，有时甚至衣食无着。楚王闻其名，聘以为相，夫妇逃走，为人灌园。於陵，地名。故址在今山东邹平东南。

[3] 溪刻：苛刻。自处：对待自己。

【译文】桓公读《高士传》，读到於陵陈仲子传时，就扔下书，说："谁能这样刻薄地对待自己！"

河朔以其名断疟

桓石虔[1]，司空豁之长庶也[2]，小字镇恶[3]。年十七八，未被举[4]，而童隶已呼为镇恶郎[5]。尝住宣武斋头[6]。从征枋头[7]，车骑冲没陈[8]，左右莫能先救。宣武谓曰："汝叔落贼，汝知不[9]？"石虔闻之，气甚奋，命朱辟为副[10]，策马于数万众中，莫有抗者，径致冲还[11]，三军叹服。河朔后以其名断疟[12]。

注释

[1] 桓石虔：东晋谯国龙亢（今安徽怀远西）人，小字镇恶。骁勇过人，累有战功。曾任冠军将军、豫州刺史。

[2] 司空豁：指桓豁。名豁，字朗子，桓温之弟，桓石虔之父。少小即有美誉。曾任建威将军、荆州刺史，死后追赠司空。司空，官名。掌管水土、工程等，但至两晋南北朝时期，多已有

职无权，只表示对大臣的尊崇。长庶：非正妻所生的长子。

[3] 小字：乳名。

[4] 举：庶出子被正式承认身份地位。

[5] 童隶：幼年奴仆。郎：门生家奴对家主的称呼。意思是，尽管桓石虔尚未被承认身份，但童隶先已视他为家主，称呼他为“郎”。

[6] 宣武：指桓温。本门已见。斋头：等于说斋上。斋，书房。

[7] 枋（fāng）头：地名。在今河南浚县西南淇门渡。晋废帝太和四年（369），桓温在这里同后燕慕容垂交战，大败。

[8] 车骑：官名。车骑将军。陈：同“阵”。

[9] 不（fǒu）：同“否”。

[10] 朱辟：人名。生平事迹不详。

[11] 冲：桓冲。名冲，字幼子，桓豁之弟。生性俭素，谦虚爱士。曾任荆州刺史、中军将军、车骑将军，死后追赠太尉。

[12] 河朔：黄河以北。朔，北面。断疟：断绝疟疾。古代认为人患疟疾是因为疟鬼作祟，所以能用桓石虔的威名来吓退疟鬼。

【译文】 桓石虔是司空桓豁的庶出长子，小字镇恶。十七八岁时，尚未被承认身份地位，而奴仆们已经称他为镇恶郎了。他曾经住在桓宣武的书斋里。跟随出征来到枋头，车骑将军桓冲陷入敌阵，手下无人能先去救他出来。宣武对石虔说：“你叔叔落入贼人手中，你知道吗？”石虔听说这话，勇气奋发，命令朱辟担任副将，在数万敌军中策马冲锋，无人能抵挡，径直将桓冲救回，全军上下赞叹佩服。黄河以北后来就用他的名字驱赶疟鬼。

十四、容止

容止，指人的容貌举止，以及由容貌举止表现出来的气质风度。魏晋时期，士大夫十分注重自己的容貌仪表以及举止风度，并且蔚然而成为社会风气。妇女拦截漂亮男子围堵观看，或者向着貌丑男子乱吐唾沫，竟然成为街头一景，而且受到作者的褒奖。由此可见，“爱美之心，人皆有之”。

本门收录言行轶事三十九条，从多个侧面赞美了由容貌之美而显现的神情风度之美。有的偏重容貌的光鲜照人，有的偏重举止的庄重优雅，有的还进一步深入内里，赞扬其人智慧、才华与气度之美。这种种容止之美，都是魏晋期间这一特定时代的产物，正是有了社会的推崇以及士大夫的追求，才有了“不复似世中人”“有天际真人想”之类的评语。

本书选译十四则故事，其中值得认真分析之处很多，但男子过度修饰与当前现实风尚不符，同学们应该细心体会。

床头捉刀人

魏武将见匈奴使[1]，自以形陋，不足雄远国[2]，使崔季珪代[3]，帝自捉刀立床头[4]。既毕，令间谍问曰[5]：“魏王何如？”匈奴使答曰：“魏王雅望非常[6]，然床头捉刀人，此乃英雄也。”魏武闻之，追杀此使。

注释

[1] 魏武：曹操。见P021《言语·祢衡扬枹击鼓》注[1]。匈奴：我国古代北方的一个游牧民族。

[2] 雄：称雄。

[3] 崔季珪：三国魏清河东武城（今山东武城西北）人，名琰，字季珪，曹操之属官。入魏后任尚书，迁中尉。后遭受谗言，被曹操赐死。《三国志·魏书·崔琰传》说他声音洪亮，眉清目秀，须长四尺，极有威仪。

[4] 捉：握住。床：坐卧两用器具，可坐可卧。相当于今之榻。

[5] 间谍：侦探。

[6] 雅望：美好的仪容。

【译文】魏武帝将要接见匈奴使者，自以为形貌丑陋，不足以威镇远方国家，就让崔季珪代替，武帝亲自握刀站立在坐榻边。接见完毕，他让侦探问道：“魏王怎么样？”匈奴使者回答说：“魏王高雅仪容不同寻常，然而坐榻旁边握刀的人，这才是英雄呢。”魏武帝听说这话，派人追杀了这名使者。

何平叔色转皎然

何平叔美姿仪[1]，面至白。魏明帝疑其傅粉[2]，正夏月，与热汤饼[3]。既啖，大汗出，以朱衣自拭，色转皎然[4]。

注释

[1] 何平叔：何晏。见P144《夙惠·何氏之庐也》注[1]。傅粉：抹粉。汉魏期间，贵族男子也有抹粉的习俗。

[2] 魏明帝：曹叡。见P069《方正·辛佐治立军门》注[3]。据刘孝标《世说新语注》文意以及《太平御览》卷二十一、卷三百六十五引《语林》，当作"魏文帝"。魏文帝曹丕，见P022《言语·二锺答文帝问》注[2]。

[3] 汤饼：热汤面。放在水里煮的面食，与现在北方的片儿汤、南方的面疙瘩相似。饼，古代面食的总称。

[4] 转：更加。皎然：洁白明亮的样子。

【译文】何平叔相貌仪容美好，面色极为白皙。魏明帝怀疑他抹了粉，正值夏季，给他吃热汤饼。吃完后，大汗淋漓，用大红色衣服揩拭，脸色更加洁白光鲜。

嵇康风姿特秀

嵇康身长七尺八寸[1]，风姿特秀[2]。见者叹曰："萧萧肃肃[3]，爽朗清举[4]。"或云："肃肃如松下风，高而徐引[5]。"山公曰[6]："嵇叔夜之为人也，岩岩若孤松之独立[7]；其醉也，傀俄若玉山之将崩[8]。"

注释

[1] 嵇康：见P048《文学·锺会撰〈四本论〉》注[4]。七尺八寸：晋尺短于今尺，晋七尺八寸相当于今1.90米左右。

[2] 风姿：风度神采。

[3] 萧萧肃肃：指风声，形容人的风姿潇洒、仪态严整。

[4] 清举：清新挺拔。

[5] 徐引：舒缓绵长。

[6] 山公：指山涛。见 P033《言语·欲者不多》注 [1]。

[7] 岩岩：高峻的样子。

[8] 傀（guī）俄：倾颓的样子。

【译文】嵇康身高七尺八寸，风度神采异常秀美。见到的人赞叹说："风姿潇洒，仪态严整，豪爽明快，清新挺拔。"有人说："就像是松树间的肃肃风声，清新高远而又舒缓绵长。"山公说："嵇叔夜的样子，高峻如孤松岿然独立；他的醉态，倾侧如玉山将要崩塌。"

潘岳出洛阳道

潘岳妙有姿容[1]，好神情[2]。少时挟弹出洛阳道[3]，妇人遇者，莫不连手共萦之[4]。左太冲绝丑[5]，亦复效岳游遨[6]，于是群妪齐共乱唾之[7]，委顿而返[8]。

注释

[1] 潘岳：见 P058《文学·潘文乐旨》注 [4]。

[2] 神情：神采。

[3] 弹：弹弓。洛阳：西晋京都。故城在今河南洛阳东洛水北岸。

[4] 萦：环绕。

[5] 左太冲：西晋齐国临淄（今属山东）人，名思，字太冲。貌丑口讷，博学多文。曾任秘书郎。

[6] 效：模仿。游遨：嬉游。

[7] 妪：妇人。唾：吐唾沫。

[8] 委顿：疲乏狼狈。

【译文】潘岳有美妙的容貌风度，神态美好。年轻时携带弹弓出入洛阳街头，妇人遇见他的，无不手拉手一起将他围起来。左大冲极为丑陋，也仿效潘岳游逛，于是成群的妇人一起向他乱吐唾沫，他只能狼狈而返。

与手都无分别

王夷甫容貌整丽[1]，妙于谈玄[2]，恒捉白玉柄麈尾[3]，与手都无分别[4]。

注释

[1] 王夷甫：王衍。见 P050《文学·世谓“三语掾”》注 [2]。整丽：端正美丽。

[2] 谈玄：谈论老庄之学，辨析名理。

[3] 捉：拿着。麈尾：一种形状类似羽扇的物件，柄之左右饰以麈尾之毛。

[4] 都：全然。

【译文】王夷甫容貌端庄漂亮，善于谈论玄学，常常拿着白玉柄麈尾，与他的手全然没有分别。

野鹤之在鸡群

有人语王戎曰[1]：“嵇延祖卓卓如野鹤之在鸡群[2]。”答曰：“君未见其父耳[3]！”

注释

[1] 语（yù）：对……说。王戎：见 P082《雅量·诸小儿竞取李》注 [1]。

[2] 嵇延祖：嵇绍。西晋谯国铚（今安徽宿州西南）人，名绍，字延祖，嵇康之子。性格刚烈，不阿权贵。曾任汝阴太守、徐州刺史、侍中。卓卓：超然出众的样子。

[3] 其父：指嵇康。嵇康的风姿参看本门《嵇康风姿特秀》。

【译文】有人对王戎说：“嵇延祖超然出众，好像野鹤立于鸡群。”王戎回答说："您没见过他的父亲而已！"

刘伶土木形骸

刘伶身长六尺[1]，貌甚丑悴[2]，而悠悠忽忽[3]，土木形骸[4]。

注释

[1] 刘伶：魏晋期间沛国（治所在今安徽濉溪西北）人，名伶，字伯伦，"竹林七贤"之一。身材短小，容貌丑陋。曾任建威参军。六尺：晋尺短于今尺，晋六尺相当于今 1.47 米左右。

[2] 丑悴（cuì）：丑陋。

[3] 悠悠忽忽：悠闲而飘忽的样子。

[4] 土木形骸（hái）：任由形体如同土木一样。表示重精神而不重形体，外表上乱头粗服，不加修饰。

【译文】刘伶身高六尺，形貌很是丑陋，但是悠闲而又飘忽，形体如土木似的质朴自然。

看杀卫玠

卫玠从豫章至下都[1]，人久闻其名，观者如堵墙[2]。玠先有羸疾[3]，体不堪劳[4]，遂成病而死。时人谓"看杀卫玠"。

注释

[1] 卫玠：见 P048《文学·卫玠问乐令梦》注 [1]。豫章：郡名。治所在今江西南昌。下都：相对于首都而言，称陪都为"下都"。西晋旧都洛阳称上

都，所以后世称建康（今江苏南京）为下都。

[2] 堵墙：墙壁。

[3] 羸疾：体弱多病。

[4] 不堪：不能经受。

【译文】卫玠从豫章来到京都，人们久闻他的名声，观看的人像堵围墙。卫玠原本就瘦弱多病，身体经受不住劳累，于是病重而死。当时的人说是“看死了卫玠”。

唯丘壑独存

庾太尉在武昌[1]，秋夜气佳景清，使吏殷浩、王胡之之徒登南楼理咏[2]。音调始遒[3]，闻函道中有屐声甚厉[4]，定是庾公。俄而率左右十许人步来[5]，诸贤欲起避之，公徐云：“诸君少住，老子于此处兴复不浅[6]！”因便据胡床与诸人咏谑[7]，竟坐甚得任乐[8]。后王逸少下[9]，与丞相言及此事[10]，丞相曰：“元规尔时风范不得不小颓[11]。”右军答曰：“唯丘壑独存[12]。”

注释

[1] 庾太尉：指庾亮。见P010《德行·庾公乘马有的卢》注[1]。武昌：郡名。治所在今湖北鄂城。

[2] 使吏：影宋本《世说新语》作“佐吏”。佐吏，军府中的参佐僚属。殷浩：见P044《政事·不敢夜行》注[1]。王胡之：东晋琅邪临沂（今属山东）人，名胡之，字修龄。少时有声誉，才能卓著。曾任司州刺史、侍中、丹阳尹。理咏：调理韵律，吟咏诗歌。

[3] 遒：刚劲有力。

[4] 函道：室内楼梯。屐：木底有齿的鞋子。

[5] 许：用在数词或数量词后，表示

约数。

[6] 老子：老年人的自称。相当于后世自称的“老夫”。

[7] 胡床：从胡地传入的一种可以折叠的轻便坐具。咏谑：吟咏戏谑。

[8] 竟坐：满座。坐，同“座”。任乐：自在快乐。

[9] 王逸少：王羲之。见P031《言语·王、谢共登冶城》注 [1]。下文“右军”也是指他。下：下都。从长江上游往下游来到京都建康（今江苏南京）。

[10] 丞相：指王导。见P026《言语·新亭对泣》注 [6]。

[11] 小颓：稍有减弱。

[12] 丘壑（hè）独存：系心山水的超然情怀仍然存在。丘壑，深山幽谷。指隐居的住所。

【译文】庾太尉在武昌时，秋夜天气美好，景色清新，僚属殷浩、王胡之等人登上南楼吟诵咏唱。正当音调刚劲有力时，听到楼梯上传来很重的木屐声，料定是庾公。片刻工夫，庾公带领十来名随从走来，众人想起身回避，庾公慢悠悠地说：“诸位稍留，老夫在这方面也兴致不浅。”于是就倚着坐榻与众人吟咏谈笑，满座的人都很自在欢乐。后来王逸少到京都，对丞相说起此事，丞相说：“元规那时的气派风度不得不稍有收敛。”右军回答说：“只有胸间的闲情雅致还留存着。”

恨不见杜弘治

王右军见杜弘治[1]，叹曰：“面如凝脂[2]，眼如点漆[3]，此神仙中人。”时人有称王长史形者[4]，蔡公曰[5]：“恨诸人不见杜弘治耳[6]。”

注释

[1] 王右军：指王羲之。本门已见。杜弘治：杜乂（yì）。晋京兆杜陵（今陕西西安东南）人，名乂，字弘治。清高纯美，风采俊秀。曾任公府掾、丹阳丞，袭爵当阳侯。

[2] 凝脂：凝冻的油脂。比喻洁白细腻。

[3] 点漆：点上了黑漆。比喻漆黑明亮。

[4] 王长史：指王濛。见 P043《政事·共看何骠骑》注 [1]。

[5] 蔡公：指蔡谟。见 P075《方正·王丞相作女伎》注 [3]。

[6] 恨：遗憾。

【译文】王右军见到杜弘治，赞叹说："脸面像凝脂似的白嫩，眼睛像点上漆似的黑亮，这是神仙中的人。"当时有人称赞王长史的形貌，蔡公说："遗憾的是各位没见过杜弘治啊。"

一异人在门

王长史尝病[1]，亲疏不通。林公来[2]，守门人遽启之[3]，曰："一异人在门[4]，不敢不启。"王笑曰："此必林公。"

注释

[1] 王长史：指王濛。本门已见。

[2] 林公：指支遁。见 P053《文学·南北人学问》注 [3]。

[3] 遽（jù）：急忙。

[4] 异人：指林公形貌不同寻常。参看《排调·须发何关于神明》。

【译文】王长史有一次生病，亲疏来客都不通报。林公来了，守门人急忙禀告他，说："一个不同寻常的人在门前，不敢不禀告。"王笑着说："这一定是林公。"

北窗下弹琵琶

或以方谢仁祖不乃重者[1]，桓大司马曰[2]：“诸君莫轻道仁祖，企脚北窗下弹琵琶[3]，故自有天际真人想[4]。”

注释

[1] 方：评论。谢仁祖：谢尚。见P052《文学·殷中军下都》注[4]。乃：那么。

[2] 桓大司马：指桓温。见P029《言语·木犹如此》注[1]。

[3] 企脚：抬起脚跟。

[4] 故自：确实。真人：得道仙人。想：情怀。

【译文】有人议论谢仁祖时不那么尊重，桓大司马说：“各位不要轻慢地说及仁祖，他抬起脚跟在北窗下弹琵琶时，确实有天上仙人的情怀。”

不复似世中人

王长史为中书郎[1]，往敬和许[2]。尔时积雪，长史从门外下车，步入尚书[3]，著公服[4]。敬和遥望，叹曰：“此不复似世中人[5]！”

注释

[1] 王长史：指王濛。本门已见。中书郎：指中书侍郎。是中书监、令的副职。

[2] 敬和：王洽。见P126《品藻·人固不可以无年》注[4]。许：处所。

[3] 尚书：指尚书省，官署名。掌管文书奏章，协助皇帝处理政事，长官为尚书令。影宋本《世说新语》“尚书”后有“省”字。

[4] 著（zhuó）：穿，戴。公服：官

服。影宋本《世说新语》无“著公服”三字。

[5] 世中：俗世之中。

【译文】王长史担任中书郎，到敬和那里去。当时地面积雪，长史从门外下车，走进尚书省，穿着官服。敬和远远望去，赞叹说：“这不像是凡世间的人！”

濯濯如春月柳

有人叹王恭形茂者[1]，云：“濯濯如春月柳[2]。”

注释

[1] 王恭：见P014《德行·身无长物》注[1]。茂：美好。

[2] 濯濯：明净清新。春月：春季。

【译文】有人赞叹王恭形态美好，说：“明净清新如同春天里的柳树。”

十五、自新

自新，指自觉改正错误，重新做人。古人云："金无足赤，人无完人。"出于对事物认识的偏差，又或是性格上的缺陷，还有一些是受到环境所迫，任何人都难免会犯错误。但古人又说："过而能改，善莫大焉。"这里说到的周处改过自新，最终获得好的结局，则不仅是对犯错者的鼓励，也是对所有读者的劝勉。

本门收录言行轶事两条。其中写周处由横行乡里、杀虎斩蛟、有自改意、入吴寻二陆、受教于陆云、幡然改励，终为忠臣孝子，信笔直书而下，令人动情。特别是陆云引用儒家礼教告诫周处，"古人贵朝闻夕死"以及"且人患志之不立，亦何忧令名不彰邪?"几乎让所有的人都充分感受到正义与教化的力量。

本书选译的这则故事中，值得仔细思考之处并不少，但在法治社会中对于犯法者仅仅规劝教育肯定是不够的，同学们自应认真体会。

周处除三害

周处年少时[1]，凶强侠气[2]，为乡里所患，又义兴水中有蛟[3]，山中有邅迹虎[4]，并皆暴犯百姓，义兴人谓为“三横[5]”，而处尤剧。或说处杀虎斩蛟[6]，实冀三横唯余其一。处即刺杀虎，又入水击蛟，蛟或浮或没，行数十里，处与之俱。经三日三夜，乡里皆谓已死，更相庆[7]。竟杀蛟而出。闻里人相庆，始知为人情所患，有自改意。乃自吴寻二陆[8]，平原不在[9]，正见清河[10]，具以情告，并云：“欲自修改[11]，而年已蹉跎[12]，终无所成。”清河曰：“古人贵朝闻夕死[13]，况君前途尚可[14]。且人患志之不立，亦何忧令名不彰邪[15]？”处遂改励[16]，终为忠臣孝子。

注释

[1] 周处：西晋吴兴阳羡（今江苏宜兴南）人，名处，字子隐。年轻时曾为害乡里，发愤改过后，仕吴任无难督，入晋后任新平太守、御史中丞。

[2] 侠气：任性使气。

[3] 义兴：东晋郡名。其治所阳羡，西晋时初属吴兴郡，后改设为义兴郡；北宋避太宗赵光义名讳，改名宜兴并沿用至今。这里是作者用后世地名称述前朝之事。蛟：蛟龙。传说中的龙类动物，能兴水害；有人认为就是鳄鱼。

[4] 邅（zhān）迹虎：能追逐人迹而食人的老虎；邅，同“趲”，追逐。（据［日］恩田仲任辑《世说音释》说）另一说，指“邪足虎”，跛脚老虎。

[5] 横（hèng）：指横暴的人或动物。

[6] 说（shuì）：劝说。

[7] 更相：互相。

[8] 吴：指吴郡，治所在今江苏苏州。自吴：应据影宋本《世说新语》作“入吴”。二陆：指陆机与陆云。

[9] 平原：指陆机。见 P025《言语·有千里莼羹》注 [1]。

[10] 正：只，仅仅。清河：指陆云。见P072《方正·士衡妙语驳卢志》注[4]。

[11] 修改：改过自新。

[12] 蹉跎（cuō tuó）：虚度光阴。

[13] 朝闻夕死：语出《论语·里仁》："朝闻道，夕死可矣。"意思是，早晨得知真理，晚上死去也可以了。

[14] 尚可：还可以成事（据［日］田中颐大壮《世说讲义》说）。

[15] 令名：美名。彰：传扬。

[16] 改励：改过励志。

【译文】周处年轻时，凶狠强横，任性使气，为家乡人所厌恶，加上义兴水中有蛟龙，山里有邅迹虎，一并危害百姓，义兴人称为"三横"，而周处为害尤甚。有人劝说周处去杀虎斩蛟，其实是希望"三横"中只剩下一个。周处随即刺杀老虎，又入水追击蛟龙，蛟龙时浮时沉，游了数十里，周处始终与它一道缠斗。持续三天三夜，同乡的人都认为他已死了，互相庆贺。不料周处竟杀死蛟龙从水中出来。听说乡亲互相庆贺，才知道自己为人们所痛恨，有了改过自新的心意。于是到吴郡去寻找陆氏兄弟，陆平原不在，只见到陆清河，周处将情况都告诉他，同时说："我想修身改错，只是已经虚度光阴，恐怕终无成就。"清河说："古人看重朝闻夕死，何况您的前途还可以成事。再说一个人只怕不能立志，又何必担心美名不能显扬呢？"周处于是改过自勉，最终成为忠臣孝子。

十六、企羡

企羡，指举踵仰慕，是出于对受企羡者德行、才情的敬仰与思慕。魏晋时期，士大夫大多率真敢言，对于言行不端或才情低下者，多行批评或嘲讽，而对于德高望重或才情过人者，则发自内心地表达自己的企慕与崇拜。从本门这些受企羡者的人与事中，不难看出其时社会崇尚的情趣与企羡的标准。

本门收录言行轶事六条，从不同侧面反映了对其时士大夫德行与才情的企羡。有的表彰善于清谈者，有的讴歌满怀才情者，有的称颂超凡脱俗者，有的赞叹举止出众者。更有趣的是，王羲之对于有人将《兰亭集序》比作奢靡成性的石崇所写的《金谷诗序》，将自己与石崇相提并论，却“甚有欣色”，这显然是看重后者的才情与文采。

本书选译的三则故事虽然篇幅不长，值得企羡的人与事也各有不同，但郗嘉宾得意于有人将自己比作入侵者苻坚，相信同学们也能认真分析。

王右军甚有欣色

王右军得人以《兰亭集序》方《金谷诗序》[1]，又以己敌石崇[2]，甚有欣色[3]。

注释

[1] 王右军：指王羲之。见P031《言语·王、谢共登冶城》注[1]。《兰亭集序》：晋穆帝永和九年（353）三月三日，王羲之与名士谢安等四十余人在兰亭举行集会，与会者临流赋诗，王羲之为诗作撰写序文，即《兰亭集序》。兰亭，亭名。在今浙江绍兴西南，其地名兰渚，有亭名兰亭。方：比附。《金谷诗序》：晋惠帝元康六年（296）石崇、苏绍等人在金谷园举行集会，送别征西大将军、祭酒王诩还长安，与会者游宴赋诗，石崇为诗作撰写序文，即《金谷诗序》。金谷，地名。在今河南洛阳东北，其地又名金谷涧，石崇在这里筑有别墅，有园名金谷园。

[2] 敌：匹敌。石崇：西晋渤海南皮（今河北南皮东北）人，名崇，字季伦。家极富有，穷尽奢靡。曾任修武令、侍中，后被司马伦所杀。

[3] 有欣色：指喜爱《金谷诗序》的成就与石崇的才艺。

【译文】王右军得知有人将《兰亭集序》比作《金谷诗序》，又将自己与石崇匹敌，很有欣喜的神色。

得人以己比苻坚

郗嘉宾得人以己比苻坚[1]，大喜[2]。

注释

[1] 郗嘉宾：郗超。见P095《识鉴·不以爱憎匿善》注[1]。苻（fú）坚：

见 P088《雅量·苻坚游魂近境》注[1]。

[2] 大喜：指喜爱苻坚是个励精图治、屡建功业之人。

【译文】郗嘉宾得知有人将自己比作苻坚，十分喜悦。

此真神仙中人

孟昶未达时[1]，家在京口[2]。尝见王恭乘高舆[3]，被鹤氅裘[4]。于时微雪，昶于篱间窥之，叹曰："此真神仙中人！"

注释

[1] 孟昶（chǎng）：东晋平昌安丘（今山东安丘西南）人，名昶，字彦达。姿容俊美，为人矜严。曾任吏部尚书，加拜尚书左仆射。达：显贵。

[2] 京口：地名。今江苏镇江。

[3] 舆：肩舆。一种用人力扛抬的代步工具，类似后世的轿子。

[4] 被：同"披"。鹤氅（chǎng）裘：用鸟羽绒絮制成的外套。

【译文】孟昶尚未显贵时，家住在京口。曾经见到王恭坐着高高的肩舆，披着鹤氅裘。当时下着小雪，孟昶从篱笆缝隙偷偷看他，赞叹说："这真是神仙中的人！"

十七、伤逝

伤逝，是对于殁世者的哀悼。具体表现就是怀念死者，寄托哀思，这确是人之常情。古人云“死生亦大矣”,《世说新语》专设此门以表示悲痛是十分正常的事。其中叙述了王戎的丧子之痛、王子猷的丧弟之痛，以及吊唁者对于不同关系的去世者的伤悼。这些名士不拘礼法地悼念逝者，甚至逾越常性，正是沉溺于真情而不能自持的缘故。

本门收录言行轶事十九条，从多个方面寄托了生者对于逝者离世的悲痛。有的为逝者一学驴鸣，有的径上灵床弹琴，有的不执孝子手而出，当然也有的哀叹自己空有容貌才华竟然不得长寿。在那个个性张扬的年代，各种不同的悼念方式得以充分表现出来，正是受益于社会的宽容与士大夫的认可。

本书选译的六则故事中，值得悲痛伤感的事确实不少，但过度悲痛而灭性丧生，也是对生命不够珍惜，应该注意避免。

魏文帝作驴鸣

王仲宣好驴鸣[1]。既葬，文帝临其丧[2]，顾语同游曰[3]：“王好驴鸣，可各作一声以送之。”赴客皆一作驴鸣[4]。

注释

[1] 王仲宣：王粲。汉末山阳高平（今山东邹县）人，名粲，字仲宣，“建安七子”之一。才思敏捷，善于为文。先依刘表，未受重用，后为曹操幕僚，官至侍中。

[2] 文帝：指魏文帝曹丕。见P022《言语·二锺答文帝问》注[2]。临：亲往吊丧。

[3] 语（yù）：对……说。同游：共同交往的人。

[4] 赴客：送葬的客人。

【译文】王仲宣喜欢听驴叫。死后下葬，魏文帝亲临他的葬礼，回头对往日同游的人说：“王喜欢听驴叫，可以各人学叫一声送别他。”送葬的客人都学了一声驴叫。

山简往省王戎

王戎丧儿万子[1]，山简往省之[2]，王悲不自胜[3]。简曰：“孩抱中物[4]，何至于此？”王曰：“圣人忘情[5]，最下不及情。情之所钟[6]，正在我辈。”简服其言，更为之恸[7]。

注释

[1] 王戎：见P082《雅量·诸小儿竞取李》注[1]。万子：王绥。西晋琅

邪临沂（今属山东）人，名绥，字万子。清淳简贵，有美名。曾被征召为太尉掾，未到职，年十九而死。

[2] 山简：西晋河内怀（今河南武涉西南）人，名简，字季伦，山涛之子。优游嗜酒，不问政事。曾任吏部尚书、征南将军。省（xǐng）：探望。

[3] 自胜：自我控制。

[4] 孩抱中物：刚刚会笑尚需人抱的幼儿。孩，小儿笑。由于王绥十九岁才死，并非“孩抱中物”，有人认为应是王衍与山简之事。《晋书·王衍传》也有王衍丧幼子，山简去吊问的记载。

[5] 圣人忘情：圣人能够忘掉世俗之情。

[6] 钟：聚集。

[7] 恸：哀痛。

【译文】王戎死了儿子万子，山简去探望他，王悲哀不能自制。山简说：“抱在怀中的幼儿，哪至于这样？”王戎说：“圣人能够忘掉感情，最下等的人谈不上有感情。感情最专注的，正在我们这类人。”山简信服他的话，转而为他悲痛。

张季鹰灵床鼓琴

顾彦先平生好琴[1]，及丧，家人常以琴置灵床上[2]。张季鹰往哭之[3]，不胜其恸[4]，遂径上床，鼓琴，作数曲竟，抚琴曰：“顾彦先颇复赏此不[5]？”因又大恸，遂不执孝子手而出[6]。

注释

[1] 顾彦先：顾荣。见 P008《德行·有欲炙之色》注 [1]。

[2] 灵床：为悼念死者而虚设的座位。

[3] 张季鹰：张翰。见 P092《识鉴·张季鹰在洛》注 [1]。

[4] 不胜：控制不住。

[5] 颇：可，是否。表示疑问。不（fǒu）：同“否”。

[6] 遂：竟然。不执孝子手：晋人吊丧临去时有握孝子手致慰的礼节，指张翰未行此礼。孝子，父母去世后居丧的儿子。

【译文】顾彦先平生爱好弹琴，到死后，家里人常将琴放在灵床上。张季鹰去哭吊他，忍受不住悲痛，于是径直上了灵床，弹起琴来，弹完几曲，拍着琴说："顾彦先还能再欣赏这些曲子吗？"于是又大声痛哭，竟然没有握孝子的手就出去了。

埋玉树著土中

庾文康亡[1]，何扬州临葬[2]，云："埋玉树著土中[3]，使人情何能已已[4]！"

注释

[1] 庾文康：庾亮。见P010《德行·庾公乘马有的卢》注[1]。

[2] 何扬州：指何充。见P043《政事·共看何骠骑》注[1]。

[3] 玉树：传说中的仙树。喻指庾亮美好的形体。著（zhuó）：放在动词后面，含有"在、到"等意义。

[4] 已已：休止。

【译文】庾文康去世，何扬州去送葬，说："将玉树埋进土里，让人的心情哪能平静！"

以麈尾著柩中

王长史病笃[1]，寝卧灯下，转麈尾视之[2]，叹曰："如此人，曾不得四十[3]！"及亡，刘尹临殡[4]，以犀柄麈尾著

柩中[5]，因恸绝。

注释

[1] 王长史：指王濛。见 P043《政事·共看何骠骑》注 [1]。病笃：病重。

[2] 麈尾：一种形状类似羽扇的物件，柄之左右饰以麈尾之毛。

[3] 曾：竟然。不得四十：王濛年三十九而亡。

[4] 刘尹：指刘惔。见 P011《德行·莫得淫祀》注 [1]。临殡：参加殡殓礼仪。殡，入殓后停柩待葬。

[5] 著（zhuó）：放到。柩：装有尸体的棺材。

【译文】王长史病重，在灯下躺着，转动麈尾仔细看，感叹说："这样的人，竟然活不到四十岁！"到死后，刘尹去参加殡殓，将犀角柄麈尾放入棺柩中，随即悲痛得昏厥过去。

王子猷奔丧

王子猷、子敬俱病笃[1]，而子敬先亡。子猷问左右："何以都不闻消息[2]？此已丧矣！"语时了不悲[3]。便索舆来奔丧，都不哭。子敬素好琴，便径入坐灵床上[4]，取子敬琴弹，弦既不调[5]，掷地云："子敬，子敬，人琴俱亡！"因恸绝良久。月余亦卒。

注释

[1] 王子猷：王徽之，王献之之兄。见 P124《品藻·吉人之辞寡》注 [1]。子敬：王献之。见 P013《德行·王子敬首过》注 [1]。病笃：病重。

[2] 都：全然。下文"都"字同。

[3] 了不：全然不。了，全然。

[4] 灵床：为悼念死者而虚设的座位。

[5] 不调：琴音不协调。

【译文】王子猷、王子敬都病得很重，而子敬先去世。子猷问身边的人："为什么全然听不到消息？这是已经死了！"说话时一点也不悲伤。接着要来一辆车子去奔丧，完全没有哭。子敬平素喜欢弹琴，子猷就径直进去坐到灵床上，取过子敬的琴来弹奏，琴音无法谐和，将琴扔到地上说："子敬，子敬，人与琴一起亡故了！"随即悲痛得昏厥许久。一个多月后也去世了。

十八、栖逸

栖逸，指避隐山林，不愿仕进。魏晋时期，希心隐逸蔚然成风。这一方面是由于其时统治集团腐朽黑暗，党同伐异，有些人逃避山林成为一种无奈的选择；另一方面玄风大炽，老庄遁世之风盛行，这也使得士大夫为全身远祸而乐于退隐。当然，退隐而能获取好名声，有的还能得到财物资助，或许也是一个因素。

本门收录言行轶事十七条，从不同角度表现了退隐者的方方面面。有的一心隐居而心无旁骛，有的励操山间屡受征召而不愿就任，还有的则借隐居而博取声名，甚至以隐居的声名作为日后出仕的资本。此外，有些在朝为官的人也表示希慕隐居生活，虽难说全然出自真心，但足可看出其时崇尚老庄、追求隐居风气之盛。

本书选译的六则故事中，值得认真鉴赏探究之处很多，但其中所说借隐居沽名钓誉以作为加官进爵的筹码，自然会受到辛辣的嘲讽。

保身之道不足

嵇康游于汲郡山中[1]，遇道士孙登[2]，遂与之游。康临去，登曰：“君才则高矣，保身之道不足。”

注释

[1] 嵇康：见P048《文学·锺会撰〈四本论〉》注[2]。汲郡：西晋郡名。治所在今河南汲县西南。

[2] 道士：指方术之士。孙登：魏末晋初汲郡共（今河南辉县）人，名登，字公和。隐居汲郡北山土窟中，好读《易经》，弹一弦琴。

【译文】嵇康到汲郡山中游览，遇见道士孙登，就随他游学。嵇康临走时，孙登说：“您的才华确实很高了，但保全自身的办法不足。”

嵇康告绝山公

山公将去选曹[1]，欲举嵇康[2]，康与书告绝[3]。

注释

[1] 山公：指山涛。见P033《言语·欲者不多》注[1]。选曹：掌管选拔官吏的官署。特指吏部。

[2] 嵇康：本门已见。

[3] 与书告绝：写信宣告绝交。书，即《与山巨源绝交书》。

【译文】山公将要离开选曹职位，想推荐嵇康接替，嵇康给他写信宣告绝交。

翟不与周语

南阳翟道渊与汝南周子南少相友[1]，共隐于寻阳[2]。庾太尉说周以当世之务[3]，周遂仕；翟秉志弥固[4]。其后周诣翟，翟不与语。

注释

[1] 南阳：郡名。治所在今河南南阳。《晋书·翟汤传》作“寻阳”。很可能翟汤祖籍本为南阳，过江后侨居寻阳，所以有二说（据余嘉锡《世说新语笺疏》说）。翟道渊：翟汤。名汤，字道渊。多次被征召任官，均未就职。汝南：郡名。治所在今河南平舆北。周子南：周邵。名邵，字子南。起初隐居，后来听庾亮劝说任镇蛮护军、西阳太守。

[2] 寻阳：郡名。治所在今湖北广济东北。

[3] 庾太尉：指庾亮。见 P010《德行·庾公乘马有的卢》注 [1]。说（shuì）：劝说。

[4] 秉志：坚守志向。

【译文】 南阳翟道渊与汝南周子南年轻时互相友好，共同隐居在寻阳。庾太尉用当世政事劝说周，周于是出来做官；翟却坚守志向愈加坚定。此后周去拜访翟，翟不与他说话。

康僧渊立精舍

康僧渊在豫章[1]，去郭数十里立精舍[2]，旁连岭，带长川，芳林列于轩庭[3]，清流激于堂宇[4]。乃闲居研讲[5]，希心理味[6]。庾公诸人多往看之[7]，观其运用吐纳[8]，风流转佳[9]，加已处之怡然[10]，亦有以自得，声名乃兴[11]。

后不堪[12]，遂出。

注释

[1] 康僧渊：生平事迹不详。仅据《高僧传》得知，他本是西城人，生于长安，晋成帝（325—342）时始渡江南下。豫章：郡名。治所在今江西南昌。

[2] 郭：内城叫城，外城叫郭。精舍：僧人道士修炼、讲经、居住的处所。

[3] 轩庭：堂前有长廊围绕的庭院。

[4] 激：水势受阻后腾涌飞溅。堂宇：厅堂与屋檐。

[5] 闲居：避人独居。研讲：研究讲习。

[6] 希心：潜心。理味：体会玩味。

[7] 庾公：指庾亮。本门已见。

[8] 运用：灵活地利用。吐纳：谈吐评论。

[9] 风流：仪表风度。转：更加。

[10] 加已：影宋本《世说新语》作“加”，无“已”字。怡然：愉悦的样子。

[11] 声名乃兴：名声大振。兴，振兴。

[12] 不堪：不能忍受。指晚年不能忍受隐栖，于是出仕。（据周兴陆辑著《世说新语汇校汇注汇评》本条“校注”引秦士铉说）

【译文】康僧渊在豫章，在离城数十里处建造精舍，旁边连接山岭，环绕长河，花草树木列于环廊庭院，清澈流水飞溅堂前檐下。于是独居在此，钻研讲习，潜心体味。庾公等人常去看望他，见他灵活的谈吐之间，神采风度更加美好，加上对这里感到愉悦欣慰，也能安闲自得，于是名声大兴。后来不能忍受这种生活，就出山了。

范宣未尝入公门

范宣未尝入公门[1]。韩康伯与同载[2]，遂诱俱入郡[3]，范便于车后趋下[4]。

注释

[1] 范宣：晋陈留（今河南陈留东北）人，名宣，字宣子。幼而聪慧，好学不倦。屡次征召而不就，居家贫俭，以讲诵为业。公门：官署。

[2] 韩康伯：韩伯。见P096《识鉴·不得复云为名》注［1］。

[3] 郡：指郡官署。

[4] 趋：跑，快步走。

【译文】 范宣未曾进过官署。韩康伯与他同乘一辆车，就想诱骗他一起进入郡府邸，范就从车后溜下跑了。

郗超为办百万资

郗超每闻欲高尚隐退者[1]，辄为办百万资[2]，并为造立居宇。在剡[3]，为戴公起宅[4]，甚精整。戴始往旧居[5]，与所亲书曰："近至剡，如官舍。"郗为傅约亦办百万资[6]，傅隐事差互[7]，故不果遗[8]。

注释

[1] 郗超：见P095《识鉴·不以爱憎匿善》注［1］。

[2] 办：备办。

[3] 剡（shàn）：县名。治所在今浙江嵊（shèng）州。

[4] 戴公：指戴逵。见P087《雅量·悠然知其量》注［1］。

[5] 往旧居：与下文"如官舍"二句，《太平御览》卷五百一十引《世说》分别作"往居"与"如入官舍"。

[6] 傅约：人名。生平事迹不详。

[7] 差互：错失时机而未能如愿。

[8] 不果遗（wèi）：没有赠送成功。遗，馈赠。

【译文】 郗超每逢听说想要崇尚高远而辞官归隐的人，总是给他们备办百万钱财，并为他们建造房舍。在剡县，曾为戴公修建住宅，很是精致整齐。戴开始去住时，给亲近的人写信说："最近到了剡，如同进了官舍。"郗为傅约也准备了百万钱财，傅隐居事错失时机未能如愿，所以才没有送成。

十九、贤媛

贤媛，指贤淑的女子，亦即德才兼备的美貌女子。本门并未依据封建礼教对于女性的德、言、容、功的“四德”要求，来衡量品评所写女性，甚至不在乎她们体态之妍媸，而是按照与男性士人同等的评判标准，更多地看重她们内在的品德与才性，这在男尊女卑的封建社会，确实是难能可贵的事。

本门收录言行轶事三十二条，从多个侧面反映了不同女性的多姿多彩风貌。有的表现她们遇险不乱的母仪风范，有的表现她们审时度势的判断能力，有的表现她们思维敏捷的不凡才华，有的表现她们欲与男性平起平坐的自尊自信。在那种社会条件与时代风气下，对于女性的颂扬，是使她们能够更好展现风采的重要因素。

本书选译的十一则故事中，值得鉴赏的人与事甚多，但个别事例中的尊卑观念仍在迫使女性就范，可见实现男女平等的目标确实任重而道远。

王明君出汉宫

汉元帝宫人既多[1]，乃令画工图之，欲有呼者，辄披图召之[2]。其中常者[3]，皆行货赂[4]。王明君姿容甚丽[5]，志不苟求，工遂毁为其状。后匈奴来和[6]，求美女于汉帝，帝以明君充行[7]。既召见而惜之，但名字已去，不欲中改，于是遂行。

注释

[1] 汉元帝：刘奭（shì）。见 P130《规箴·亦犹后之视今》注 [1]。

[2] 披：翻阅。

[3] 中常：平常。

[4] 货赂：贿赂。

[5] 王明君：王嫱（qiáng）。西汉南郡秭归（今属湖北）人，名嫱，字昭君。因避晋文帝司马昭名讳改称明君。容貌美丽，举止娴雅，善于应对。汉元帝时选入宫中，后自请往匈奴和亲，促进了汉与匈奴的友好关系。

[6] 和：和亲。指结成婚姻关系以维护两国之间的友好。

[7] 充行：汉代和亲政策，名义上是以公主远嫁外族，但实际上多以其他女子充任出行。汉元帝时，匈奴的实力、地位下降，王嫱是否以公主身份北嫁匈奴，史书无明确记载，但这里“充行”的“充”字，却立意于此。

【译文】汉元帝的宫女增多以后，于是派画工描摹她们的模样，想要召唤时，就翻阅画像召见她们。宫女相貌平常的，都向画工行贿。王昭君姿容非常美丽，立志不苟且求情，画工就丑化她的容貌。后来匈奴来和亲，向汉帝求赐美女，元帝就以昭君充数前往。召见之后又舍不得她，但名字已经送出，不想中途更改，昭君于是就去了。

班婕妤辩诬

汉成帝幸赵飞燕[1]，飞燕谗班婕妤祝诅[2]，于是考问[3]。辞曰[4]：“妾闻‘死生有命，富贵在天’[5]。修善尚不蒙福，为邪欲以何望？若鬼神有知，不受邪佞之诉[6]；若其无知，诉之何益？故不为也。”

注释

[1] 汉成帝：刘骜（ào）。名骜，字太孙，西汉第九代皇帝，汉元帝之子。在位期间沉溺酒色，不问政事，导致王莽专擅朝政。幸：宠爱。赵飞燕：生于西汉京师长安（今陕西西安），出身微贱，家境贫穷，汉成帝第二任皇后。能歌善舞，因身体轻捷而号为“飞燕”。

[2] 谗：诬告。班婕妤（jié yú）：西汉雁门楼烦（今山西宁武附近）人，名不详。少小有才学，成帝时被选入宫，立为婕妤。婕妤，宫中女官名，是帝王妃嫔的称号。祝诅（zǔ）：告求鬼神降祸于憎恶的人。

[3] 考问：审问。

[4] 辞：供词。

[5] 妾：古代妇女自称的谦词。“死生有命，富贵在天”：语出《论语·颜渊》。

[6] 邪佞：奸邪善辩的人。诉：谗害。

【译文】汉成帝宠幸赵飞燕，飞燕诬告班婕妤祈求鬼神加祸于她，于是审问班婕妤。她的供词说：“我听说‘死生取决于命运，富贵听从天安排’。行善尚且不能蒙福，为恶又想指望什么？如果鬼神有知觉，就不会接受奸邪巧辩之人的诽谤；如果鬼神没有知觉，诽谤又有什么益处？所以我不做这种事。”

许允妇捉裾停夫

许允妇是阮卫尉女[1]，德如妹[2]，奇丑[3]。交礼竟[4]，允无复入理，家人深以为忧。会允有客至，妇令婢视之，还，答曰："是桓郎[5]。"桓郎者，桓范也。妇云："无忧[6]，桓必劝入。"桓果语许云[7]："阮家既嫁丑女与卿，故当有意，卿宜察之。"许便回入内，既见妇，即欲出。妇料其此出无复入理，便捉裾停之[8]。许因谓曰："妇有四德[9]，卿有其几?"妇曰："新妇所乏唯容尔[10]。然士有百行，君有几?"许云："皆备。"妇曰："夫百行以德为首。君好色不好德，何谓皆备?"允有惭色，遂相敬重[11]。

注释

[1] 许允：三国魏河间高阳（今河北高阳东）人，名允，字士宗。出身世家大族，少小有声名。曾任侍中、尚书、中领军，后受李丰、夏侯玄谋刺司马氏一事牵连，被司马师所害。阮卫尉：指阮共。三国魏陈留尉氏（今属河南）人，名共，字伯彦。曾任卫尉卿。卫尉，即卫尉卿，官名。掌管宫门警卫。

[2] 德如：阮侃。名侃，字德如，阮共之子。聪慧好学，博习方技。曾任河内太守。

[3] 奇：很，特别。

[4] 交礼：结婚时男女双方行对拜礼。

[5] 桓郎：指桓范。三国魏沛国龙亢（在今安徽怀远西北）人，名范，字元则。卓有文才，雅善丹青。曾任大司农。郎，对青年男子的美称。

[6] 无：同"毋"，不要。

[7] 语（yù）：对……说。

[8] 捉：拉住。裾（jū）：衣襟。停：用作使动，使……停下。

[9] 四德：妇德、妇言、妇容、妇功（善于纺绩）。

[10] 新妇：新婚妇女或已婚妇女的称呼及自称，丈夫也可称妻子为新妇。

[11] 相：指代性副词，偏指“她”。

【译文】许允的妻子是阮卫尉的女儿，阮德如的妹妹，相貌特别丑陋。交拜礼完毕后，许允没有进洞房的意思，家中人深为忧虑。恰巧许允有客人来到，妇人让婢女看看是谁，回来，答道：“是桓郎。”桓郎，就是桓范。妇人说：“不必担心，桓一定会劝他进来。”桓果然对许说：“阮家既然嫁丑女给你，肯定是有缘故的，你应该细心体察。”许便回身进入房内，见到妻子后，立刻又想出去。妇人料想他这一去就没有再进来的可能，就抓住他的衣襟让他停下。许于是对她说：“妇人应该有四德，你有其中几条？”妇人说：“我缺少的只是美貌而已。但是士人应该有各种好品行，您有几条？”许说：“全都具备。”妇人说：“各种好品行中以德行为首。您好色不好德，哪能说全都具备？”许允面有愧色，从此就开始敬重她。

许允妇教儿免祸

许允为晋景王所诛[1]，门生走入告其妇[2]。妇正在机中，神色不变，曰：“蚤知尔耳[3]。”门人欲藏其儿，妇曰：“无豫诸儿事[4]。”后徙居墓所[5]，景王遣锺会看之[6]，若才流及父，当收[7]。儿以咨母[8]，母曰：“汝等虽佳，才具不多，率胸怀与语[9]，便无所忧。不须极哀，会止便止；又可少问朝事[10]。”儿从之。会反[11]，以状对，卒免。

注释

[1] 许允：本门已见。晋景王：司马师。三国河内温县（今河南温县西南）人，名师，字子元，司马懿之子。继其父任魏大将军，专国政。后废魏帝

曹芳，立曹髦（mào），不久病死。晋国初建，追尊为景王；司马炎称帝，追尊为景帝。

[2] 门生：门下供使唤的人。

[3] 蚤：同“早”。尔：这样。

[4] 豫：关涉。

[5] 徙居墓所：迁居到墓地。我国自古即有孝子为父母守孝而居墓所的习俗，但实行并不严格。这里既表示为许允守墓，又意味着借以躲避司马氏的迫害。

[6] 锺会：见 P022《言语·二锺答文帝问》注 [1]。

[7] 收：拘捕。

[8] 咨：询问。

[9] 率：任由。

[10] 可：应该。少：稍稍。

[11] 反：同“返”，返回。

【译文】许允被晋景王杀害，门生跑来告诉他的妻子。妇人正在织机上，神色没有改变，说：“早知会这样的。”门生想藏起许允的儿子，妇人说：“不关孩子们的事。”后来迁居到墓地，景王派锺会去观察孩子，如果才能流品赶得上父亲，就要逮捕。孩子请教母亲，母亲说：“你们虽然很好，但是才干不高，敞开胸怀与他谈话，就没有可忧虑的。不要极度哀痛，锺会止哀，你们就止哀；又应该稍稍问些朝中的事。”儿子听从了她的话。锺会回去后，将情况回报给景王，孩子终于免祸。

诸葛诞女答夫谑

王公渊娶诸葛诞女[1]，入室，言语始交，王谓妇曰：“新妇神色卑下[2]，殊不似公休[3]！”妇曰：“大丈夫不能仿佛彦云[4]，而令妇人比踪英杰[5]！”

注释

[1] 王公渊：王广。三国魏太原祁（今山西祁县东）人，名广，字公渊。

有风度才学，名声很高。曾任屯骑校尉、尚书。诸葛诞：见 P114《品藻·诸葛门三兄弟》注 [1]。

[2] 新妇：新婚妇女或已婚妇女的称呼及自称，丈夫也可称妻子为新妇。

[3] 殊：很，非常。公休：是诸葛诞的字，王广直呼岳父之字，含戏谑的意味。下文其妻直呼公爹之字彦云，意在回击丈夫。魏晋时期，字的礼尊意味开始减弱，直呼尊长者的字，是不敬重的行为。

[4] 仿佛：仿效。彦云：王凌。名凌，字彦云，王广之父。汉末任中山太守，仕魏任散骑常侍、兖州刺史、太尉。

[5] 比踪：与……并列。

【译文】 王公渊娶诸葛诞女为妻，进入内室，刚开始交谈，王对妻子说："新妇神色低下，一点也不像你父亲公休！"妻子说："大丈夫不能仿效您父亲彦云，却让妇人与英杰媲美！"

陶公母湛氏

陶公少有大志[1]，家酷贫，与母湛氏同居[2]。同郡范逵素知名[3]，举孝廉[4]，投侃宿。于时冰雪积日，侃室如悬磬[5]，而逵马仆甚多。侃母湛氏语侃曰[6]："汝但出外留客，吾自为计。"湛头发委地[7]，下为二髲[8]，卖得数斛米。斫诸屋柱[9]，悉割半为薪，锉诸荐以为马草[10]。日夕，遂设精食，从者皆无所乏。逵既叹其才辩，又深愧其厚意。明旦去，侃追送不已，且百里许[11]。逵曰："路已远，君宜还。"侃犹不返。逵曰："卿可去矣。至洛阳[12]，当相为美谈[13]。"侃乃返[14]。逵及洛，遂称之于羊晫、顾荣诸人[15]，大获美誉。

注释

[1] 陶公：指陶侃。见 P042《政事·陶公性检厉》注 [1]。

[2] 湛氏：西晋豫章新淦（今江西新干）人，家居贫贱，贤惠勤劳，陶侃之生母。氏，在娘家的姓后面加上“氏”字，是古代称呼已婚女子的常见方式。

[3] 范逵：西晋鄱阳（治所在今江西鄱阳北）人。曾举孝廉，生平事迹不详。

[4] 举：推举。孝廉：选举官吏的科目，要求是孝顺廉洁，被选中的人也称为孝廉。

[5] 室如悬磬（qìng）：比喻空无所有。磬，一种石制的敲击乐器，悬挂在架子上奏乐。

[6] 语（yù）：对……说。

[7] 委：下垂。

[8] 髲（bì）：假发。

[9] 斫（zhuó）：砍，削。

[10] 锉（cuò）：切碎。荐：草垫。

[11] 许：用在数词或数量词后，表示约数。

[12] 洛阳：西晋京都。故城在今河南洛阳东洛水北岸。

[13] 相：指代性副词，偏指“你”。

[14] 侃乃返：陶侃才返回。这与范如何称呼陶也有一定的关系。范先说“君宜还”，陶不肯返回；后说“卿可去矣”，陶才肯返回。称人为“君”虽属礼敬，但略显生分；称人为“卿”则语含亲昵，听者自觉暖心。参看《方正·庾子嵩卿王太尉》。

[15] 羊晫（zhuó）：西晋豫章（治所在今江西南昌）人。《晋书·陶侃传》作“杨晫”，其时为豫章郎中令，生平事迹不详。顾荣：见 P008《德行·有欲炙之色》注 [1]。

【译文】陶公年轻时有远大志向，家中极为贫困，与母亲湛氏一起居住。同郡范逵一向有名望，被举荐为孝廉，投宿于陶侃家。当时连日冰雪，陶侃家一无所有，而范逵马匹随从很多。侃母湛氏对陶侃说：“你只管到外面留住客人，我自己想办法。”湛氏长发垂地，剪下做成两副假发，卖后换了几斛米。又将多根屋柱全都劈下一半来当柴禾，还铡碎多个草垫作为马料。傍晚，就备好精美的饮食，随从也都没有亏缺。范逵既赞叹陶侃的才华言谈，又愧谢他的深厚情意。第二天早晨离去时，陶侃追随相送不止，走了将近一百来里。范逵说："路已走得很远了，您应该回去了。"陶侃仍然不返回。范逵说："你可以回去了。到洛阳后，一定替你美言。"陶侃这才返回。范逵到了洛阳，就向羊晫、顾荣等人赞扬他，陶侃大获美誉。

陶母封鲊责侃

陶公少时作鱼梁吏[1]，尝以坩鲊饷母[2]。母封鲊付使，反书责侃曰[3]："汝为吏，以官物见饷[4]，非唯不益，乃增吾忧也。"

注释

[1] 陶公：指陶侃。本门已见。鱼梁：一种捕鱼的设施。用土石横截水流，留一缺口，让鱼随水流入竹篓之类容器中。

[2] 坩（gān）：盛物的器皿。鲊（zhǎ）：腌制的鱼。

[3] 反书：回信。反，同"返"。

[4] 官物：公家物品。见饷：赠送给我。见，指代性副词，偏指"我"。

【译文】 陶公年轻时任管理鱼梁的小吏，曾将一罐腌鱼送给母亲。母亲将腌鱼封好交给送来的人，回信责备陶侃说："你当官吏，用公家的东西送给我，不但没有好处，反而增添我的忧虑啊。"

桓车骑著新衣

桓车骑不好著新衣[1]，浴后，妇故送新衣与[2]。车骑大怒，催使持去。妇更持还[3]，传语云："衣不经新，何由而故？"桓公大笑，著之。

注释

[1] 桓车骑：指桓冲。见P150《豪爽·河朔以其名断疟》注 [9]。下文"桓公"也是指他。著（zhuó）：穿，戴。

[2] 故：特意。

[3] 更：又一次。

【译文】 桓车骑不喜欢穿新衣服，洗澡后，妻子特意送新衣服给他。车骑非常生气，催促着让人拿走。妻子再次拿回来，传话说："衣服不经过新的，怎么会成为旧的？"桓公大笑，就穿上了新衣。

谢夫人大薄凝之

王凝之谢夫人既往王氏[1]，大薄凝之[2]。既还谢家，意大不说[3]。太傅慰释之曰[4]："王郎，逸少之子[5]，人身亦不恶[6]，汝何以恨乃尔[7]？"答曰："一门叔父，则有阿大、中郎[8]；群从兄弟，则有封、胡、遏、末[9]。不意天壤之中[10]，乃有王郎！"

注释

[1] 王凝之：与下文"谢夫人、胡"，分见P032《言语·寒雪日内集》注 [7]、注 [5]、注 [3]。谢夫人：指谢道韫。

[2] 薄：看不起。

[3] 说（yuè）：同“悦”，喜悦。

[4] 太傅：指谢安。见P012《德行·我常自教儿》注[1]。

[5] 逸少：王羲之。见P031《言语·王、谢共登冶城》注[1]。

[6] 不恶：不差。

[7] 恨：遗憾。乃尔：这样。

[8] 阿大：指谢尚。见P052《文学·殷中军下都》注[4]。中郎：指谢据。谢安之次兄，早死。古代兄弟是三人时，则称老二为中。谢安兄弟六人，仍称老二为中，大约是生至兄弟三人时，已称之为中，后沿用而未改。

[9] 封：谢韶的小字。谢韶，字穆度，官至车骑司马。胡：谢朗的小字。遏：谢玄的小字。谢玄，见P033《言语·欲者不多》注[3]。末：谢渊的小字。谢渊，字叔度，官至义兴太守。

[10] 意：料想。

【译文】王凝之谢夫人嫁到王家后，很看不起凝之。回到谢家，心意极为不悦。太傅宽慰她说：“王郎是逸少的儿子，人才也不差，你为什么不满意到这个地步？”回答说：“同一家门的叔父中，有阿大、中郎这等人物；本家兄弟中，又有封、胡、遏、末之类人才。没料到天地之间，竟有这么个王郎！”

王夫人与顾家妇

谢遏绝重其姊[1]，张玄常称其妹[2]，欲以敌之[3]。有济尼者[4]，并游张、谢二家，人问其优劣，答曰：“王夫人神情散朗[5]，故有林下风气[6]；顾家妇清心玉映[7]，自是闺房之秀[8]。”

注释

[1] 谢遏：谢玄。本门已见。其姊：指谢道韫。本门已见。下文“王夫人”也是指她。这里“王夫人”的称谓方式与本门《谢夫人大薄凝之》中的

"谢夫人"不同，分别在"夫人"前冠以夫家姓或娘家姓，两种称谓方式在《世说新语》中均有使用，但前者仅此一处。

[2] 张玄：又作张玄之。（丁国钧《晋书校文》卷四认为二者是同一人，刘孝标《世说新语注》也认为是同一人）东晋人，籍贯不详，字祖希。少时以学闻名。曾任吏部尚书、冠军将军、吴兴太守。

[3] 敌：匹敌。

[4] 济尼：名叫作济的尼姑。

[5] 神情：神采。

[6] 故：确实。林下风气：竹林名士的气质风度。

[7] 顾家妇：据文意，张玄之妹嫁给顾家，所以称为顾家妇。

[8] 闺房之秀：妇女中的优秀人物。济尼的话貌似各言其美，其实是委婉地表示顾家妇比不上王夫人。

【译文】谢遏极为推重自己姐姐，张玄常常称赞自己妹妹，想以她同谢遏姐姐匹敌。有个名叫济的尼姑，与张、谢两家都有交往，有人问她二人的高下，回答说："王家夫人神采洒脱爽朗，确有竹林名士风韵；顾家媳妇心地清纯洁净，自是妇女中的英杰。"

眼耳关于神明

王尚书惠尝看王右军夫人[1]，问："眼耳未觉恶不[2]？"答曰："发白齿落，属乎形骸[3]；至于眼耳，关于神明[4]，那可便与人隔[5]！"

注释

[1] 王尚书惠：王惠。晋末宋初琅邪临沂（今属山东）人，名惠，字令明，王羲之的族孙。少小有才辩，不事交游。入宋后任尚书、吴兴太守，拜吏部尚书。尚书，指吏部尚书。吏部是六部之一，掌管官吏任免、考课、升调等事务，其首长为吏部尚书。王右军夫人：郗璇。名璇，字子房，其时

年已九十。

[2] 恶：不好。指官能衰退。不（fǒu）：同“否”。

[3] 属乎：属于。

[4] 神明：精神韵致。

[5] 隔：隔离。眼耳是与外界保持联系的主要器官，眼耳不灵便就等于与外界隔绝。

【译文】 尚书王惠曾经去看望王右军的夫人，问：“眼睛耳朵没有觉得不好吧？”回答说：“头发转白，牙齿脱落，属于形体上的事；至于眼睛耳朵，关系到精神，哪能就与别人隔绝呢！”

二十、术解

术解，指精通技艺与方术。汉末魏晋时期，人们将占卜、算卦、相面、相马、堪舆（看风水），以及医药、音乐等诸多方面的技能统统称为方术。本门涉及的古代各个方面的技艺，以后世的科学观念进行分析，有不少内容还是符合或是接近科学原理的，当然其中也不可避免地夹带一些迷信的成分。

本门收录言行轶事十一条，从方术包含的多个方面展现了古人某些特殊技能已经炉火纯青。有的善解音律，有的擅长占卜，有的精通医道，有的长于相马。需要说明的是，在所有故事中，与占卜相关的内容将及半数，连身为至尊的晋明帝也“解占冢宅”，甚至能对占卜名家郭璞的意见提出质疑，由此可见其时占卜风气影响之广泛与深远。

本书选译的四则故事中，值得品味承传的传统技艺多种多样，不过封建迷信因素也所在多有，同学们应该注意分辨抉择。

荀勖伏阮神识

荀勖善解音声[1]，时论谓之“暗解”[2]，遂调律吕[3]，正雅乐[4]。每至正会[5]，殿庭作乐，自调宫商[6]，无不谐韵。阮咸妙赏[7]，时谓“神解”[8]。每公会作乐，而心谓之不调。既无一言直勖[9]，意忌之，遂出阮为始平太守[10]。后有一田父耕于野，得周时玉尺，便是天下正尺[11]。荀试以校己所治钟鼓、金石、丝竹[12]，皆觉短一黍[13]，于是伏阮神识[14]。

注释

[1] 荀勖（xù）：魏晋期间颍川颍阴（今河南许昌）人，名勖，字公曾。聪明好学，博学多才。仕魏任安阳令、从事中郎，入晋后任侍中、光禄大夫、尚书令，封济北郡公。因善解乐律，掌管乐事。

[2] “暗解”：默识。指心中自然理解。

[3] 律吕：古代用十二个长度不同的律管，吹出高度不同的标准音，以确定乐音的高低，叫做“十二律”。奇数六律为阳律，也叫“六律”；偶数六律为阴律，也叫“六吕”。合称为“律吕”。

[4] 雅乐：用于郊庙朝会等隆重场合的正乐。

[5] 正（zhēng）会：元旦（农历正月初一，即今春节）集会。

[6] 宫商：古代将音阶定为宫、商、角、徵（zhǐ）、羽五级，称为五音或五声，五音配合构成音乐。这里举宫商以代表五个音阶。

[7] 阮咸：西晋陈留尉氏（今属河南）人，名咸，字仲容，阮籍之侄，“竹林七贤”之一，世人将阮籍与他并称为“大小阮”。曾任散骑侍郎、始平太守。

[8] “神解”：出神入化的理解。

[9] 直：用作意动，认为……正确。

[10] 出：出任地方官。始平：郡名。治所在今陕西兴平东南。

[11] 正尺：标准尺。

[12] 钟鼓、金石、丝竹：泛指各类乐器。金石，指钟与磬；丝竹，指琴瑟与箫管。

[13] 觉（jiào）：同“较”，相差。黍：指一粒黍的长度。

[14] 伏：同“服”，佩服。

【译文】荀勖精通音乐声律，时人认为他是自然理解，于是他调节乐律，校正雅乐。每到元旦集会，殿堂奏乐，他亲自调整音律，无不谐调合韵。阮咸欣赏水平精妙，时人说他的理解出神入化。每次公事集会奏乐，心中都认为不协调。既然没有一句肯定荀勖的话，荀心中忌恨他，就外放他担任始平太守。后来有一个农夫在田野耕作，得到一根周代玉尺，就是天下标准尺。荀试着用它来校正自己定音的钟鼓、金石、丝竹各种乐器，都比它短一黍米，于是佩服阮的神妙见识。

晋明帝微服问葬

晋明帝解占冢宅[1]，闻郭璞为人葬[2]，帝微服往看[3]，因问主人：“何以葬龙角[4]？ 此法当灭族！”主人曰：“郭云此葬龙耳，不出三年，当致天子[5]。”帝问：“为是出天子邪?”答曰：“非出天子，能致天子问耳。”

注释

[1] 晋明帝：司马绍。见P117《品藻·一丘一壑，过之》注 [1]。占：占卜，一种预测吉凶的迷信方法。冢宅：墓地。

[2] 郭璞：晋河东闻喜（今属山西）人，名璞，字景纯。博学有高才，通阴阳、天文、历算、占卜之术。曾任著作佐郎，后任王敦记室参军。王敦谋反，他占卜说必败，因而被杀。

[3] 微服：为隐瞒身份而改换平民服装。

[4] 龙角：古代占冢宅时认为，墓地

整体要厚实，地形要高敞，前要有水涧，后要有山冈。将整个墓地比附为一条龙，棺柩埋葬在龙的鼻子或额头上，就会大吉大利；埋葬在龙的两角或双眼上，就要全族灭亡。

[5] 致：招引。这句中的“致”字有两种理解，一是使得死者家中产生天子，二是使得天子到这里来。下文晋明帝的问话是第一种含义，主人的答话是第二种含义。

【译文】晋明帝会看墓地风水，听说郭璞给人家选择坟地，就换上便装前去观看，接着问主人：“为什么葬在龙角上？这种葬法是要灭族的！”主人说：“郭璞说这是葬在龙耳上，不出三年，就能够招来天子。”明帝问：“莫非是出个天子吗？”回答说：“不是出天子，是能招来天子询问而已。”

郗愔常患腹内恶

郗愔信道甚精勤[1]，常患腹内恶，诸医不可疗。闻于法开有名[2]，往迎之。既来便脉[3]，云：“君侯所患[4]，正是精进太过所致耳[5]。”合一剂汤与之[6]。一服即大下，去数段许纸[7]，如拳大，剖看，乃先所服符也[8]。

注释

[1] 郗愔：见P141《捷悟·郗嘉宾更作笺》注 [1]。

[2] 于法开：东晋僧人，精于医术，生平事迹不详。

[3] 脉：用作动词，诊脉。

[4] 君侯：对高贵者的尊称。

[5] 精进：宗教信徒用语。指专心致志，不懈求取。

[6] 汤：中药汤剂。

[7] 许：用在数词或数量词后，表示约数。

[8] 符：又称“符箓”，道士画的神秘图形。以水服下，据说可以驱鬼、镇邪、祛病、延年。

【译文】郗愔信奉道教非常虔诚勤勉，常常腹内不舒适，很多医生都治不好。听说于法开有名气，就去接他来。来后就诊脉，说："您所患的病，只是修行过度造成的啊。"配制一剂汤药给他。一服药后马上大泻，泻出好几段纸，如拳头大小，剖开一看，竟是先前吞服的符箓。

殷中军妙解经脉

殷中军妙解经脉[1]，中年都废[2]。有常所给使[3]，忽叩头流血。浩问其故，云："有死事，终不可说。"诘问良久，乃云："小人母年垂百岁[4]，抱疾来久，若蒙官一脉[5]，便有活理。讫就屠戮无恨[6]。"浩感其至性，遂令舁来[7]，为诊脉处方。始服一剂汤便愈。于是悉焚经方[8]。

注释

[1] 殷中军：指殷浩。见 P044《政事·不敢夜行》注 [1]。经脉：中医学指人体气血运行的通路。指经络脉理，即中医治病的道理。

[2] 都：全都。

[3] 所给使：供使唤的人。

[4] 小人：下级对上级说话时的自称。垂：将近。

[5] 官：对高贵者的尊称。常用于吏属称呼府主、奴仆称呼主人。

[6] 讫：完毕。

[7] 舁（yú）：抬。

[8] 经方：医药方书。

【译文】殷中军精通经络脉理，中年后全都荒废了。有一名常常使唤的仆役，突然跪下叩头，直至头破血流。殷浩问其中缘故，说："有件关系人命的事，但终归不该说。”追问许久，才说：“小人母亲年近百岁，生病已经很久，如果蒙您诊一次脉，就有活下来的可能。事成之后，就算被杀也不遗憾。”殷浩被他的深厚孝心所感动，就让抬来，给他母亲诊脉开处方。刚刚服下一剂汤药就痊愈了。从此殷浩将医药方书全都烧了。

二十一、巧艺

巧艺，指精巧的技艺。这里包括绘画、书法、建筑、棋艺、骑射，而以反映绘画、书法数量最多。按照我国传统的分类标准，艺与术本为一类，合称“艺术”：“艺谓书、数、射、御，术谓医、方、卜、筮。”《世说新语》将之拆分为两门，既可以说明其时分类趋于细密，又可以说明这些行当越来越受到社会与人们的重视。

本门收录言行轶事十四条，彰显了其时不同门类的能工巧匠们超凡脱俗的技艺与才情。有的描摹人像注重神情，有的重视书法传承后世，有的模仿他人字迹分毫不爽，有的描摹逝者形象栩栩如生。正是这些技艺的不断成熟，包括绘画理论的初具规模，使得魏晋时期的书画成就，在历史上占有重要地位。

本书选译的四则故事中，值得学习鉴赏之处甚多，但借助书画艺术以谋取私利，似乎有悖于高尚的艺术精神，同学们是完全能够理解的。

荀济北惩治锺会

锺会是荀济北从舅[1]，二人情好不协[2]。荀有宝剑，可直百万[3]，常在母锺夫人许[4]。会善书，学荀手迹，作书与母取剑，仍窃去不还[5]。荀勖知是锺而无由得也，思所以报之。后锺兄弟以千万起一宅[6]，始成，甚精丽，未得移住。荀极善画，乃潜往画锺门堂作太傅形象[7]，衣冠状貌如平生。二锺入门，便大感恸，宅遂空废。

注释

[1] 锺会：与下文“太傅”，分见 P022《言语·二锺答文帝问》注 [1]、注 [3]。荀济北：指荀勖。见 P194《术解·荀勖伏阮神识》注 [1]。

[2] 情好：感情。

[3] 直：同“值”，用作动词，价值上与……相当。

[4] 许：处所。

[5] 仍：于是。

[6] 锺兄弟：指锺毓、锺会。下文“二锺”也是指他们。门堂：门侧的厅堂。

[7] 太傅：指锺繇。“二锺”之父亲。形象：画像。

【译文】锺会是荀济北的堂舅，两人感情不和。荀有宝剑，价值约百万钱，常放在母亲锺夫人那里。锺会善于书法，模仿荀的笔迹，写信给母亲锺夫人索取宝剑，于是窃取后就不归还。荀勖知道是锺所为却无法要回，就寻思报复他的办法。后来锺氏兄弟花费千万钱建造一所住宅，刚建成，很是精致漂亮，尚未搬过去住。荀极擅长绘画，就偷偷进入新宅在门堂画上锺太傅肖像，衣冠容貌与活着时一样。二锺进门，就大为感伤悲痛，新宅于是闲置不用。

戴安道画行像

戴安道中年画行像甚精妙[1]。庾道季看之[2]，语戴云[3]："神明太俗[4]，由卿世情未尽[5]。"戴云："唯务光当免卿此语耳[6]。"

注释

[1] 戴安道：戴逵。见P087《雅量·悠然知其量》注[1]。行像：佛像。

[2] 庾道季：庾龢。见P122《品藻·厌厌如九泉下人》注[1]。

[3] 语（yù）：对……说。

[4] 神明：精神韵致。

[5] 世情：世俗情欲。

[6] 务光：夏代末年隐士，相传商汤要将天下让给他，他耻于接受，投水而死。当：大概。表示推测。

【译文】戴安道中年以后画佛像，画得非常精妙。庾道季见到后，对戴说："精神韵致太俗，是因为你的世俗情欲未尽。"戴说："只有务光或许能免去你这评论啊。"

谢幼舆在岩石里

顾长康画谢幼舆在岩石里[1]。人问其所以，顾曰："谢云：'一丘一壑[2]，自谓过之。'此子宜置丘壑中。"

注释

[1] 顾长康：顾恺（kǎi）之。东晋晋陵无锡（今属江苏）人，名恺之，字长康。博学有才，多才多艺，有"才绝、画绝、痴绝"之称。曾任桓温及殷仲堪参军，后任通直散骑常侍。谢幼舆：谢鲲。见P117《品藻·一丘一

壑，过之》注 [1]。

[2] 一丘一壑：丘壑是隐士居住的地方。指退隐山林，纵情山水。谢鲲的这两句话，是回答晋明帝询问时，表示自己处理政务比不上庾亮，但在深山幽谷中陶冶性情则超过庾亮。参看《品藻·一丘一壑，过之》。

【译文】 顾长康给谢幼舆画像，将他画在山崖乱石中。有人问这是为什么，顾说："谢说过：'纵情于丘壑之中，自认为超过他。'这位先生应该安置在深山幽谷中。"

画人或不点目精

顾长康画人[1]，或数年不点目精[2]。人问其故，顾曰："四体妍蚩[3]，本无关于妙处，传神写照[4]，正在阿堵中[5]。"

注释

[1] 顾长康：顾恺之。本门已见。

[2] 目精：瞳孔。

[3] 妍蚩（yán chī）：美貌丑陋。蚩，同"媸"，相貌丑陋。

[4] 写照：写真。

[5] 正：只，仅仅。阿堵：这，这个。

【译文】 顾长康画人像，有时几年都不点上瞳仁。有人问其中缘故，顾说："四肢的美丑，本来就与神妙之处无关，画像要传神，只在这里面。"

二十二、宠礼

宠礼，指宠幸与礼遇，本来指得到帝王或高官的优待，这当然是常人求之不得的机会。但在魏晋时期，特别是东晋朝廷偏安一隅的情况下，统治者对于下属的表彰与奖励，显然带有笼络人心以稳固自身统治的目的。最典型的事例是，晋元帝正月朝会硬拉丞相王导同登御床接受祝贺，正反映了皇权的疲弱与世族的强势。

本门收录言行轶事六条，从若干侧面透过宠幸与礼遇，表现对于臣下或部属的器重与拉拢。有的说到桓温宠幸王珣、郗超使之享誉荆州，那是因为看重二人的才能与器望；有的说到许询深受京兆尹刘惔的厚爱，刘无日不前往探望。这种种宠礼，无论出于招揽人才，抑或笼络人心，都是适应不同需求的必要手段。

本书选译的三则故事中，值得仔细体会之处不少，但受笼络者对笼络者的用意其实已经心知肚明，也是同学们需要探究思索的。

太阳与万物同晖

元帝正会[1]，引王丞相登御床[2]，王公固辞[3]，中宗引之弥苦[4]。王公曰："使太阳与万物同晖，臣下何以瞻仰！"

注释

[1] 元帝：指晋元帝司马睿。见P133《规箴·元帝命酌酒一酣》注 [1]。正（zhēng）会：元旦（农历正月初一，即今春节）集会。

[2] 王丞相：指王导。见P026《言语·新亭对泣》注 [6]。御床：帝王的坐具。

[3] 固辞：坚决推辞。

[4] 中宗：晋元帝的庙号。庙号是帝王死后在太庙里受奉祀时追尊的名号，也是后世对殁世帝王的一种称谓。苦：竭尽全力。

【译文】晋元帝元旦朝会群臣，拉着王丞相一起登上御座，王公坚决推辞，中宗拉他更是竭尽全力。王公说："如果太阳与万物同辉，臣下又怎么瞻仰呢！"

髯参军，短主簿

王珣、郗超并有奇才[1]，为大司马所眷拔[2]。珣为主簿[3]，超为记室参军[4]。超为人多髯[5]，珣状短小。于时荆州为之语曰[6]："髯参军，短主簿，能令公喜，能令公怒[7]。"

注释

[1] 王珣：见 P036《言语·丞相初营建康》注 [2]。郗超：见 P095《识鉴·不以爱憎匿善》注 [1]。

[2] 大司马：指桓温。见 P029《言语·木犹如此》注 [1]。眷拔：器重提拔。

[3] 主簿：官名。中央机构及地方官府的属官，负责文书簿籍，掌管印鉴，为掾史之首。

[4] 记室参军：官名。掌管章表、书记、文檄。

[5] 髯（rǎn）：面颊上的胡须。

[6] 荆州：州名。治所在今湖北江陵。

[7] 能令公喜，能令公怒：意思是能左右桓温喜怒好恶等感情。公，对人的尊称。

【译文】王珣、郗超都有突出的才能，受到桓大司马的器重提拔。王珣担任主簿，郗超担任记室参军。郗超胡须浓密，王珣身材矮小。当时荆州人给他们编了几句话说："大胡子参军，矮个子主簿，能让桓公欢喜，能让桓公发怒。"

我成轻薄京尹

许玄度停都一月[1]，刘尹无日不往[2]，乃叹曰："卿复少时不去，我成轻薄京尹[3]。"

注释

[1] 许玄度：许询。见 P107《赏誉·才情过于所闻》注 [1]。停都：停留在京都。都，指东晋京都建康（今江苏南京）。

[2] 刘尹：指刘惔。见 P011《德行·莫得淫祀》注 [1]。

[3] 轻薄：轻佻而不庄重。京尹：京兆尹。首都所在地的行政长官。

【译文】 许玄度在京城住了一个月，刘尹无日不去看望，于是感慨说："你再过段时间不走，我就成轻薄京尹了！"

二十三、任诞

任诞，指任性放纵。正如后人概括的那样，魏晋名士“指礼法为流俗，目纵诞以清高”，他们标榜这种狂放不羁、蔑视礼制、傲对权贵、愤世嫉俗的行为，认为这些才是真正的名士风流。究其原因，固然有其躲避斗争、远离祸端的一面，但也有不少人借放荡旷达为名，而行不加节制纵情享乐之实。

本门收录言行轶事五十四条，从多个角度表现了魏晋士大夫越名教而任自然、借醉酒而浇忧愁的风气。有的写阮籍嫂尝还家，阮去道别，有人讥讽他，阮说：“礼岂为我辈设也!”有的写王子猷夜访戴，“经宿方至，造门不前而返”。有的写刘伶纵酒放达，“脱衣裸形在屋中”。这种风气极有可能影响到年轻一代的生活态度，造成难以挽回的后果。

本书选译的十二则故事中，可以显露出士大夫心中也有悲苦，但对于为追求任诞而不再顾及其他的越礼行为，同学们应该是能够正确分析的。

世谓“竹林七贤”

陈留阮籍、谯国嵇康、河内山涛三人年皆相比[1]，康年少亚之[2]。预此契者[3]，沛国刘伶、陈留阮咸、河内向秀、琅邪王戎[4]。七人常集于竹林之下，肆意酣畅[5]，故世谓“竹林七贤”[6]。

注释

[1] 陈留：国名。治所在今河南开封东南。阮籍：见P007《德行·阮嗣宗至慎》注[1]。谯：郡名。治所在今安徽亳州。谯在三国期间置为郡，西晋期间置为国，这里是用西晋时的名称记述。嵇康：见P048《文学·锺会撰〈四本论〉》注[2]。河内：郡名。治所在今河南武涉西。山涛：见P033《言语·欲者不多》注[1]。相比：相仿。

[2] 亚：次于。

[3] 契：聚会。

[4] 沛：国名。治所在今安徽濉溪西北。刘伶：见P156《容止·刘伶土木形骸》注[1]。阮咸：见P194《术解·荀勖伏阮神识》注[7]。向秀：见P050《文学·向、郭二〈庄〉》注[2]。琅邪：国名。治所在今山东临沂北。王戎：见P082《雅量·诸小儿竞取李》注[1]。

[5] 酣畅：尽情饮酒。

[6] “竹林七贤”：七贤不拘礼法、放情山水，常在竹林之下纵酒畅饮，所以有此称呼。

【译文】陈留阮籍、谯国嵇康、河内山涛三人年纪相仿，嵇康稍小一些。参加这一聚会的，还有沛国刘伶、陈留阮咸、河内向秀、琅邪王戎。七个人常聚集在竹林之下，纵情畅饮，所以世人称为“竹林七贤”。

阮籍重丧进酒肉

阮籍遭母丧[1]，在晋文王坐进酒肉[2]。司隶何曾亦在坐[3]，曰："明公方以孝治天下[4]，而阮籍以重丧显于公坐饮酒食肉[5]，宜流之海外[6]，以正风教[7]。"文王曰："嗣宗毁顿如此[8]，君不能共忧之，何谓？且有疾而饮酒食肉，固丧礼也[9]。"籍饮啖不辍[10]，神色自若。

注释

[1] 阮籍：字嗣宗。本门已见。

[2] 晋文王：司马昭。见P007《德行·阮嗣宗至慎》注[1]。坐：同"座"。下文"坐"字同。

[3] 司隶：指司隶校尉。主管督察京师百官（太尉、司徒、司空除外）及所辖附近各郡。至东晋罢废。何曾：三国魏陈郡阳夏（今河南太康）人，名曾，字颖考。好学博闻，生活奢侈。仕魏任司隶校尉，入晋后任侍中、太保，官至太宰。

[4] 明公：对有名位长官的尊称。

[5] 重丧：父母的丧事。这里指母丧。

[6] 海外：本指国境以外，泛指边远地区。

[7] 风教：风俗教化。

[8] 毁顿：居丧过哀而极度疲惫。

[9] 固丧礼也：《礼记·曲礼上》中说，居丧时有疾则饮酒食肉，不能完成丧礼仪制则视为不慈不孝。

[10] 辍：停止。

【译文】阮籍遭遇母丧期间，在晋文王席间饮酒食肉。司隶校尉何曾也在座，对文王说："您正以孝道治理天下，但阮籍身居重丧公然在您席间饮酒食肉，应该放逐到边地，以端正风俗教化。"文王说："嗣宗这样哀伤疲惫，您不能一起为他担忧，是什么意思？再说有病而饮酒食肉，本来就合于丧礼啊。"阮籍吃喝不停，神色自若。

刘伶或脱衣裸形

刘伶恒纵酒放达[1]，或脱衣裸形在屋中。人见讥之，伶曰：“我以天地为栋宇[2]，屋室为裈衣[3]，诸君何为入我裈中！”

注释

[1] 刘伶：本门已见。放达：放纵旷达。

[2] 栋宇：屋梁与屋檐。泛指房屋。

[3] 裈（kūn）：裤子。

【译文】刘伶常常纵情饮酒，放任不羁，有时脱去衣服赤裸着待在屋中。有人见后指责他，刘伶说：“我将天地当作为房屋，将屋室当作衣裤，众位先生为什么进入我裤子中来！”

阮籍与嫂话别

阮籍嫂尝还家[1]，籍见与别。或讥之，籍曰：“礼岂为我辈设也[2]！”

注释

[1] 阮籍：本门已见。还家：回娘家。

[2] 礼：礼制。指《礼记·曲礼上》中“叔嫂不通问”的规定。

【译文】阮籍的嫂嫂有一次回娘家，阮籍去见她与她道别。有人讥讽阮籍，阮籍说：“礼法难道是为我们这类人设立的吗？”

不如即时一杯酒

张季鹰纵任不拘[1]，时人号为“江东步兵”[2]。或谓之曰：“卿乃可纵适一时[3]，独不为身后名邪[4]？”答曰：“使我有身后名，不如即时一杯酒[5]！”

注释

[1] 张季鹰：张翰。见 P092《识鉴·张季鹰在洛》注 [1]。纵任不拘：纵情放任，不拘礼仪。

[2] 江东步兵：这是将张翰比作阮籍。阮籍曾任步兵校尉，人称“阮步兵”，张翰是江东吴郡人，所以称为“江东步兵”。步兵，指步兵校尉，统率宿卫部队。担任此职者不一定是武人。

[3] 乃可：哪可。纵适：放纵适意。

[4] 独：难道。

[5] 即时：当前。

【译文】张季鹰放任不羁，当时的人称他为“江东步兵”。有人对他说：“你哪可纵情享乐一时，难道不考虑身后的名声吗？”回答说：“与其让我身后有名，不如眼下一杯酒！”

不了曲蘖事

鸿胪卿孔群好饮酒[1]，王丞相语云[2]：“卿何为恒饮酒？不见酒家覆瓿布[3]，日月糜烂[4]？”群曰：“不尔[5]。不见糟肉乃更堪久[6]？”群尝书与亲旧[7]：“今年田得七百斛秫米[8]，不了曲蘖事[9]。”

注释

[1] 鸿胪卿：官名。主管朝贺庆吊等礼仪。孔群：东晋会稽山阴（今浙江绍兴）人，名群，字敬林。为人卓有智谋，志向远大。曾任御史中丞、鸿胪卿。

[2] 王丞相：指王导。见P026《言语·新亭对泣》注[6]。语（yù）：对……说。

[3] 瓿（bù）：一种陶制容器。指酒坛。

[4] 日月：用作动词，经历时日。

[5] 尔：这样。

[6] 糟肉：用酒或酒糟腌制的肉。堪久：经久。

[7] 亲旧：亲朋故旧。

[8] 斛（hú）：古代以十斗为一斛。秫（shú）米：高粱米。

[9] 了：解决。曲蘖（qū niè）：酒母。指酿酒。

【译文】鸿胪卿孔群爱好饮酒，王丞相对他说："你为什么总是饮酒？没见到酒店里盖酒坛的布，年长日久就腐烂了？"孔群说："不是这样。没见到用酒糟腌制的肉更能耐久吗？"孔群曾给亲朋故旧写信说："今年田里收了七百斛高粱米，不够酿酒用的。"

谓之"三日仆射"

周伯仁风德雅重[1]，深达危乱[2]。过江积年[3]，恒大饮酒，尝经三日不醒[4]。时人谓之"三日仆射"[5]。

注释

[1] 周伯仁：周顗。见P026《言语·新亭对泣》注[4]。风德：风操德行。雅重：高雅庄重。

[2] 深达：深知。

[3] 积年：多年。

[4] 三日不醒：《太平御览》卷二百一

十一、卷四百九十七引《世说》作“尝经三日醒”，又说他“止有姊丧三日醒，姑丧三日醒也”。据此，这里的“不”字疑是衍文。

[5] 仆射：官名。尚书省的长官。

【译文】周伯仁风操德行高雅庄重，深深了解国家危乱。过江多年，常常放量饮酒，曾经一连三日不醒。当时的人称他为“三日仆射”。

不能作致书邮

殷洪乔作豫章郡[1]，临去，都下人因附百许函书[2]。既至石头[3]，悉掷水中，因祝曰[4]：“沉者自沉，浮者自浮，殷洪乔不能作致书邮[5]。”

注释

[1] 殷洪乔：殷羡。晋陈郡长平（今河南西华东北）人，名羡，字洪乔。性格特立不群，为政有贪残之名。曾任豫章太守、光禄勋。豫章：郡名。治所在今江西南昌。

[2] 百许函书：一百来封书信。许，用在数词或数量词后，表示约数。函，封，量词。

[3] 石头：指石头城。在东晋京都建康西，地势险要。故址在今江苏南京清凉山。

[4] 祝：祷告。

[5] 殷洪乔：这里是殷羡自称己字。魏晋时期有自称己字的现象，含有自尊自信的意味。致书邮：送信的邮差。

【译文】殷洪乔就任豫章太守，临走时，京都人托他捎带一百来封信函。到石头城后，他将信函全都扔进江水里，接着祷告说：“要沉的自己沉下去，要浮的自己浮起来，殷洪乔不能做送信的邮差。”

何可一日无此君

王子猷尝暂寄人空宅住[1]，便令种竹。或问："暂住何烦尔[2]？"王啸吟良久，直指竹曰："何可一日无此君[3]！"

注释

[1] 王子猷：王徽之。见P124《品藻·吉人之辞寡》注[1]。寄：寄居。

[2] 尔：这样。

[3] 君：这是将竹子比作气质高雅的人。

【译文】王子猷曾经暂借别人的空宅院居住，随即让人种上竹子。有人问："暂时住一住，何必这样麻烦？"王长啸歌咏许久，直指竹子说："哪能一天没有这位先生！"

王子猷夜访戴

王子猷居山阴[1]，夜大雪，眠觉[2]，开室命酌酒，四望皎然。因起彷徨[3]，咏左思《招隐诗》[4]。忽忆戴安道[5]，时戴在剡[6]，即便夜乘小船就之。经宿方至[7]，造门不前而返[8]。人问其故，王曰："吾本乘兴而行，兴尽而返，何必见戴！"

注释

[1] 王子猷：王徽之。本门已见。山阴：县名。东晋会稽郡治所，在今浙江绍兴。

[2] 眠觉：睡醒。

[3] 彷徨：徘徊。

[4] 左思：见P154《容止·潘岳出洛

阳道》注 [4]。《招隐诗》：叙述隐居的乐趣，以招人归隐。

[5] 戴安道：戴逵，见 P087《雅量·悠然知其量》注 [1]。

[6] 剡（shàn）：县名。治所在今浙江嵊（shèng）州。

[7] 经宿：经过一夜。

[8] 造门：到达门前。

【译文】王子猷住在山阴，一天夜里下起大雪，醒来后，打开房门叫人斟酒，四周环视一片皎洁。于是起身徘徊，吟咏左思《招隐诗》。忽然想起戴安道，当时戴在剡县，即刻乘小船连夜赶向他那里。经过一整夜才到，到了门前却未进去而原路返回。有人问这是什么缘故，王说："我本乘兴而行，兴尽而返，为什么一定要见戴！"

温酒流涕

桓南郡被召作太子洗马[1]，船泊荻渚[2]。王大服散后已小醉[3]，往看桓。桓为设酒，不能冷饮，频语左右令"温酒来"[4]，桓乃流涕呜咽。王便欲去，桓以手巾掩泪[5]，因谓王曰："犯我家讳[6]，何预卿事[7]！"王叹曰："灵宝故自达[8]！"

注释

[1] 桓南郡：指桓玄。见 P065《文学·欲为王孝伯作诔》注 [1]。太子洗马：官名。太子属官，掌管宾赞受事，太子出行则为前驱、导威仪。晋代开始又掌管秘书图籍。

[2] 荻渚（zhǔ）：地名。故址在今湖北江陵附近。

[3] 王大：王忱。见 P015《德行·身无长物》注 [2]。服散：服用名为"五石散"的药。服散后不能饮冷酒，否则不利于药性散发。

[4] 语（yù）：对……说。

[5] 掩泪：拭泪。

[6] 家讳：子孙在说话或行文中，避免提及父、祖的名字。桓玄父名温，家中讳“温”字。

[7] 预：关涉。

[8] 灵宝：桓玄的小字。故自：确实。

【译文】桓南郡被任命为太子洗马，乘船赴任停泊在荻渚。王大服散后已有些醉意，去看望桓。桓为他备办酒食，王不能饮冷酒，连连告诉侍从让“温酒来”，桓于是流泪呜咽。王就想离去，桓用手巾抹泪，然后对王说：“犯了我的家讳，关你什么事！”王赞叹说：“灵宝确实旷达！”

名士不必须奇才

王孝伯言[1]：“名士不必须奇才[2]，但使常得无事[3]，痛饮酒，熟读《离骚》[4]，便可称名士。”

注释

[1] 王孝伯：王恭。见P014《德行·身无长物》注[1]。

[2] 须：需要。

[3] 但使：只要。

[4]《离骚》：《楚辞》篇名。屈原作，集中反映了作者的爱国精神以及思想苦闷。

【译文】王孝伯说：“名士不一定需要特殊的才能，只要能经常无事，尽兴饮酒，熟读《离骚》，就可以称为名士。”

二十四、简傲

简傲，指简慢高傲，亦即在接人待物过程中因轻贱他人而怠慢倨傲。魏晋期间，士族阶层拥有各种特权，于是由门第、权势而生的自命不凡、凌人傲物之风油然而生，甚至不少趋炎附势者也故作姿态以倨视他人。可悲的是，有些简傲习气并未受到批评抵制，反而逐渐形成一种慢世之风。

本门收录言行轶事十七条，从多个方面描写了简傲者的言行。有的写阮籍在晋文王座间“箕踞啸歌，酣放自若”，有的写嵇康对于锺会等人的到访，“傍若无人，移时不交一言”，这些当然还可以视为对于礼法权贵的蔑视。但有的写王子敬兄弟在嘉宾死后去见舅舅郗愔时，“仪容轻慢”，有的写王子猷游名园时“以贵骄人”，则只能反映士人的狂妄自大、蛮横无理。

本书选译的四则故事中，值得鉴赏之处很多，但王子猷任马官时全然不问官府事，同学们应该看出确实不妥。

锺士季寻嵇康

锺士季精有才理[1]，先不识嵇康[2]，锺要于时贤俊之士[3]，俱往寻康。康方大树下锻[4]，向子期为佐鼓排[5]。康扬槌不辍，傍若无人[6]，移时不交一言[7]。锺起去，康曰："何所闻而来？何所见而去？"锺曰："闻所闻而来，见所见而去。"

注释

[1] 锺士季：锺会。见P022《言语·二锺答文帝问》注[1]。才理：才思。

[2] 嵇康：见P047《文学·锺会撰〈四本论〉》注[2]。

[3] 要（yāo）：同"邀"，邀请。贤俊之士：才德出众的人士。

[4] 锻：打铁。

[5] 向子期：向秀。见P050《文学·向、郭二〈庄〉》注[2]。为佐：当助手。鼓排：鼓风吹火。排，同"鞴（bài）"，风箱。

[6] 傍（páng）若无人：又写作"旁若无人"。傍，旁边。

[7] 移时：过了许久。

【译文】锺士季极有才思，起初不认识嵇康，锺邀请当时才德出众的人士，一起去探访嵇康。嵇康正在大树下打铁，向子期当助手拉风箱。嵇康不停地挥动铁锤，旁若无人，许久都没与来人说话。锺起身离去时，嵇康问他："听到什么而来？见到什么而去？"锺回答说："听到了所听到的而来，见到了所见到的而去。"

王子猷署马曹

王子猷作桓车骑骑兵参军[1]。桓问曰："卿何署[2]？"

答曰："不知何署，时见牵马来，似是马曹[3]。"桓又问："官有几马[4]？"答曰："'不问马'[5]，何由知其数？"又问："马比死多少[6]？"答曰："'未知生，焉知死'[7]！"

注释

[1] 王子猷：王徽之。见P124《品藻·吉人之辞寡》注[1]。桓车骑：指桓冲。见P150《豪爽·河朔以其名断疟》注[9]。骑兵参军：官名。掌管马畜牧养、供给等事务。

[2] 署：官署。

[3] 马曹：管理马匹的官署。

[4] 官：官府。

[5]"不问马"：语出《论语·乡党》。马棚失火后，孔子只问是否伤人，而不过问马。

[6] 比：近来。

[7]"未知生，焉知死"：语出《论语·先进》。子路请教死的问题，孔子说："生的道理还没弄明白，哪能懂得死的！"

【译文】王子猷担任桓车骑的骑兵参军。桓问道："你在哪个官署任职？"回答说："不知是什么官署，时常见到牵马来，好像是马曹。"桓又问："官府中有多少匹马？"回答说："'不过问马'，哪能知道它的数目？"又问："近来马死了多少？"回答说："'不知道活的，哪能知道死的'！"

子敬兄弟见郗公

王子敬兄弟见郗公[1]，蹑履问讯[2]，甚修外生礼[3]。及嘉宾死[4]，皆著高屐[5]，仪容轻慢。命坐，皆云："有事不暇坐。"既去，郗公慨然曰："使嘉宾不死，鼠辈敢尔[6]！"

注释

[1] 王子敬：王献之。见 P013《德行·王子敬首过》注 [1]。郗公：指郗愔。见 P141《捷悟·郗嘉宾更作笺》注 [1]。郗愔与王子敬兄弟是舅甥关系。

[2] 蹑履：穿着鞋子。履，一种单底鞋子，可供正式场合穿着。问讯：问候。

[3] 外生：外甥。

[4] 嘉宾：郗超。见 P095《识鉴·不以爱憎匿善》注 [1]。

[5] 著（zhuó）：穿，戴。高屐：高齿木屐。魏晋南北朝期间，木屐主要用来登山或在家休闲时穿着，外出或见长辈时穿着是不礼貌的。屐，木底有齿的鞋子，践泥后可洗涤干净。

[6] 鼠辈：对人的蔑称，指老鼠一类的东西。尔：这样。

【译文】王子敬兄弟去见郗公，都要穿上鞋子去问候，很是遵行当外甥的礼仪。到嘉宾死后，就都穿着高底木屐，神态轻慢。让他们坐，都说："有事没空坐。"走后，郗公感慨地说："如果嘉宾不死，鼠辈哪敢这样！"

王子敬游名园

王子敬自会稽经吴[1]，闻顾辟疆有名园[2]，先不识主人，径往其家。值顾方集宾友酣燕[3]，而王游历既毕，指麾好恶[4]，傍若无人[5]。顾勃然不堪曰："傲主人，非礼也；以贵骄人，非道也。失此二者，不足齿之伧耳[6]！"便驱其左右出门。王独在舆上[7]，回转顾望，左右移时不至[8]。然后令送著门外[9]，怡然不屑[10]。

注释

[1] 王子敬：王献之。本门已见。会（kuài）稽：郡名。治所在今浙江绍兴。吴：指吴县。治所在今江苏苏州。

[2] 顾辟疆：东晋吴郡吴（今江苏苏州）人。曾任郡公曹、平北参军。

[3] 值：遇上。酣燕：设宴痛饮。燕，同“宴”，设宴。

[4] 指麾：指点。麾，同“挥”。

[5] 傍（páng）若无人：又写作“旁若无人”。傍，旁边。

[6] 伧（cāng）：鄙陋。东晋南朝期间，南人常以此讥骂北人。

[7] 舆：指肩舆。一种用人力扛抬的代步工具，类似后世的轿子。

[8] 移时：过了许久。

[9] 著（zhuó）：放在动词后面，含有“在、到”等意义。

[10] 怡然：和悦的样子。不屑：不介意。

【译文】 王子敬从会稽途经吴郡，听说顾辟疆家有名园，先前并不认识主人，就径直到他家去。遇上顾正在宴请宾友畅饮，而王游览完毕后，指点评论优劣，旁若无人。顾勃然大怒，不能忍受，说：“看不起主人，不合礼仪；依仗高位傲视别人，不合道义。失去这两点，是不值一提的粗人而已！”于是将他的随从驱赶出门。王独自坐在肩舆上，四处张望，随从许久没来。然后顾才让人送他出门，王仍是一副安适而不介意的神态。

二十五、排调

排调，指戏弄调笑。魏晋时期，士大夫看重才情，严肃郑重地谈玄说理，有才情者自然受到尊重；即便在日常的戏弄调笑间，也要显现出学识的丰赡与用语的幽默。正是这些唇舌交锋，使我们感到讲究机敏而又善于应对的重要性。能够做到抓住要领，语言简要，雍容得体，机变有锋，才是把握大局而最终取胜的法宝。

本门收录言行轶事六十五条，从多个方面体现了排调者的机智聪颖，以及语言运用的技巧。有的嘲笑，有的戏弄，有的讽刺，有的反击，还有亲友间的善意调谑。其中张吴兴年八岁，亏齿，被笑话为开狗窦，张应声反击说“正使君辈从此中出入”；张苍梧喜爱孙子张凭，戏弄张凭之父说“我不如汝”，结果反倒是张凭为父亲解了围。

本书选译的十四则故事中，可以解颐之处确实不少，但一些显然属于恶意的攻击，是不会受到同学们认可的。

令汝万寿春

晋武帝问孙皓[1]："闻南人好作《尔汝歌》[2]，颇能为不[3]？"皓正饮酒，因举觞劝帝而言曰[4]："昔与汝为邻，今与汝为臣。上汝一杯酒，令汝万寿春[5]！"帝悔之。

注释

[1] 晋武帝：司马炎。见P024《言语·见月而喘》注[2]。孙皓：三国吴末代皇帝，名皓，字元宗，又字皓宗，吴大帝孙权之孙。初封乌程侯，景帝孙休死，继皇帝位。荒淫残暴，士众离心，天纪四年（280）降晋称臣，封为归命侯。

[2]《尔汝歌》：魏晋时期盛行于南方的民歌，歌词中多用"尔、汝"作为称谓。尔、汝，常用于尊长者称呼卑幼者，带有轻贱、不庄重的意味。所以下文司马炎对于发问感到后悔。

[3] 颇：可，是否。表示疑问。不（fǒu）：同"否"。

[4] 觞：酒杯。

[5] 万寿春：寿万年。

【译文】晋武帝问孙皓："听说南方人喜欢作《尔汝歌》，你能够作吗？"孙皓正在饮酒，于是举杯向武帝劝酒说道："往昔与你是近邻，如今给你做下臣。向你敬上一杯酒，祝你寿长享万春！"武帝很后悔问这事。

荀鸣鹤与陆士龙

荀鸣鹤、陆士龙二人未相识[1]，俱会张茂先坐[2]。张令共语[3]，以其并有大才，可勿作常语。陆举手曰："云间陆士龙[4]。"荀答曰："日下荀鸣鹤[5]。"陆曰："既开青云，睹白雉[6]，何不张尔弓，布尔矢[7]？"荀答曰："本谓云龙骙骙[8]，定是山鹿野麋[9]，兽弱弩强，是以发迟。”张乃抚掌大笑。

注释

[1] 荀鸣鹤：荀隐。西晋颍川（治所在今河南许昌）人，名隐，字鸣鹤。曾任太子舍人、廷尉平。陆士龙：陆云。见 P072《方正·士衡妙语驳卢志》注 [4]。

[2] 张茂先：张华。西晋范阳方城（今河北固安南）人，名华，字茂先。博通广闻，器识弘大，熟悉礼度。曾任中书监、都督幽州诸军事、侍中、司空。坐：同“座”。

[3] 共：袁氏本《世说新语》作“其”，影宋本《世说新语》作“共”。

[4] 云间：云彩之间。因为陆云名云，所以这样说。后世称陆云家乡所在地（本属吴郡吴县，元代时改属松江府，今属上海）为“云间”。陆士龙：这里是陆云自称己字，下文荀鸣鹤是荀隐自称己字。与古人自称己名不同，魏晋时期又可自称己字，含有自尊自信的意味。

[5] 日下：太阳之下。因为荀隐的家乡靠近京都，所以这样说。后世称京都为“日下”。

[6] 白雉（zhì）：白色野鸡。“雉”与“日”音相近，陆云取“白雉”谐音“白日”以相戏谑，同时嘲笑对方并不是鹤。

[7] 布尔矢：搭上你的箭。布，放置。

[8] 骙（kuí）骙：强壮的样子。

[9] 定：终究。野麋：野外麋鹿。这是荀隐嘲笑对方并不是龙。

【译文】荀鸣鹤、陆士龙二人不相识，一起在张茂先座间相会。张让二人交谈，因为他们都有大才，让他们不要作寻常的谈论。陆举起手说：“云间陆士龙。”荀回答说：“日下荀鸣鹤。”陆又说：“青云既已散开，眼前又见白雉，为何不张开你的弓，搭上你的箭？”荀回答说：“本认为是条强壮的云龙，可终究是山鹿野麋，兽弱而弓强，所以发箭迟缓。”张于是拍手大笑。

共争姓族先后

诸葛令、王丞相共争姓族先后[1]。王曰：“何不言葛、王[2]，而云王、葛？”令曰：“譬言驴马[3]，不言马驴，驴宁胜马邪[4]？”

注释

[1] 诸葛令：指诸葛恢。见P093《识鉴·明府当为黑头公》注[1]。王丞相：指王导。见P026《言语·新亭对泣》注[6]。姓族：姓氏家族。

[2] 葛：葛氏出自夏商时葛国，居住琅邪的一支为区别于其他同姓，自称为诸葛氏。

[3] 驴马：余嘉锡《世说新语笺疏》云：“凡以二名同言者，如其字平仄不同，而非有一定之先后如夏商、孔颜之类，则必以平声居先，仄声居后，此乃顺乎声音之自然，在未有四声之前，固已如此。故言王葛、驴马，不言葛王、马驴，本不以先后为胜负也。”

[4] 宁：难道。

【译文】诸葛令、王丞相一起争论姓氏排列的先后。王说：“为什么不说葛、王，而说王、葛？”诸葛令说：“譬如只说驴马，不说马驴，驴难道胜过马吗？”

能容卿辈数百人

王丞相枕周伯仁膝[1]，指其腹曰：“卿此中何所有？”答曰：“此中空洞无物[2]，然容卿辈数百人[3]。”

注释

[1] 王丞相：指王导。本门已见。周伯仁：周顗。见P026《言语·新亭对泣》注[4]。

[2] 空洞无物：空旷无所有。

[3] 卿辈：你这一类人。

【译文】王丞相枕在周伯仁膝上，指着他的肚子说："你这里面有什么东西？"回答说："这里面空旷无物，但能容下你这样的几百个人。"

支道林买印山

支道林因人就深公买印山[1]，深公答曰："未闻巢、由买山而隐[2]。"

注释

[1] 支道林：支遁。见P054《文学·南北人学问》注[3]。深公：指竺道潜。见P043《政事·共看何骠骑》注[1]。印山：当据《高僧传·竺道潜传》《世说新语·言语》作"岇（àng）山"。岇山，山名。在今浙江嵊（shèng）州。

[2] 巢、由：均为古代隐士。巢，指巢父。相传尧要将君位让给他，他不接受。由，指许由。相传尧要将君位让给他，他逃至箕山下耕作而食。

【译文】支道林托人向深公买岇山，深公回答说："没听说巢父、许由买山来隐居。"

夷甫无君辈客

王、刘每不重蔡公[1]。二人尝诣蔡，语良久，乃问蔡曰：“公自言何如夷甫[2]？”答曰：“身不如夷甫[3]。”王、刘相目而笑曰[4]：“公何处不如？”答曰：“夷甫无君辈客[5]。”

注释

[1] 王：指王濛。见P043《政事·共看何骠骑》注 [1]。刘：指刘惔。见P011《德行·莫得淫祀》注 [1]。蔡公：指蔡谟。见P075《方正·王丞相作女伎》注 [3]。

[2] 何如：比较人物高下或事情得失的用语，表示“与……相比，怎么样”。夷甫：王衍。见P051《文学·世谓“三语掾”》注 [2]。

[3] 身：第一人称代词，我。含有不甘自卑而屈己下人的意味。

[4] 相目：相视。目，用作动词，看、视。

[5] 君辈：您这一类的人。

【译文】王濛、刘惔常常不尊重蔡公。二人曾经去看望蔡，谈论许久，竟问蔡说：“您自己说说，与夷甫相比怎么样？”回答说：“我不如夷甫。”王、刘相视而笑说：“您什么地方不如？”回答说：“夷甫没有你们这类客人。”

张吴兴亏齿

张吴兴年八岁[1]，亏齿[2]，先达知其不常[3]，故戏之曰：“君口中何为开狗窦？”张应声答曰：“正使君辈从此中出入[4]。”

注释

[1] 张吴兴：指张玄之。见P191《贤媛·王夫人与顾家妇》注[2]。

[2] 亏齿：幼年换牙时门齿脱落。

[3] 先达：有德行名望的前辈。

[4] 君辈：您这一类的人。

【译文】张吴兴八岁时，门齿脱落，前辈贤达知道他不寻常，特意戏弄他说："您口中为什么开个狗洞？"张应声回答说："正是让您一类的人从这当中出入。"

郝隆出日中仰卧

郝隆七月七日出日中仰卧[1]，人问其故，答曰："我晒书[2]。"

注释

[1] 郝隆：晋汲郡（治所在今河南汲县西南）人，名隆，字佐治。爱好读书，有博学之名。官至征西参军。

[2] 晒书：七月七日日光正烈，古代有于此日晒书及衣物以防虫蛀的习俗。

【译文】郝隆七月七日那天到太阳下仰面而卧，有人问其中缘故，回答说："我晒书。"

郝参军调笑谢公

谢公始有东山之志[1]，后严命屡臻[2]，势不获已，始就桓公司马[3]。于时人有饷桓公药草，中有远志[4]。公取以

问谢：“此药又名小草，何一物而有二称？”谢未即答。时郝隆在坐[5]，应声答曰：“此甚易解。处则为远志[6]，出则为小草[7]。”谢甚有愧色。桓公目谢而笑曰[8]：“郝参军此过乃不恶[9]，亦极有会[10]。”

注释

[1] 谢公：指谢安。见P012《德行·我常自教儿》注[1]。东山：山名。在今浙江上虞西南。因谢安早年隐居于此，所以用“东山之志”来表示隐居的志向。

[2] 严命：严厉的命令。指征召谢安出仕。臻：到达。

[3] 桓公：指桓温。见P029《言语·木犹如此》注[1]。司马：官名。高级武官的属官，专主兵事。

[4] 远志：草药名。其根名远志，其苗名小草。

[5] 郝隆：本门已见。坐：同“座”。

[6] 处：指隐居山林。

[7] 出：指出山任官。

[8] 目：用作动词，看，视。

[9] 过：《太平御览》卷九百八十九作“通”，语意更顺。通，阐发。不恶：不差。

[10] 会：意趣。

【译文】谢公起初有隐居东山的志向，后来官府征召的命令屡次下达，势不得已，才就任桓公司马。这时有人送药草给桓公，其中有远志。桓公拿起来问谢：“这药又名小草，为什么一种东西却有两个名称？”谢没有立即回答。当时郝隆在座，应声回答说：“这很容易解释。居山就是远志，出山就是小草。”谢深有愧色。桓公看看谢笑着说：“郝参军这个解释确实不错，也极有意趣。”

张苍梧以孙戏子

张苍梧是张凭之祖[1]，尝语凭父曰[2]：“我不如汝。”凭父未解所以，苍梧曰：“汝有佳儿。”凭时年数岁，敛手曰[3]：“阿翁[4]，讵宜以子戏父[5]！”

注释

[1] 张苍梧：指张镇。西晋吴郡吴（今江苏苏州）人，名镇，字义远。为人正直宽厚。曾任苍梧太守，封兴道县侯。张凭：见 P062《文学·张凭不作父诔》注 [2]。

[2] 语（yù）：对……说。

[3] 敛手：拱手。

[4] 阿翁：祖父。

[5] 讵（jù）：难道。

【译文】 张苍梧是张凭的祖父，曾经对张凭的父亲说：“我不如你。”张凭的父亲不理解什么原因，苍梧说：“你有一个好儿子。”张凭当时只有几岁，拱手说：“阿爷，哪能用儿子来戏弄父亲！”

桓豹奴形似其舅

桓豹奴是王丹阳外生[1]，形似其舅，桓甚讳之。宣武云[2]：“不恒相似，时似耳。恒似是形，时似是神。”桓逾不说[3]。

注释

[1] 桓豹奴：桓嗣。东晋谯国龙亢（今安徽怀远西）人，名嗣，字恭祖，小字豹奴。少小有清誉，为官简约。曾任西阳、襄城二郡太守，领江夏相。

王丹阳：指王混。东晋琅邪临沂（今属山东）人，名混，字奉正。富有才学。曾任侍中、丹阳尹。

[2] 宣武：指桓温。本门已见。

[3] 逾：更加。说（yuè）：同“悦”，喜悦。

【译文】桓豹奴是王丹阳的外甥，形貌像他的舅舅，桓很忌讳这个。宣武说：“并不总是相似，有时相似而已。经常相似的是外形，有时相似的是神采。”桓愈加不高兴。

须发何关于神明

王子猷诣谢万[1]，林公先在坐[2]，瞻瞩甚高[3]。王曰：“若林公须发并全，神情当复胜此不[4]？”谢曰：“唇齿相须[5]，不可以偏亡[6]。须发何关于神明[7]！”林公意甚恶[8]，曰：“七尺之躯[9]，今日委君二贤[10]。”

注释

[1] 王子猷：王徽之。见P123《品藻·吉人之辞寡》注[1]。谢万：东晋陈郡阳夏（今河南太康）人，名万，字万石，谢安之弟。卓有才气，早获时誉。曾任西中郎将、豫州刺史，领淮南太守。晋穆帝升平三年（359）受命北征慕容儁，因自命清高却不知安抚部众而溃败，被免为庶人。

[2] 林公：支遁。本门已见。

[3] 瞻瞩：瞻望。指人的眼光神情。

[4] 当复：将会。表示推测。不（fǒu）：同“否”。

[5] 须：依赖。

[6] 不可以偏亡：据文意，林公的唇齿或许有些不正常。

[7] 神明：精神韵致。

[8] 意：神色。

[9] 七尺：晋尺短于今尺，晋七尺相当于今1.72米左右。

[10] 委：交付。

【译文】王子猷去拜访谢万，林公已先在坐，神情很是高傲。王说："如果林公胡须头发都很齐全，神情风度会胜过现在吗？"谢说："唇齿互相依存，不可以失去一方。胡须头发与精神韵致有什么关系呢！"林公神色很难看，说："我这七尺之躯，今天就交付给二位贤达评说了！"

"簸扬"与"洮汰"

王文度、范荣期俱为简文所要[1]。范年大而位小，王年小而位大。将前，更相推在前，既移久，王遂在范后。王因谓曰："簸之扬之[2]，糠秕在前[3]。"范曰："洮之汰之[4]，沙砾在后。"

注释

[1] 王文度：王坦之。见P076《方正·王述转尚书令》注[3]。范荣期：范启。见P063《文学·要作金石声》注[2]。简文：晋简文帝司马昱。见P027《言语·以简应对之烦》注[2]。要（yāo）：同"邀"，邀请。

[2] 簸（bǒ）：将粮食放在簸箕中上下颠动，扬去糠秕等杂物。

[3] 糠秕（bǐ）：谷类的皮壳及瘪粒。

[4] 洮（táo）、汰：用水洗去杂质。洮，同"淘"。

【译文】王文度、范荣期一起受到简文帝邀请。范年龄大而官位低，王年龄小而官位高。将要进去时，相互推让要对方走在前面，过了许久，王最终走在了范的后面。王于是对范说："簸谷扬谷，糠秕飘在前面。"范说："淘米洗米，砂砾落在后面。"

顾长康啖甘蔗

顾长康啖甘蔗[1]，先食尾[2]。人问所以，云："渐至佳境。"

注释

[1] 顾长康：顾恺之。见P201《巧艺·谢幼舆在岩石里》注[1]。

[2] 尾：末梢。

【译文】顾长康吃甘蔗，先吃末梢。有人问什么原因，他说："渐渐进入美妙境界。"

二十六、轻诋

轻诋，指轻蔑诋毁，是与《赏誉》门的赏识赞誉相对立的言行。与《排调》门的戏弄调笑也有不同，它往往意在贬抑对方，用语虽也追求饶有风趣，但有时则难免尖酸刻薄。轻诋时，常常直抒胸臆，毫不掩饰，直击对方的缺点与弊病，这说明魏晋士大夫率真自然的精神风貌无处不在，即便在轻诋时也要强烈表现出来。

本门收录言行轶事三十三条，从多个方面表现轻诋者言辞使用的机巧风趣，甚至是耐人寻味。有的是批评，有的是指摘，有的是讥讽，有的是责问。举凡各种不受待见的言论、文章、行为、本性，甚至包括容貌、语音，只要对于轻诋者有所不满，就毫不留情地说出来。于此可见其时轻诋风气之盛。

本书选译的七则故事中，值得细细品鉴的轻诋言辞很多，但个别类似恶作剧的做法，偏离了轻诋的主旨，同学们应该能够分辨清楚。

轻诋

何有名士妄语

王太尉问眉子[1]："汝叔名士[2]，何以不相推重[3]？"眉子曰："何有名士终日妄语[4]！"

注释

[1] 王太尉：指王衍。见P051《文学·世谓"三语掾"》注[2]。眉子：王玄。西晋琅邪临沂（今属山东）人，名玄，字眉子，王衍之子。性格粗豪，有才气。曾任梁国太史，迁陈留太守。

[2] 汝叔：指王澄。见P116《品藻·王大将军四友》注[4]。王澄以善于品评人物而知名于世，侄儿眉子却不以为然。

[3] 相：指代性副词，偏指"他"。推重：推许看重。

[4] 妄语：说些虚妄不实的话。

【译文】王太尉问眉子："你叔父是名士，你为什么不推重他？"眉子说："哪有名士整天胡乱说话的！"

元规尘污人

庾公权重[1]，足倾王公[2]。庾在石头[3]，王在冶城坐[4]，大风扬尘，王以扇拂尘曰："元规尘污人[5]！"

注释

[1] 庾公：指庾亮。晋明帝、晋成帝二朝分别以明帝庾皇后兄、成帝之舅身份执掌朝政。见P010《德行·庾公乘马有的卢》注[1]。

[2] 王公：指王导。见P026《言语·新亭对泣》注[6]。其时王导以丹阳太守居冶城。

[3] 石头：指石头城。故址在今江苏

南京清凉山。

[4] 冶城：城名。晋时为丹阳郡治所，故址在今江苏南京朝天宫一带。

[5] 尘污人：庾亮在建康西，拥强兵，据上流，所以说“尘污人”。

【译文】 庾公权势很重，足以压倒王公。庾驻守石头城，王在冶城中坐，大风扬起尘土，王用扇子拂去灰尘说：“元规的尘土玷污人！”

刘夫人答谢公问

孙长乐兄弟就谢公宿[1]，言至款杂[2]。刘夫人在壁后听之[3]，具闻其语。谢公明日还，问昨客何似[4]，刘对曰：“亡兄门未有如此宾客[5]。”谢深有愧色。

注释

[1] 孙长乐：指孙绰。见P062《文学·披锦简金》注[1]。兄弟：指孙绰与其兄孙统，均为东晋名士。谢公：指谢安。见P012《德行·我常自教儿》注[1]。

[2] 款杂：空洞杂乱。

[3] 刘夫人：指谢安夫人刘氏。

[4] 何似：疑问代词，怎么样。

[5] 亡兄：指刘惔。见P011《德行·莫得淫祀》注[1]。

【译文】 孙长乐兄弟到谢公家住宿，言谈极为空泛驳杂。刘夫人在屋壁后听，全都听到了他们的谈话。谢公第二天回到内室，问昨天的客人怎么样，刘回答说：“亡兄家中没有这样的宾客。”谢深有羞愧之色。

问是何物尘垢囊

王中郎与林公绝不相得[1]。王谓林公诡辩，林公道王云："著腻颜帢[2]，緰布单衣[3]，挟《左传》[4]，逐郑康成车后[5]。问是何物尘垢囊[6]？"

注释

[1] 王中郎：指王坦之。见P076《方正·王述转尚书令》注[3]。林公：指支遁。见P054《文学·南北人学问》注[3]。

[2] 著（zhuó）：穿，戴。腻：肮脏。颜帢（qià）：三国魏时流行的一种模仿古代皮弁制成的丝帛便帽。帽前部有一横缝，以区别前后。到西晋末年，渐渐去掉横缝，称为无颜帢。东晋时期戴颜帢，如同今天戴古人的冠巾，不合时宜。

[3] 緰（tà）布："榻布"，一种粗厚的布。单衣：一种仅次于朝服的正式服装，谒见尊长者常穿此服。

[4]《左传》：记载春秋时期史事的一部儒家经典。

[5] 郑康成：郑玄。见P046《文学·奴婢皆读书》注[1]。

[6] 何物：什么。尘垢囊：装污物的袋子。

【译文】王中郎与林公十分合不来。王认为林公诡辩，林公评论王说："戴着肮脏的老式便帽，穿着粗厚布的单衣，夹着《左传》，追在郑康成的车后。请问是什么装污物的袋子？"

不作洛生咏

人问顾长康[1]："何以不作洛生咏[2]？"答曰："何至作老婢声[3]！"

注释

[1] 顾长康：顾恺之。见 P201《巧艺·谢幼舆在岩石里》注 [1]。

[2] 洛生咏：洛阳书生吟咏，发音重浊。

[3] 老婢：对老年妇女的轻蔑称呼。因洛阳书生吟咏时发音重浊，作为南方人的顾恺之不屑于模仿，而将它比作老婢说话的声音。

【译文】 有人问顾长康："为什么不模仿洛阳书生吟咏？"回答说："哪至于学老婢妇的声音！"

但闻唤哑哑声

支道林入东[1]，见王子猷兄弟[2]，还，人问："见诸王何如？"答曰："见一群白颈乌[3]，但闻唤哑哑声[4]。"

注释

[1] 支道林：支遁。本门已见。东：东晋时将会稽（治所在今浙江绍兴）、吴郡（治所在今江苏苏州）称为"东"。这里指会稽。

[2] 王子猷：王徽之。见 P124《品藻·吉人之辞寡》注 [1]。

[3] 白颈乌：据说王氏兄弟多穿白衣领服装，所以讥讽为"白颈乌"。

[4] 唤哑（yā）哑声：乌鸦的叫声。东晋丞相王导是北方人，但很爱学说吴地方言，王氏子弟多仿效他。支遁是在讥讽他们学说吴音。

【译文】 支道林到会稽去，见到王子猷兄弟，回来，有人问："见王氏各位怎么样？"回答说："见到一群白脖子乌鸦，只听见哑哑的叫唤声。"

烝食哀家梨

桓南郡每见人不快[1]，辄嗔曰[2]：“君得哀家梨[3]，当复不烝食不[4]？”

注释

[1] 桓南郡：指桓玄。见P065《文学·欲为王孝伯作诔》注[1]。不快：指做事不快利，即愚痴。（据周兴陆辑著《世说新语汇校汇注汇评》本条“校注”引秦士铉说）

[2] 嗔（chēn）：生气。

[3] 哀家梨：秣陵哀仲家的梨，个大味美，入口即融化。

[4] 烝（zhēng）食：蒸着吃。烝，同“蒸”。指愚笨的人不能分辨好歹，得到好梨，却要蒸了后食用。不（fǒu）：同“否”。

【译文】桓南郡每见人办事不聪明，就生气地说：“您得到哀家梨，该不会蒸着吃吧？”

二十七、假谲

假谲，指虚伪欺诈。这与《捷悟》《夙惠》二门有相通之处，均表现出人物的聪颖超常，善于应对变化。由于作者有时是用欣赏的态度来叙述事情的，而且行假谲者又大多能达到自己的目的，故而我们常常感受到的却是假谲者机警而能干的一面。这或许应该视为，其时人们在追求成功时，常常有不计手段之举。

本门收录言行轶事十四条，以多个片段描写了假谲者的缜密心思与应变之计。有的诈称“有大梅林”使士卒暂忘口渴而得及水源，有的以玉镜台作为信物为自己荐婚，有的以“谲与赌”的方式戒除孩子的不良喜好，当然也有为震慑谋逆者而冤杀所亲小人。后者正反映了当时士族阶层中掌管生杀大权者的虚伪与残忍。

本书选译的四则故事中，机敏应变而可观者为数不少，但所涉及的荼毒生灵之事理应批判，同学们对此自会一目了然。

望梅止渴

魏武行役[1]，失汲道[2]，军皆渴，乃令曰：“前有大梅林，饶子[3]，甘酸可以解渴。”士卒闻之，口皆出水。乘此得及前源[4]。

注释

[1] 魏武：曹操。见P021《言语·祢衡扬枹击鼓》注[1]。行役：行军。

[2] 汲道：取水的道路。

[3] 饶子：多果实。饶，多、富足。

[4] 乘：凭借。前源：前面的水源。

【译文】魏武帝行军时，错过了水源，全军都很口渴，于是传令说：“前面有大的梅树林，果实很多，又甜又酸可以解渴。”士兵们听了这话，都流出口水来。乘这个机会得以赶到前面的水源。

魏武常言心动

魏武常言[1]：“人欲危己，己辄心动。”因语所亲小人曰[2]：“汝怀刃密来我侧[3]，我必说‘心动’。执汝使行刑[4]，汝但勿言其使[5]，无他，当厚相报[6]。”执者信焉[7]，不以为惧，遂斩之。此人至死不知也。左右以为实，谋逆者挫气矣[8]。

注释

[1] 魏武：曹操。本门已见。常：同“尝”，曾经。

[2] 语（yù）：对……说。所亲小人：亲近的侍从。

[3] 怀刃：怀里藏着刀。

[4] 行刑：处斩。

[5] 但：仅，只要。其使：事情的主使。

[6] 相：指代性副词，偏指“你”。

[7] 执者：受命行事的人。指所亲小人。

[8] 谋逆：图谋叛逆。挫气：泄气。

【译文】魏武帝曾经说：“有人想要危害我，我立即就会心跳。”于是对亲随说：“你怀揣利刃偷偷到我身边来，我一定会说‘心跳’。抓住你让人处斩，你只要不说这事的主使，不会有其他事情的，一定重重报答你。”亲随相信了这话，不觉得可怕，最终被杀了。这人到死也不知道。身边的人信以为真，谋反的人也泄气了。

玉镜台聘婚

温公丧妇[1]。从姑刘氏家值乱离散[2]，唯有一女，甚有姿慧。姑以属公觅婚[3]，公密有自婚意，答云：“佳婿难得，但如峤比[4]，云何？”姑云：“丧败之余，乞粗存活，便足慰吾余年，何敢希汝比？”却后少日，公报姑云：“已觅得婚处，门地粗可[5]，婿身名宦尽不减峤[6]。”因下玉镜台一枚[7]。姑大喜。既婚，交礼[8]，女以手披纱扇[9]，抚掌大笑曰：“我固疑是老奴[10]，果如所卜。”玉镜台，是公为刘越石长史[11]，北征刘聪所得[12]。

注释

[1] 温公：指温峤。见P118《品藻·温太真失色》注[1]。

[2] 从姑刘氏：既是从姑，理应称温氏，这里或是随其夫家姓而称刘氏；但据《温氏谱》，温峤并未娶刘氏女子，所以有人认为这是虚构的。

[3] 属（zhǔ）：同“嘱”，嘱托。

[4] 比：类。常用于代词或名词后，表示同类的人或事物。下文“比”字同。

[5] 门地：门第。家庭的境遇与地位。

[6] 名宦：声名与官位。减：不如。

[7] 下：下聘礼。玉镜台：用玉装饰的梳妆用具，上可以架镜子，内可以储放梳妆用品。

[8] 交礼：结婚时男女双方行对拜礼。

[9] 披纱扇：掀开头巾。纱扇，结婚时遮蔽新娘的纱缎头巾。

[10] 老奴：老家伙。对男子的戏称。

[11] 刘越石：刘琨。西晋中山魏昌（今河北无极）人，名琨，字越石。善文学，通音律。曾任司空、都督并冀幽三州诸军事。

[12] 北征：据刘孝标注引王隐《晋书》载，晋愍帝建兴二年（314），温峤跟随刘琨征讨刘聪。刘聪：十六国时期汉赵国君。名聪，一名载，字玄明，匈奴族。其父刘渊死后，他杀兄夺取帝位，后攻破西晋京都，俘虏怀、愍二帝。

【译文】温公死了妻子。堂姑刘氏一家遭遇战乱流离失散，只有一个女儿，很是漂亮聪明。姑母嘱托温公给寻一门婚事，温公私下里有意给自己定亲，回答说：“好女婿不易找到，只是像我这样的，怎么样？”姑母说：“丧乱之后侥幸未死，只求勉强活命，就足以抚慰我的晚年了，哪敢希求你这样的人？”过后几天，温公报告姑母说：“已经找到人家，门第大体可以，女婿声名官位都不比我差。”于是送上一座玉镜台作为聘礼。姑母十分高兴。成婚时，行交拜礼后，新娘用手掀开纱扇，拍手大笑说：“我本来就疑心是这老家伙，果如所料。”玉镜台，是温公任刘越石长史时，北征刘聪得到的物件。

谢遏年少时

谢遏年少时[1]，好著紫罗香囊[2]，垂覆手[3]。太傅患之[4]，而不欲伤其意。乃谲与赌[5]，得即烧之。

注释

[1] 谢遏：谢玄。见 P033《言语·欲者不多》注 [3]。

[2] 著：佩戴。紫罗香囊：装有紫藤萝香料的香袋。晋代男子有佩戴香囊的风尚。

[3] 覆手：余嘉锡《世说新语笺疏》云："覆手不知何物，恐是手巾之类。"

[4] 太傅：指谢安。见 P012《德行·我常自教儿》注 [1]。

[5] 谲：欺骗。

【译文】谢遏年少时，喜爱佩戴紫罗香囊，挂着覆手。太傅很忧虑这事，却又不想伤他的心。于是就设计骗他打赌，赢得香囊、手巾后立即烧掉。

二十八、黜免

黜免，指罢官免职。官职的升迁与黜免，在历朝历代都是十分正常的事情。魏晋时期，这种升降任免的官场常态，往往带有时代的特征。一是体现统治者内部愈加激烈的权力斗争，二是反映晋王室衰微以致难以掌控国家大局。当然，也有与权力斗争无关的琐细小事，如桓温罢免捕捉小猴者之类，那就只能是捉猴者咎由自取了。

本门收录言行轶事九条，从不同侧面说明了黜免的事由与结果。有的因受权臣打击，免官后只能整日书空作“咄咄怪事”，有的只是以老槐树的“无复生意”来表达自己已经心灰意冷，有的则是权臣要挟朝廷以致皇帝也无可奈何。凡此种种，真实体现出社会各类势力的复杂关系，预示着新的变革即将来临。

本书选译的三则故事中，值得人们叹息之事确实不少，但携宿怨而奏免犯事同僚，显然是落井下石的行径。

黜免得猿子者

桓公入蜀[1]，至三峡中[2]，部伍中有得猿子者[3]，其母缘岸哀号[4]，行百余里不去，遂跳上船，至便即绝。破视其腹中，肠皆寸寸断。公闻之怒，命黜其人[5]。

注释

[1] 桓公：指桓温。见P029《言语·木犹如此》注[1]。入蜀：东晋穆帝永和二年（346），安西将军、荆州刺史桓温率军伐蜀，次年攻占成都，蜀汉国主李势归降。蜀汉国，史称“成汉”，东晋时期十六国之一。

[2] 三峡：长江三峡。

[3] 猿子：小猿猴。

[5] 黜（chù）：罢免。

【译文】桓公进入蜀地，到达三峡中，军队中有人捕获一只小猿，小猿之母沿着江岸哀哭号叫，随行一百多里不肯离去，最终跳上船来，一上船立刻气绝。剖开它的肚子一看，肠子全都一寸寸地断裂了。桓公听说这事大怒，命令罢免那个人。

唯作“咄咄怪事”

殷中军被废[1]，在信安[2]，终日恒书空作字[3]。扬州吏民寻义逐之[4]，窃视，唯作“咄咄怪事”四字而已[5]。

注释

[1] 殷中军：指殷浩。见P044《政事·不敢夜行》注[1]。废：罢免官职。晋穆帝永和九年（353），扬州刺史殷浩以中军将军受命北伐，结果大败而

回；桓温素来忌恨殷，上表奏请将其废为庶人。殷于是迁居扬州东阳郡信安县。

[2] 信安：县名。治所在今浙江衢州。

[3] 书空作字：用手在空中比画写字。

[4] 扬州：州名。治所在建康（今江苏南京）。殷浩曾任扬州刺史。寻义：寻思恩义。（据周兴陆辑著《世说新语汇校汇注汇评》本条“校注”）逐：追随。

[5] 咄（duō）咄怪事：使人吃惊的怪事。咄咄，表示惊奇诧异的叹词。

【译文】殷中军被免官后，住在信安，整天总是对着空中比划写字。扬州官吏百姓寻思恩义而追随着他，暗中察看，只是在写“咄咄怪事”四个字而已。

老槐扶疏无生意

桓玄败后[1]，殷仲文还为大司马咨议[2]，意似二三[3]，非复往日。大司马府听前有一老槐[4]，甚扶疏[5]。殷因月朔[6]，与众在听，视槐良久，叹曰：“槐树婆娑[7]，无复生意！”

注释

[1] 桓玄：见P065《文学·欲为王孝伯作诔》注[1]。败：指晋安帝元兴二年（403）桓玄篡晋称帝后，次年遭北府兵将领刘裕起兵声讨，兵败被杀。

[2] 殷仲文：东晋陈郡长平（今河南西华东北）人，字也叫仲文，桓玄之姐夫。容貌美好，善于为文。曾任骠骑参军、新安太守，桓玄篡位后任侍中，桓玄失败后投奔朝廷，又任职为大司马刘裕咨议参军，最终因谋反被诛。大司马：官名。位高权重，魏晋期间在三公之上，多授予权势特重的大臣。这里指刘裕。咨议：指咨议参军。谋议军事要务，位在其他参军之上。

[3] 意似二三：似乎有些心意不专一。

[4] 听：同“厅”。下文“听”字同。

[5] 扶疏：枝叶凋零败落的样子。

[6] 月朔：农历每月初一。这天官署依例集会议事。

[7] 婆娑：倾伏乏力的样子。

【译文】 桓玄失败以后，殷仲文又回来当大司马咨议参军，似乎有些心神不定，不再像往日那样。大司马府厅堂前有一棵老槐树，枝叶很是凋零败落。殷依据月朔惯例，与众人在厅堂集会，注视槐树许久，感叹说："槐树枝叶倾伏乏力，不再有生机！"

二十九、俭啬

俭啬，应该包含两层含义：一是节俭，指用度上注意节制，当省则省，这属于传统美德；二是吝啬，指过度吝惜财物，当用不用，则常常受人讥讽。二者之间有度的差别，节俭而至于吝啬，常常是好事变成坏事。本门同时反映这两种品质与行为，与下一门《汰侈》中的事例形成极为鲜明的反差。

本门收录言行轶事九条，从多个方面表现了节俭与吝啬的典型事例。有的写“王戎有好李”而“恐人得其种”，卖李时“恒钻其核”；有的写王戎吝啬，女儿归宁，所借的钱未及时归还，随即摆脸不悦；有的写庾亮节俭，吃薤头留白，仍拟再种。两种品行共处一门，把握二者之间的同与异，并据以表现作者的感情态度，无疑也是一门写作艺术。

本书选译的四则故事中，值得褒贬爱恨之事不少，但对待自己女儿只看重钱而毫不顾及亲情，实在令人难以理解。

王戎散筹算计

司徒王戎既贵且富[1]，区宅、僮牧、膏田、水碓之属[2]，洛下无比[3]。契疏鞅掌[4]，每与夫人烛下散筹算计[5]。

注释

[1] 司徒：官名。掌管土地民事教化等，与太尉、司空并称“三公”。王戎：见P082《雅量·诸小儿竞取李》注 [1]。

[2] 区宅：房屋。僮牧：奴婢与其他劳力。牧，指放牧牲畜的人。水碓（duì）：利用水力舂米的工具。

[3] 洛下：指西晋京都洛阳。故城在今河南洛阳东洛水北岸。下，指所在之处。比：并列。

[4] 契疏：券契簿籍。鞅掌：繁多。

[5] 筹：又称筹马、筹码，计数与计算的用具。

【译文】 司徒王戎既显贵又富有，房屋、仆役、良田、水碓之类，在洛阳无人可与他并列。券契账簿繁多，常常与夫人在烛光下摆开筹码算账。

王戎卖李

王戎有好李[1]，卖之，恐人得其种[2]，恒钻其核[3]。

注释

[1] 王戎：本门已见。

[2] 种：种子。

[3] 恒：总是。

【译文】 王戎家有良种李树，卖李子时，害怕别人得到树的种子，总是钻破果核。

女遽还钱乃释然

王戎女适裴頠[1]，贷钱数万[2]。女归[3]，戎色不说[4]，女遽还钱[5]，乃释然[6]。

注释

[1] 王戎：本门已见。裴頠（wěi）：西晋河东闻喜（今属山西）人，名頠，字逸民。博学有远识，兼明医术。曾任散骑常侍、侍中、尚书左仆射。

[2] 贷：借，借钱。

[3] 归：已婚妇女回娘家。

[4] 说（yuè）：同“悦”，喜悦。

[5] 遽（jù）：急忙。

[6] 释然：怒气消除。

【译文】王戎的女儿嫁给裴頠，向王戎借走几万钱。女儿回娘家，王戎脸色不高兴，女儿急忙还钱，这才消除心中不快。

庾太尉啖薤留白

苏峻之乱[1]，庾太尉南奔见陶公[2]，陶公雅相赏重[3]。陶性俭吝，及食，啖薤[4]，庾因留白[5]。陶问：“用此何为?”庾云：“故可种[6]。”于是大叹庾非唯风流[7]，兼有治实[8]。

注释

[1] 苏峻之乱：参看P134《规箴·陆迈止苏峻放火》注[1]“苏峻”注。

[2] 庾太尉：指庾亮。见P010《德行·庾公乘马有的卢》注[1]。南奔：苏峻起兵谋反时，陶侃在寻阳（今江西九江），庾亮自建康（今江苏南京）去

见他，因寻阳在建康西南，所以说“南奔”。陶公：指陶侃。见 P042《政事·陶公性检厉》注 [1]。

[3] 雅：很，非常。相：指代性副词，偏指“他”。

[4] 薤（xiè）：蔬菜名。又称为藠（jiào）头。多年生草本植物，鳞茎可食用。

[5] 白：指薤的根部，色白。

[6] 故：仍然。

[7] 风流：气韵高雅有才华。

[8] 治实：从政的实际才能。

【译文】 苏峻叛乱时，庾太尉南逃去见陶公，陶公非常赏识器重他。陶生性节俭，到开饭时，吃薤菜，庾随手留下薤白。陶公问：“要这东西做什么？”庾说：“仍然可以种。”于是陶公极力称赞庾不仅气韵高雅，又兼有治国才能。

三十、汰侈

汰侈，指骄纵奢靡。主要反映西晋豪门贵族聚敛无度、穷奢极侈的生活习性。开国皇帝司马炎贪财重利、生活荒淫，此后几代皇子皇孙，一干达官贵人，竞相巧取豪夺，纵情挥霍。一时间，形成腐朽荒淫的社会风气。至于财富的来源，本门虽未作具体交代，却无疑是大肆搜刮民脂民膏的结果。

本门收录言行轶事十二条，多为骇人听闻的奢侈浪费，特别是其中的暴殄天物、残害人命，都是应遭天谴的罪恶行径。有的是“以人乳饮豚”，再清蒸小猪供馔；有的写王武子被责罚后，“买地作埒，编钱匝地竟埒。时人号曰‘金沟’”；有的是以铁如意“击珊瑚树，应手而碎”；还有的写“令美人行酒，客饮酒不尽者，使黄门交斩美人”。闻之者无不扼腕咋舌。

本书选译的四则故事，都揭露了统治者荒诞奢侈，但将“交斩美人”列入本门，同学们应该体会其深刻的揭露意义。

石崇要客燕集

石崇每要客燕集[1]，常令美人行酒[2]；客饮酒不尽者，使黄门交斩美人[3]。王丞相与大将军尝共诣崇[4]，丞相素不能饮，辄自勉强，至于沈醉[5]。每至大将军，固不饮以观其变。已斩三人，颜色如故，尚不肯饮。丞相让之[6]，大将军曰：“自杀伊家人[7]，何预卿事[8]！”

注释

[1] 石崇：见P166《企羡·王右军甚有欣色》注[2]。要（yāo）：同“邀”，邀请。燕：同“宴”，设宴。

[2] 行酒：斟酒劝饮。

[3] 黄门：指由宦官充任的内室仆役。交：轮流。

[4] 王丞相：指王导。见P026《言语·新亭对泣》注[6]。大将军：指王敦。见P090《识鉴·亦当为人所食》注[1]。

[5] 沈醉：大醉。沈，同“沉”。

[6] 让：责备。

[7] 伊：第三人称代词，他。

[8] 预：关涉。

【译文】石崇每次请客宴饮聚会，常常让美女斟酒劝饮；宾客没有喝尽的，就让内侍轮番杀死美女。王丞相与大将军曾经一起拜访石崇，丞相一向不能喝酒，总是勉强喝完，直到喝得大醉。每当轮到大将军，他坚持不喝以观察情况变化。已经杀掉三人，他神色如常，还是不肯喝。丞相责备他，大将军说：“他自己杀他家里的人，关你什么事！”

王武子供烝豚

武帝尝降王武子家[1]，武子供馔[2]，并用琉璃器[3]。

婢子百余人，皆绫罗绔纚[4]，以手擎饮食[5]。烝豚肥美[6]，异于常味。帝怪而问之，答曰："以人乳饮豚[7]。"帝甚不平，食未毕，便去。王、石所未知作[8]。

注释

[1] 武帝：指晋武帝司马炎。见P024《言语·见月而喘》注[2]。降：降临。指尊贵者来到某地。王武子：王济。见P025《言语·有千里莼羹》注[1]。

[2] 供馔（zhuàn）：奉上食物。

[3] 琉璃：一种有色半透明的矿石质材料。

[4] 绫罗绔纚（kù luó）：用绫罗制成的衣裙。绔，同"裤"。纚，女子上衣。

[5] 擎：举，托着。

[6] 烝（zhēng）：同"蒸"。豚：小猪。

[7] 饮（yìn）：用作使动，给……喝。

[8] 王：指王恺。西晋东海郯县（今山东郯城）人，名恺，字君夫，晋武帝司马炎之舅。少时有才力，不拘细节。曾任龙骧将军、后军将军。家极富有，生活异常奢靡。石：指石崇。本门已见。

【译文】晋武帝曾经驾临王武子家，武子奉上食物，全用的琉璃器皿。婢女一百多人，都穿着绫罗衣裤，用手托着食物。清蒸乳猪肥嫩鲜美，与通常味道不同。武帝感觉奇怪就问其中缘故，回答说："用人乳喂养的小猪。"武帝非常不满，饭没吃完，就走了。这连王恺、石崇都不知道怎么做。

石崇与王恺争豪

石崇与王恺争豪[1]，并穷绮丽以饰舆服[2]。武帝[3]，恺之甥也，每助恺。尝以一珊瑚树高二尺许赐恺[4]，枝柯扶疏[5]，世罕其比[6]。恺以示崇，崇视讫，以铁如意击

之[7]，应手而碎。恺既惋惜，又以为疾己之宝[8]，声色甚厉。崇曰："不足恨，今还卿[9]。"乃命左右悉取珊瑚树，有三尺四尺，条干绝世，光彩溢目者六七枚，如恺许比甚众[10]。恺惘然自失[11]。

注释

[1] 石崇：本门已见。王恺：本门已见。争豪：竞争豪富。

[2] 穷：穷尽。舆服：车服。车乘衣冠服饰的总称。

[3] 武帝：指晋武帝司马炎，是王恺之外甥。本门已见。

[4] 珊瑚树：由热带海洋中腔肠动物珊瑚虫分泌出的石灰质骨骼聚集而成的物体。形状像树枝，可供玩赏。

[5] 枝柯：枝条。扶疏：枝叶茂盛分披的样子。

[6] 其比：这一类的。

[7] 铁如意：又称爪杖。用以挠痒，可如人意。

[8] 疾：嫉妒。

[9] 今：就，即刻。

[10] 许比：这样一类的。

[11] 惘然：若有所失的样子。

【译文】石崇与王恺竞争豪富，都用尽华美的东西来装饰车马衣服。武帝是王恺的外甥，常常资助王恺。曾经将一株二尺来高的珊瑚树赐给王恺，枝条繁茂，世间少有这类东西。王恺拿给石崇看，石崇看后，举起铁如意砸珊瑚树，随手就碎了。王恺既惋惜，又认为石崇忌妒自己宝物，辞色很是严厉。石崇说："不值得遗憾，马上就还给你。"于是命令手下的人将珊瑚树全都拿出来，有三四尺高，枝条举世无双，光彩溢目的六七株，像王恺这一类的很多。王恺看后，惘然若失。

时人号为“金沟”

王武子被责[1]，移第北邙下[2]。于时人多地贵，济好马射[3]，买地作埒[4]，编钱匝地竟埒[5]。时人号曰“金沟”[6]。

注释

[1] 王武子：王济。本门已见。责：处罚。王济出为河南尹，尚未到任，经过王宫，鞭打未及时让道的王府官吏，有司上奏，王济被免官。

[2] 第：府邸。北邙（máng）：山名。又称邙山，在洛阳东北。

[3] 马射：跑马射箭。

[4] 埒（liè）：矮墙。指马埒，即跑马射箭的场所，四周围着矮墙。

[5] 编钱：用绳子将钱串起来。匝：环绕一周。竟：尽，满。

[6] 沟：一本作“埒”。“金埒”，指用钱币垒起的界墙。如据此说，则“编钱匝地竟埒”，意思就是“用钱编成跑马场的界墙，围满一圈”。

【译文】王武子被责罚后，迁家至北邙山下。当时人多地贵，王济喜爱跑马射箭，买地建跑马场，用绳子串起钱来围绕场地一周。当时的人称为“金沟”。

三十一、忿狷

忿狷，指愤怒狷急。这当然是性格中的一种缺陷，与魏晋时期士大夫倡导的豁达大度截然相反。形成忿狷现象的主要外在因素有多种，例如社会政局动荡不安，宦海仕途浮沉升降，以及统治集团内部矛盾重重，个人之间利害恩怨。这种种原因，遇上适当的时机，自然会借内在性格而爆发出来，难以有效控制。

本门收录言行轶事八条，从若干侧面描述了魏晋士大夫忿狷表现的起因、过程与结果。有的详细描写王蓝田食鸡子的整个过程，令人忍俊不禁；有的写王忱、王恭因劝酒不饮，以致兵刃相向；有的写桓玄斗鹅每不如，竟然“夜往鹅栏间，取诸兄弟鹅悉杀之”。这种种怪异，多是为心中的不如意寻找发泄渠道吧。

本书选译的三则故事中，值得思索探求之处很多，但种种动辄发火泄愤，以及隐藏其后的心地偏狭，绝不是什么好性格，同学们也应悉心记取。

王蓝田食鸡子

王蓝田性急[1]。尝食鸡子[2]，以箸刺之[3]，不得，便大怒，举以掷地。鸡子于地圆转未止，仍下地以屐齿蹍之[4]，又不得。瞋甚[5]，复于地取内口中[6]，啮破即吐之[7]。王右军闻而大笑曰[8]："使安期有此性[9]，犹当无一豪可论[10]，况蓝田邪？"

注释

[1] 王蓝田：指王述。见P052《文学·殷中军下都》注[4]。

[2] 鸡子：鸡蛋。

[3] 箸：筷子。

[4] 仍：于是。屐：木底有齿的鞋子。蹍（zhǎn）：踩，踏。

[5] 瞋（chēn）：同"嗔"，发怒。

[6] 内（nà）：同"纳"，放入。

[7] 啮（niè）：用牙咬。

[8] 王右军：指王羲之。见P031《言语·王、谢共登冶城》注[1]。

[9] 安期：王承。王述之父。见P039《政事·池鱼复何足惜》注[1]。

[10] 豪：同"毫"，喻指细微。

【译文】王蓝田性情急躁。曾经吃鸡蛋，用筷子去戳鸡蛋，没戳中，就大发脾气，拿起来扔到地上。鸡蛋在地上转个不停，于是他就下地用木屐齿去踩，又没有踩中。他愤怒已极，又从地上把鸡蛋捡起塞进口中，咬碎后立即吐掉。王右军听说后大笑道："即使安期有这性格，尚且无丝毫可取，何况蓝田呢？"

王大劝王恭酒

王大、王恭尝俱在何仆射坐[1]，恭时为丹阳尹[2]，大

始拜荆州[3]。讫将乖之际[4]，大劝恭酒，恭不为饮，大逼强之转苦[5]，便各以裙带绕手[6]。恭府近千人，悉呼入斋；大左右虽少，亦命前，意便欲相杀。何仆射无计，因起排坐二人之间[7]，方得分散。所谓势利之交[8]，古人羞之。

注释

[1] 王大：王忱。与下文“王恭”，分见 P014《德行·身无长物》注 [2]、注 [1]。王大是王恭之族叔，二人感情上有裂痕。参看《赏誉·王大故自濯濯》。何仆射（yè）：指何澄。东晋庐江灊（qián）县（今安徽霍山东北）人，名澄，字子玄，何充之弟。为人清正，有声望。曾任秘书监、中护军、尚书左仆射。仆射，指尚书左仆射，尚书令的副手。协助尚书令处理国家政务。坐：同“座”。

[2] 丹阳：郡名。治所在今江苏南京。尹：京都所在地的郡长官。

[3] 拜：被授予官职。荆州：州名。治所在今湖北江陵。

[4] 讫：同“迄”，到。乖：分离。

[5] 转苦：更加急迫。转，更加。

[6] 以裙带绕手：将裙带绕至手上。意思是便于动武厮杀。裙，下衣。

[7] 排坐：挤进去坐。

[8] 势利：权势与钱财。

【译文】 王大、王恭曾经一起在何仆射家做客，王恭当时任丹阳尹，王大刚任命为荆州刺史。到将要分别时，王大向王恭劝酒，王恭不肯喝，王大强逼他越加急迫，随即各自将裙带缠绕到手上。王恭府中有近千人，全都叫进何宅；王大身边人虽少，也召唤上前，那意思就要相互厮杀。何仆射没办法，于是起身挤坐到二人中间，才使双方散开。人们所说的依仗权势与财利的交往，古人认为是可耻的。

桓南郡悉杀鹅

桓南郡小儿时[1]，与诸从兄弟各养鹅共斗。南郡鹅每不如，甚以为忿。乃夜往鹅栏间，取诸兄弟鹅悉杀之。既晓，家人咸以惊骇，云是变怪[2]，以白车骑[3]。车骑曰："无所致怪，当是南郡戏耳[4]！"问，果如之。

注释

[1] 桓南郡：指桓玄。见 P065《文学·欲为王孝伯作诔》注 [1]。南郡，桓温死时，桓玄年五岁，袭爵南郡公。

[2] 变怪：灾变怪异。

[3] 车骑：指桓冲。见 P150《豪爽·河朔以其名断疟》注 [9]。

[4] 当：大概。表示推测。戏：恶作剧。

【译文】桓南郡小时候，与众位堂兄弟各自养鹅来斗。南郡的鹅常常不如别人，为此非常气愤。于是夜间前往鹅栏中，抓出众位兄弟的鹅全都杀掉。天亮后，家中人都惊慌害怕，说是灾变怪异，将事情报告车骑。车骑说："没什么招致怪异的，大概是南郡在恶作剧而已！"一问，果然是这样。

三十二、谗险

谗险，指阴险恶毒的诽谤中伤，这是魏晋时期官场斗争的又一形式。它不同于光明正大的公开论战，也有别于无耻的谋杀手段，而是出于险恶用心，或用奸计，或进谗言，以求打击对方，利于自己。有趣的是，既有谗险，相应就有为自我保护而采用的反谗险策略，对离间者依样施行离间，使对方的联盟瓦解，自己从而免祸获益。

本门收录言行轶事四条，从几个侧面介绍了谗险以及反谗险的激烈斗争。有的写到王雅为取悦孝武帝而举荐王珣，又以“不宜有酒色见之”阻挠召见，以防“倾夺其宠”；有的写殷仲堪受到王绪向王国宝进谗，求取他人指点后，再对二王大行反间计，终使“国宝谓绪于己有隐，果情好日疏，谗言以息”。

本书选译的两则故事中，值得探求思考之处很多，但这种社会风尚、官场习气，都是应该批判的，同学们当会细心体察。

孝武帝不见王珣

孝武甚亲敬王国宝、王雅[1]，雅荐王珣于帝[2]，帝欲见之。尝夜与国宝及雅相对，帝微有酒色，令唤珣。垂至[3]，已闻卒传声。国宝自知才出珣下，恐倾夺其宠[4]，因曰："王珣当今名流，陛下不宜有酒色见之[5]，自可别诏召也。"帝然其言[6]，心以为忠，遂不见珣。

注释

[1] 孝武：指晋孝武帝司马曜（yào）。东晋河内温县（今河南温县西南）人，名曜，字昌明，简文帝第三子。在位期间，沉溺于酒色，不理国政，东晋政权日趋衰亡。王国宝：东晋太原晋阳（今山西太原西南）人。少小无操行，不修廉洁。王坦之第三子。曾任侍中、中书令、尚书左仆射。后会稽王司马道子执政，将国事混乱委罪于他，赐死。王雅：东晋东海郯（今山东郯城北）人，名雅，字茂建。少小知名，有才干。曾任太子少傅、尚书左仆射。

[2] 王珣：见 P036《言语·丞相初营建康》注 [2]。

[3] 垂：将近。

[4] 倾夺：争夺。

[5] 陛下：臣下对皇帝的尊称。

[6] 然：用作意动，认为……正确。

【译文】孝武帝很是亲近敬重王国宝、王雅，王雅向孝武帝推荐王珣，孝武帝想召见他。一次夜间与王国宝、王雅相对而坐，孝武帝微有醉意，下令召见王珣。人即将来到，已经听见吏卒传话的声音。国宝自知才能在王珣之下，恐怕争夺自己受到的宠信，于是说："王珣是当今名流，陛下不宜带着酒色见他，本可另行下诏召见。"孝武帝认为他的话很对，心里觉得他忠诚，就没有召见王珣。

殷仲堪往辄屏人

王绪数谗殷荆州于王国宝[1]，殷甚患之，求术于王东亭[2]。曰："卿但数诣王绪，往辄屏人[3]，因论它事。如此，则二王之好离矣。"殷从之。国宝见王绪，问曰："比与仲堪屏人何所道[4]？"绪云："故是常往来[5]，无它所论。"国宝谓绪于己有隐，果情好日疏，谗言以息。

注释

[1] 王绪：东晋太原晋阳（今山西太原西南）人，名绪，字仲业，王国宝之堂弟。与王国宝弄权于朝廷，排斥异己。曾任琅邪内史、建威将军。深受会稽王司马道子宠爱，后遭受声讨，与王国宝同时被杀。数（shuò）：屡次。下文"数"字同。殷荆州：指殷仲堪。见P013《德行·贫者士之常》注[1]。王国宝：本门已见。

[2] 求术：讨教办法。王东亭：指王珣。本门已见。

[3] 屏人：屏退他人。

[4] 比：近来。

[5] 故：确实。

【译文】王绪屡次向王国宝讲殷荆州的坏话，殷很是忧虑这事，向王东亭讨教办法。王说："你只管频繁地去看望王绪，去后就屏退身边的人，接着谈一些其他事情。这样，二王的友情就会疏远了。"殷听从了这办法。国宝见到王绪，问道："近来与仲堪屏退他人都说些什么？"王绪说："确实是通常往来，没有说什么。"国宝认为王绪对自己有所隐瞒，果然感情日渐疏远，谗言因此平息。

三十三、尤悔

尤悔，指过失与悔恨。魏晋时期，统治阶级内部斗争异常激烈残酷，有了过失自然会被对手紧抓不放进而予以致命打击，哪怕是对亲近者也不肯手下留情。这些涉及政治斗争的结局往往是十分惨烈的，故而也常常令人悔之莫及。而生活上的琐事，无关宏旨要义，过失只会让人感到悔恨，增长识见，吸取教训而已。

本门收录言行轶事十七条，从多个侧面记述因犯过失而悔恨的过程。有的写陆机卷入权力之争，临刑前“欲闻华亭鹤唳”而不得；有的写晋明帝得知祖业是依靠“诛夷名族、宠树同己”而来，故而哀叹晋祚哪得长久；有的写王导后悔周侯之死，因为他“幽冥中负此人”。这些都真切地表现出人物的某些性格特征。

本书选译的五则故事中，值得分析探求之处不少，但周子南以假隐居而得官，随后又不称心意悔恨致死，或许不会得到同学们怜悯。

欲闻华亭鹤唳

陆平原河桥败[1]，为卢志所谗[2]，被诛。临刑叹曰："欲闻华亭鹤唳[3]，可复得乎？"

注释

[1] 陆平原：指陆机。见P025《言语·有千里莼羹》注 [1]。河桥败：晋惠帝太安二年（303），陆机受命率军征讨长沙王司马乂（yì），战于河桥，兵败遭谗，被成都王司马颖所杀。河桥，桥名。故址在今河南孟县西南、孟津东北黄河上。

[2] 卢志：见P071《方正·士衡妙语驳卢志》注 [1]。

[3] 华亭鹤唳（lì）：陆机与陆云在吴亡仕晋前，曾在华亭闭门读书十年，陆机的悲叹寄托着他临刑前对往昔的留恋以及对最终遭遇的感慨。后常用这一成语表示对以往生活的怀念。华亭，地名。故址在今上海松江西。鹤唳，鹤鸣叫。

【译文】陆平原河桥兵败后，为卢志所谗害，被杀。临刑时叹息说："想听听华亭鹤鸣，还能成吗？"

我不杀周侯

王大将军起事[1]，丞相兄弟诣阙谢[2]。周侯深忧诸王[3]，始入，甚有忧色。丞相呼周侯曰："百口委卿[4]！"周直过不应。既入，苦相存救。既释[5]，周大说[6]，饮酒。及出，诸王故在门[7]。周曰："今年杀诸贼奴[8]，当取金印如斗大，系肘后。"大将军至石头[9]，问丞相曰："周侯可为三公不[10]？"丞相不答。又问："可为尚书令不[11]？"

又不应。因云："如此，唯当杀之耳！"复默然。逮周侯被害，丞相后知周侯救己，叹曰："我不杀周侯，周侯由我而死，幽冥中负此人[12]！"

注释

[1] 王大将军：指王敦。见 P090《识鉴·亦当为人所食》注 [1]。起事：指晋元帝永昌元年（322）王敦镇守武昌，以诛奸臣刘隗为名，起兵直下建康（今江苏南京）。后来攻陷石头城，杀戮大臣，自为丞相。

[2] 丞相：指王导。与下文"周侯"周顗，分见 P026《言语·新亭对泣》注 [6]、注 [4]。这时王导在朝中任司空、录尚书事，每天带领同宗诸王到朝廷待罪。诣阙谢：到朝廷谢罪。阙，皇宫门前两边的楼台。又可借指皇宫、朝廷。

[3] 周侯：指周顗。

[4] 百口：指全家人。委：托付。

[5] 释：免罪。

[6] 说（yuè）：同"悦"，喜悦。

[7] 故：仍然。

[8] 贼奴：对恶人的蔑称。指王敦。

[9] 石头：指石头城。故址在今江苏南京清凉山。

[10] 三公：太尉、司徒、司空的合称。负责军政的中央最高官员。不（fǒu）：同"否"。下文"不"字同。

[11] 尚书令：官名。本为属官，掌管章奏文书，自汉武帝开始职权渐重，魏晋时为尚书省长官，负责政令。

[12] 幽冥（míng）：阴间。

【译文】王大将军起兵谋反，丞相兄弟到宫门外请罪。周侯深深担忧王氏诸人，进宫时，表情很是忧虑。丞相招呼周侯说："全家性命拜托你了！"周径直走过没有应答。进宫后，竭力保救他们。获准免罪后，周十分高兴，喝了酒。等到出宫时，王氏诸人仍然在门外。周说："今年杀掉那些乱臣贼子，定会得到一颗斗大的金印，系在肘后。"大将军攻进石头城后，问丞相："周侯可以做三公吗？"丞相不回答。又问："可以做尚书令吗？"又没有回应。于是说："这样，只能杀掉他了！"还是默不作声。等到周侯被害，丞相后来得知周侯救了自己，叹息说："我未杀周侯，周侯却因我而死，黄泉之下对不起这人！"

司马绍哀晋祚

王导、温峤俱见明帝[1]，帝问温前世所以得天下之由[2]。温未答顷[3]，王曰："温峤年少未谙[4]，臣为陛下陈之[5]。"王乃具叙宣王创业之始[6]，诛夷名族[7]，宠树同己[8]，及文王之末高贵乡公事[9]。明帝闻之，覆面著床曰[10]："若如公言，祚安得长[11]！"

注释

[1] 王导：本门已见。温峤：见 P117《品藻·温太真失色》注 [1]。明帝：指晋明帝司马绍。见 P117《品藻·一丘一壑，过之》注 [1]。

[2] 前世：前朝。指西晋。

[3] 顷：表示短暂时间。

[4] 谙：熟悉。

[5] 陛下：臣下对皇帝的尊称。

[6] 宣王：指晋宣王司马懿。见 P069《方正·辛佐治立军门》注 [3]。

[7] 诛夷名族：司马懿为夺取魏国政权，先后杀死大将军曹爽、吏部尚书何晏、太尉王凌等人。

[8] 宠树：宠幸培植。太尉蒋济追随司马懿杀害曹爽等人，被封为都乡侯。

[9] 文王：指晋文王司马昭。见 P007《德行·阮嗣宗至慎》注 [1]。高贵乡公：指曹髦（máo）。三国魏皇帝，谯郡谯（今安徽亳州）人，名髦，字彦士，曹丕之孙。初封为高贵乡公，齐王曹芳嘉平六年（254）司马师废曹芳，立他为帝；后因不甘心当司马氏的傀儡，率宿卫数百人攻击司马昭，被杀。死后无号，史称"高贵乡公"。

[10] 床：坐榻。

[11] 祚（zuò）：同"阼"，帝位。

【译文】 王导、温峤一起去拜见晋明帝，明帝问温前代得天下的缘由。温尚未回答时，王说："温峤年轻不熟悉旧事，我来为陛下陈说。"王于是详细叙述宣王创业之始，诛灭名门大族，宠幸培植顺从自己的人，以及文王晚年诛杀高贵乡公的事。明帝听说后，掩面伏在坐榻上说："假若如您所说，皇位哪能长久！"

周子南发背而卒

庾公欲起周子南[1]，子南执辞愈固。庾每诣周，庾从南门入，周从后门出。庾尝一往奄至[2]，周不及去，相对终日。庾从周索食，周出蔬食[3]，庾亦强饭，极欢；并语世故[4]，约相推引[5]，同佐世之任。既仕，至将军二千石[6]，而不称意。中宵慨然曰[7]："大丈夫乃为庾元规所卖！"一叹，遂发背而卒[8]。

注释

[1] 庾公：指庾亮。见 P010《德行·庾公乘马有的卢》注 [1]。周子南：周邵。见 P176《栖逸·翟不与周语》注 [1]。

[2] 奄：突然。

[3] 蔬食：粗糙的食物。

[4] 语：谈论。世故：世事。

[5] 相：指代性副词，偏指"他"。推引：推举引荐。

[6] 将军：官名。二千石（shí）：郡守俸禄的等级。这里指郡守。

[7] 中宵：半夜。

[8] 发背：背上痈疽发作。

【译文】庾公想起用周子南，子南执意推辞愈加坚决。庾每次拜访周，庾从南门进来，周就从后门出去。庾曾有一次突然来到，周来不及离去，就面对面坐了一整天。庾向周索要食物，周拿出些粗糙饭食，庾也勉强吃了，还非常高兴；同时谈论世事，约定推举引荐周，共同担负辅佐世事的重任。周出仕后，官至将军、郡守，却不称心。半夜感慨说："大丈夫竟然被庾元规出卖了！"一声叹息，最终背疾发作而死。

贤于让扬之荆

桓车骑在上明畋猎[1]，东信至[2]，传淮上大捷[3]。语左右云[4]："群谢年少大破贼[5]！"因发病薨[6]。谈者以为此死贤于让扬之荆[7]。

注释

[1] 桓车骑：指桓冲。见P150《豪爽·河朔以其名断疟》注[9]。上明：城名。桓冲担任荆州刺史时修建，后又将州治所移至这里。故址在今湖北松滋西。畋猎：打猎。

[2] 东：东面。淝水大战发生在淮河流域，位于上明东面。信：信使。

[3] 淮上大捷：晋孝武帝太元八年（383），谢玄等在淝水与前秦苻坚交战，取得大胜。

[4] 语（yù）：对……说。

[5] 群谢：指谢玄等谢姓人士。

[6] 薨：指高级官员的死。

[7] 让扬之荆：桓冲原任扬豫二州刺史，因谢安辅政，声望很高，就自请让出扬州刺史离京，于是改授徐州刺史，后调任荆州刺史。他起先认为谢安无将才，崇尚空谈而遣年轻人出战，淮战必败。谢玄获胜后，他感到羞惭，却又不能发愤图强为国立功，所以谈者认为他不如一死为好。

【译文】桓车骑在上明打猎，东边的信使到了，传来淮上大捷的消息。桓对身边人说：“谢家一群年轻人大败贼寇！”于是疾病发作而死。谈论的人认为，这样死去胜过让出扬州刺史而到荆州去。

三十四、纰漏

纰漏，指差错疏漏。与上一门《尤悔》所述较大事件上的过失悔恨相比，本门多指一般言谈举止中，由于不够严谨而产生的疏失错误。这些问题在日常生活中甚为常见，也无关宏旨，完全可以一笑了之；但事情发生在大场面上，与事者又多是皇亲国戚、达官贵人，那贻笑大方就是很自然的事了。

本门收录言行轶事八条，从多个侧面反映纰漏以及纰漏给人们带来的警戒作用。有的写蔡谟见彭蜞误以为螃蟹，吃后上吐下泻；有的写任育长“自过江，便失志”，拙劣地掩饰自己的失误；更有甚者王敦娶公主为妻，将厕所中塞鼻用的干枣与盥手用的澡豆全都吃个干净，“群婢莫不掩口而笑之”，虽无碍大局却终成笑料。

本书选译的三则故事中，值得细细赏玩之处很多，但蔡谟吃彭蜞前，口中念叨着“蟹有八足，加以二螯”，殊为可笑，同学们自会细心体悟。

王敦初尚主

王敦初尚主[1]，如厕[2]，见漆箱盛干枣，本以塞鼻，王谓厕上亦下果[3]，食遂至尽。既还，婢擎金澡盘盛水[4]，琉璃碗盛澡豆[5]，因倒著水中而饮之[6]，谓是干饭[7]。群婢莫不掩口而笑之。

注释

[1] 王敦：见 P090《识鉴·亦当为人所食》注 [1]。尚主：娶公主为妻。主，指晋武帝女儿舞阳公主。

[2] 如厕：上厕所。

[3] 下果：摆设果品。

[4] 擎：举，托着。

[5] 琉璃：一种有色半透明的矿石质材料。澡豆：洗涤用品。用豌豆末配以香药制成，可用以洗手洗脸。

[6] 著（zhuó）：放在动词后面，含有“在、到”等意义。

[7] 干饭：干粮。

【译文】王敦刚娶公主时，上厕所，见到漆箱中盛着干枣，原本用来塞鼻孔的，王认为厕所也设果品，竟然给吃完了。出来后，婢女托着金澡盘盛着水，琉璃碗里盛着澡豆，王就将澡豆倒进水中喝了，认为是干粮。婢女们没有不捂着嘴笑话他的。

蔡司徒食彭蜞

蔡司徒渡江[1]，见彭蜞[2]，大喜曰：“蟹有八足，加以二螯[3]。”令烹之。既食，吐下委顿[4]，方知非蟹。后向谢仁祖说此事[5]，谢曰：“卿读《尔雅》不熟[6]，几为《劝学》死[7]！”

注释

[1] 蔡司徒：指蔡谟。见 P075《方正・王丞相作女伎》注 [3]。渡江：东晋王朝建立后，中原地区被少数民族贵族统治者占领，士族多渡江南下避乱。

[2] 彭蜞（qí）：一种红色甲壳类动物，外形像螃蟹，但较小，螯与足上无毛。

[3] 螯：节肢动物变形的步足，末端两边分开，开合如钳。

[4] 委顿：萎靡疲顿。

[5] 谢仁祖：谢尚。见 P052《文学・殷中军下都》注 [4]。

[6]《尔雅》：我国最早的一部解释词义的专书，其中《释鱼》篇讲到八足二螯的动物有三种，并非都是螃蟹。

[7]《劝学》：指汉末蔡邕取《荀子・劝学》文意写成的《劝学章》，其中有"蟹有八足，加以二螯"两句。

【译文】 蔡司徒渡江后，见到彭蜞，非常高兴地说："螃蟹有八只足，加上两个螯。"让人将它煮熟。吃下去后，呕吐不止，萎靡疲顿，才知道不是螃蟹。后来向谢仁祖说起这事，谢说："你《尔雅》读得不熟，几乎被《劝学》害死！"

任育长过江失志

任育长年少时[1]，甚有令名。武帝崩[2]，选百二十挽郎[3]，一时之秀彦[4]，育长亦在其中。王安丰选女婿[5]，从挽郎搜其胜者，且择取四人，任犹在其中。童少时，神明可爱，时人谓育长影亦好。自过江，便失志[6]。王丞相请先度时贤共至石头迎之[7]，犹作畴日相待[8]，一见便觉有异。坐席竟，下饮[9]，便问人云："此为茶？为茗[10]？"觉

有异色，乃自申明云："向问饮为热为冷耳[11]。"尝行从棺邸下度[12]，流涕悲哀。王丞相闻之曰："此是有情痴[13]。"

注释

[1] 任育长：任瞻。西晋乐安国（治所在今山东博兴西南）人，名瞻，字育长。少小聪慧，姿容美好。曾任谒者仆射、都府、天门太守。

[2] 武帝：指晋武帝司马炎。见 P024《言语·见月而喘》注 [2]。

[3] 挽郎：丧礼中牵引灵柩唱挽歌的少年。

[4] 秀彦：优异杰出的人。

[5] 王安丰：指王戎。见 P082《雅量·诸小儿竞取李》注 [1]。

[6] 失志：失去神智。

[7] 王丞相：指王导。见 P026《言语·新亭对泣》注 [6]。度：同"渡"，渡过。石头：指石头城。故址在今江苏南京清凉山。

[8] 畴日：往昔。相：指代性副词，偏指"他"。

[9] 下饮：上茶。

[10] 茗：晋时称早采者为茶，晚采者为茗。

[11] 为热为冷：晋时"热、茶"与"冷、茗"各在同一韵部，读音相近，任瞻因不辨茶与茗，自觉失言，想掩饰自己的窘态，所以这样说。

[12] 棺邸：卖棺材的店铺。度：经过。

[13] 情痴：迷恋而难以排解的感情。

【译文】任育长年轻时，很有好名声。晋武帝驾崩，挑选一百二十名挽郎，是当时的杰出人才，育长也在其中。王安丰挑选女婿，从挽郎中选择卓越人物，暂且挑选四人，任还是在其中。少年时代，他神情可爱，当时的人认为育长相貌也美好。自过江后，就精神恍惚。王丞相邀请先前渡江的名流一起到石头城去迎接他，依然像往日一样对待他，一见面就觉得有不同。安排好座位后，上茶，就问人说："这是茶还是茗？"觉得大家神色有异时，就自己申明说："刚才问茶是热是冷而已。"他曾从棺材铺前经过，也会流泪悲哀。王丞相听后说："这是有了痴迷的情结。"

三十五、惑溺

惑溺，指沉迷于情感。本门主要记录魏晋时期士大夫在男女情爱方面的惑溺，以及由此引发出来的有别于常态的神情与举止。一种表现是因宠幸美色而无端殃及政务，一种表现是陷溺情感而不知节制。两种惑溺，虽则同为沉迷情恋，但前者危害大众，影响国家大事，后者则限于家庭夫妇间的情爱，令人感觉美好。

本门收录言行轶事七条，从几个侧面表现了惑溺带来的不同结果。有的写王导宠信雷妾任其“颇预政事，纳货”，而不加约束，以致蔡公谓之为“雷尚书”；有的写韩寿与贾女“潜修音问”、互通款曲而终成正果；有的写王安丰夫妇互相调笑、情话绵绵而兴味盎然。惑溺形成的前后两类结果，是有实质性区别的。

本书选译的四则故事，其中值得认真分析思考之处很多，但依仗受宠而不择手段显然是不可取的，同学们当会认真体察。

荀奉倩取冷熨妇

荀奉倩与妇至笃[1]，冬月妇病热，乃出中庭自取冷，还以身熨之[2]。妇亡，奉倩后少时亦卒，以是获讥于世。奉倩曰："妇人德不足称，当以色为主。"裴令闻之[3]，曰："此乃是兴到之事[4]，非盛德言[5]，冀后人未昧此语[6]。"

注释

[1] 荀奉倩：荀粲。三国魏颍川颍阴（今河南许昌）人，名粲，字奉倩。善言佛理，不与常人交往。年二十九而死。至笃：指感情深厚。

[2] 熨（yùn）：紧贴。指紧贴妻子将身上冷气传导过去。

[3] 裴令：指裴楷。见 P098《赏誉·裴清通，王简要》注 [1]。令，指中书令。官名，掌握机要，权位均重。多任用有名望者或亲近者。

[4] 兴到：兴致所到。

[5] 盛德：大德。

[6] 冀：希望。 昧：受蒙蔽。

【译文】 荀奉倩与妻子感情极为深厚，冬天里妻子生病发烧，他就到庭院中冻冷自己，回屋后用身体贴着妻子。妻子死后，奉倩不久也死了，因此受到世人讥讽。奉倩说："妇人的德行不值得称道，应该以姿色为主。"裴令听到这话后，说："这只是兴之所至的事，并非大德之言，希望后人不要被这话蒙蔽。"

贾充以女妻韩寿

韩寿美姿容[1]，贾充辟以为掾[2]。充每聚会，贾女于青琐中看[3]，见寿，说之[4]，恒怀存想[5]，发于吟咏。后婢往寿家，具述如此，并言女光丽[6]。寿闻之心动，遂请婢潜修音问[7]，及期往宿。寿蹻捷绝人[8]，逾墙而入，家中莫知。自是充觉女盛自拂拭[9]，说畅有异于常。后会诸吏，闻寿有奇香之气，是外国所贡，一著人，则历月不歇。充计武帝唯赐己及陈骞[10]，余家无此香，疑寿与女通[11]，而垣墙重密，门阁急峻[12]，何由得尔？乃托言有盗，令人修墙。使反[13]，曰："其余无异，唯东北角如有人迹，而墙高非人所逾。"充乃取女左右婢考问[14]，即以状对[15]。充秘之[16]，以女妻寿[17]。

注释

[1] 韩寿：西晋南阳堵阳（今河南方城东）人，名寿，字德真。姿仪美好，善于修饰。曾任散骑常侍、河南尹，追赠骠骑将军。

[2] 贾充：西晋平阳襄陵（今山西临汾东南）人，名充，字公闾。仕魏任尚书郎、黄门侍郎，入晋后任司空、侍中、尚书令、太尉，深受宠信，权倾朝廷。掾（yuàn）：属官的通称。

[3] 青琐：饰有花纹的窗格。

[4] 说（yuè）：同"悦"，喜悦。下文"说畅"之"说"同。

[5] 存想：思念。

[6] 光丽：光艳美丽。

[7] 潜修音问：暗通消息。潜，暗中。音问，消息。

[8] 蹻（qiāo）捷：轻灵敏捷。

[9] 拂拭：打扮。

[10] 武帝：指晋武帝司马炎。见P024《言语·见月而喘》注 [2]。陈骞（qiān）：西晋临淮东阳（今安徽天长）人，名骞，字休渊。宽容大度，受人尊重。曾任尚书郎、侍中、太尉、大司马。

[11] 通：私通。

[12] 阁：正门旁边的小门。

[13] 反：同"返"，返回。

[14] 考问：审问。

[15] 状：实情。

[16] 秘之：对这件事保密。

[17] 妻（qì）：以女嫁人。

【译文】韩寿形貌美好，贾充征召他担任属官。贾充每次聚会，他女儿都从窗格中张望，见到韩寿，就喜欢上他，心中常常思念，并在咏唱时流露出来。后来她的婢女跑到韩寿家，详细叙述这些情况，并说贾女光艳美丽。韩寿听后动了心，就请婢女暗中传递消息，到了约定时间前去过夜。韩寿轻捷过人，跳入垣墙，家中无人知道。从此，贾充觉察女儿精心打扮，喜悦欢畅非同平常。后来会见吏属，闻到韩寿身上有奇特的香气，是外国的贡品，一旦沾到人身上，就几个月都不消退。贾充寻思武帝只赐给自己以及陈骞，其余人家没有这种香料，怀疑韩寿与女儿私通，但是家中垣墙重叠严密，门户严紧高峻，哪能会这样呢？于是借口有盗贼，令人整修围墙。派去的人回来后，说："其他没有什么异常，只是东北角好像有人的痕迹，而围墙很高，不是人能翻越的。"贾充就叫来女儿身边的婢女审问，婢女将实情说出来。贾充对此严守秘密，将女儿嫁给了韩寿。

王安丰妇卿婿

王安丰妇常卿安丰[1]。安丰曰："妇人卿婿[2]，于礼为不敬，后勿复尔[3]。"妇曰："亲卿爱卿，是以卿卿。我不卿卿，谁当卿卿！"遂恒听之[4]。

注释

[1] 王安丰：指王戎。见P082《雅量·诸小儿竞取李》注[1]。卿安丰：用"卿"称呼安丰。卿，相当于"你"。常用来称呼辈分低于自己或平辈之间较为亲昵的人。用作动词，用"卿"称呼。下文"卿婿"之"卿"与三处

"卿卿"的前一"卿"字同。但据旧时礼制，妻子则需尊称丈夫为"君"。

[2] 婿：丈夫。

[3] 尔：这样。

[4] 恒：长久。听：听任。

【译文】王安丰的妻子常常用"卿"称呼安丰。安丰说："妇人用'卿'称呼丈夫，在礼节上是不敬重，往后不要这样。"妻子说："亲你爱你，所以用'卿'称呼你。我不用'卿'称呼你，谁该用'卿'称呼你！"于是就一直听任她这样。

谓之"雷尚书"

王丞相有幸妾姓雷[1]，颇预政事，纳货[2]。蔡公谓之"雷尚书[3]"。

注释

[1] 王丞相：指王导。见 P026《言语·新亭对泣》注 [6]。幸妾：受宠爱的偏房。

[2] 纳货：接受贿赂。

[3] 蔡公：指蔡谟。见 P075《方正·王丞相作女伎》注 [3]。尚书：官名。掌管文书奏章，协助皇帝处理政事。这是讥讽王导放任雷妾揽权干政。

【译文】王丞相有个宠妾姓雷，颇多参预朝政，收受贿赂。蔡公称她为"雷尚书"。

三十六、仇隙

仇隙，指仇怨与嫌隙。由仇怨而生出嫌隙，甚至发展为冤杀，在魏晋时期是一种常见现象，其成因无疑与封建社会的权力斗争密切相关。统治阶级内部倾轧，士族集团争权夺利，达官权贵兴风作浪，造成各类矛盾不断激化、彼伏此起，以至于人与人之间的仇怨与嫌隙，往往发展到不可调和的你死我活的地步。

本门收录言行轶事八条，大多是由怨恨而导致仇杀。有的写石崇不愿将歌伎绿珠送给孙秀，在孙得势后被诬谋反遭到杀害；有的写王恭反对专权被处死示众，主谋司马道子还要进一步前去羞辱他的尸体。这种种罗织罪名，置对手于死地而后快的做法，正是混乱时局中各类政治势力残酷斗争的具体反映。

本书选译两则故事，其中值得认真反思之处确实很多，但文中动辄取人性命的事，本质上就是一种强权行径，同学们当会正确看待。

白首同所归

孙秀既恨石崇不与绿珠[1]，又憾潘岳昔遇之不以礼[2]。后秀为中书令[3]，岳省内见之[4]，因唤曰："孙令，忆畴昔周旋不[5]？"秀曰："中心藏之，何日忘之[6]！"岳于是始知必不免。后收石崇、欧阳坚石[7]，同日收岳。石先送市[8]，亦不相知[9]。潘后至，石谓潘曰："安仁，卿亦复尔邪[10]？"潘曰："可谓'白首同所归'[11]。"潘《金谷集诗》云[12]："投分寄石友[13]，白首同所归。"乃成其谶[14]。

注释

[1] 孙秀：西晋琅邪（治所在今山东临沂北）人，名秀，字俊忠。以谄媚赵王司马伦得宠，参与谋废贾后，逼惠帝禅位；司马伦僭立后，任中书令，专断朝政，不久被诛。石崇：见P254《汰侈·石崇要客燕集》注[1]。绿珠：石崇的爱妾，美丽而善于吹笛。赵王司马伦专权时，孙秀曾指名索取绿珠，后石崇被捕，绿珠坠楼自杀。

[2] 潘岳：见P059《文学·潘文乐旨》注[4]。遇之不以礼：潘岳父亲为琅邪太守时，孙秀是他手下的役吏，服侍潘岳，潘岳曾多次踢打孙秀，不将他当人看待。

[3] 中书令：官名。掌握机要，权位均重。多任用有名望者或亲近者。

[4] 省内：指中书省官署内。

[5] 畴昔：往日。周旋：交往。不（fǒu）：同"否"。

[6] 中心藏之，何日忘之：《诗·小雅·隰桑》中的诗句。中心，心中。

[7] 欧阳坚石：欧阳建。西晋渤海（治所在今河北南皮东北）人，名建，字坚石，石崇之外甥。富有文才，善于为文。曾任山阳令、尚书郎、冯翊太守。

[8] 市：指刑场。

[9] 相：指代性副词，偏指"他"。

[10] 尔：这样。

[11]"白首同所归"：年老后同归一处。

[12]《金谷集诗》：参看 P166《企羡·王右军甚有欣色》注 [1]《金谷诗序》注。

[13] 投分（fèn）：志向相合。石友：情谊坚如金石的朋友。

[14] 谶（chèn）：预测吉凶得失的话语文字。

【译文】孙秀既忌恨石崇不肯送绿珠给自己，又怨恨潘岳往昔对自己不以礼相待。后来孙秀任中书令，潘岳在官署中见到他，就招呼说：“孙令，还记得过去的交往吗？”孙秀说：“将它埋藏心中，哪天会忘掉它呢！”潘岳于是才知道必然不能免祸。后来逮捕石崇、欧阳坚石，同一天逮捕潘岳。石先被押赴刑场，并不知道潘的情况。潘随后押到，石对潘说：“安仁，你也这样了吗？”潘说：“可算是‘白头之后一同归去’。”潘在《金谷集诗》中写道：“寄语志同道合的朋友，白头之后一同归去。”这诗句竟成了他的谶语。

何故趣欲杀我

王孝伯死[1]，县其首于大桁[2]。司马太傅命驾出至标所[3]，孰视首[4]，曰：“卿何故趣欲杀我邪[5]？”

注释

[1] 王孝伯：王恭。见 P014《德行·身无长物》注 [1]。晋安帝时，太傅司马道子专权，任用王愉、司马尚之为心腹，隆安二年（398）王恭以讨伐王愉等起兵反，兵败被杀。

[2] 县（xuán）：同“悬”，悬挂。大桁（háng）：指朱雀桥。在建康城朱雀门外，是其时秦淮河上最大的浮桥。桁，浮桥。

[3] 司马太傅：指司马道子。见 P035《言语·强欲滓秽太清》注 [1]。命驾：命令驭者驾车。标所：悬挂首级示众的高柱。

[4] 孰视：仔细看。孰，同“熟”。

[5] 趣（cù）：同“促”，急促。

【译文】王孝伯死后，将他的头颅悬挂在朱雀桥上示众。司马太傅令人驾车亲往悬首示众的标柱前，仔细看着他的头，说："你为什么急着要杀我呢？"

后　记

笔者早年就很关注《世说新语》一书，深深喜爱其内容、语言，以及那令人钦佩的叙事风格。故而除去以《世说新语》为起点，对于魏晋南北朝时期的汉语语法与传统文化进行一系列的学术研究之外，又于上个世纪八十年代与九十年代，分别与他人合作出版了《世说新语选译》（巴蜀书社、凤凰出版社、商务印书馆香港有限公司）与《世说新语全译》（贵州人民出版社、台湾书房有限出版公司）。前者有幸收入教育部基础教育课程教材发展中心《中学生阅读指导目录》（2020年版）以介绍给广大青少年，又于2022年11月被全国古籍整理出版规划领导小组办公室作为唯有的优秀整理选本向读者推荐；后者所属丛书则作为国家出版规划重点项目荣获中宣部1993年度精神文明建设“五个一工程”奖，又多次在境内外发行印制，具有较为广大的读者面与影响力。

为了适应当前中学教育教学改革的新进展，切合广大青少年学生新时期的阅读需求，帮助他们更好地了解这一古典名著，笔者重新编写了这本《世说新语选译（普及版）》。选译本选取原书尤为精彩的部分作为主体，“前言”借用笔者《中学生同学应该如何阅读〈世说新语〉？》一文（原载《七彩语文·教师论坛》2023

年第3期），各门提示的撰写也尽力考虑中学生的认知规律与阅读习惯，以期中学生同学能够领会《世说新语》饱含理趣的内容，欣赏其隽永传神的语言，体悟其简约含蓄的叙事风格，进而了解汉末魏晋时期的人物、历史与优秀的传统文化，增强自身的语文素养以至人文综合素养。

选译本所录原文以明嘉靖年间袁褧嘉趣堂本为依据，间以日本尊经阁影宋本、王先谦思贤讲舍校订本、唐写本《世说新书》残卷、《太平御览》引《世说》等对原文作了必要的校订。为便于读者理解，注释时主要对事件发生的背景作扼要交代，对人名、地名、职官名以及疑难特殊词语或译文较难表达文化意蕴的词语作简明注释，力争解决读者阅读时“文辞易晓，事理难明”的困扰，其余则大多从略。语词训释主要标注具体上下文中的语境义，一般不列出几个义项供读者参考。为方便阅读，少数注释不避重出；人物重复出现时，则标明始见处页码。今译以直译为基础，同时结合意译，个别译文不易体现细微含义之处，则在注释中作简要说明。译文表述采用普通话的书面语言，力求简明、利落，避免使用口语时可能出现的含混、拖沓，以为中学生同学解决类似问题时提供参考。对于原文中的异体字，包括严格异体字与非严格异体字，一律改用为规范字；对于古今字与通假字，考虑到现今基础教育阶段已不再对二者细作区分，遂改用同一术语“同”字，一并说明古字与今字、借字与本字的各自相应关系。对于疑难字与多音字的读音，采用汉语拼音标注，由于只是单纯标注读音，故而不采用《汉语拼音正词法基本规则》中规定的“专有名词的第一个字母大写”的处理方式。对于魏晋南北朝时期新兴的或有别于现代汉语的一些重要语法现象，则随文简要说明其用法及意义。编写过程中，注意弥补过往的一些疏漏，吸纳新的研究成果，酌情改进注释体例，广泛参考了多年以来有关《世说新语》的学术论著，例如吴金华《世说新语考释》、张永言主编《世说新语辞典》、许绍早等《世说新语译注》、张万起等《世说新语译注》、董志翘等《世说新语笺注》，以及王能宪《世说新语研究》、周兴陆辑著《世说新语汇校汇注汇评》，并以此作为背景而后进行工作，这里谨对相关的各位作者表示衷心感谢。此外，《世说新语》原书各门按条记言记事，只有序次而无标题，在注译过程中，考虑到检索、称引与理解的方便，为利于读者，给每门所选各条分别加拟小标题，实非妄改古贤，更非标榜自新，特此说明。

感谢凤凰出版社吴葆勤总编辑，早在2020年秋就提议编写这本选译，并一再容忍我的拖延交稿；感谢尤丹丹责任编辑，仔细审阅原稿并提出了许多宝贵的意见与建议。二位的支持与帮助，我当铭记不忘。今译是一件艰巨而复杂的工作，由于水平所限，疏漏之处在所难免，欢迎读者特别是广大中学生同学批评指正。